흑마법사 무림에 가다

박정수 판타지 장편 소설
FUSION FANTASY STORY & ADVENTURE

dream books
드림북스

흑마법사 무림에 가다 6
분노

초판 1쇄 인쇄 / 2008년 11월 8일
초판 2쇄 발행 / 2009년 4월 2일

지은이 / 박정수

발행인 / 오영배
편집장 / 김경인
펴낸 곳 / (주)삼양출판사 · 드림북스

주소 / 서울특별시 강북구 미아8동 322-10호
대표 전화 / 02-980-2112~4 팩스 / 02-983-0660
편집부 전화 / 02-980-2116 팩스 / 02-983-8201
홈페이지 / www.sydreambooks.com

등록번호 / 제9-00046호
등록일자 / 1999년 3월 11일

ⓒ 박정수, 2009

값 8,000원

(주)삼양출판사 · 드림북스의 서면 허락 없이는 어떠한
형태나 수단으로도 이 책의 내용을 이용하지 못합니다.

ISBN 978-89-542-2949-4 04810
ISBN 978-89-542-2686-8 (세트)

* 지은이와 협의하에 인지는 생략합니다.
* 잘못된 책은 구입한 곳에서 바꾸어 드립니다.

흑마법사 무리에 가다

6 분노

박정수 판타지 장편 소설

FUSION FANTASY STORY & ADVENTURE

목차

제 1장 폭풍전야 • • • • *007*

제 2장 음모, 그리고 타살 • • • • *031*

제 3장 죽은 자의 말 • • • • *061*

제 4장 화산파 탈출 • • • • *097*

제 5장 쫓고 쫓기는 자들 • • • • *123*

제 6 장 천라지망 · · · · *157*

제 7 장 강행돌파 · · · · *185*

제 8 장 멸마광검 진필성 · · · · *245*

제 9 장 북해로 · · · · *273*

제 10 장 만년설삼 · · · · *301*

제1장
폭풍전야

폭풍전야

음산한 귀기로 가득 찬 어두운 방.

"준비는 잘 되어가고 있나?"

어둠 속에 묻혀 있던 한 그림자의 입에서 스산한 목소리가 흘러나왔다.

"무림맹에 회회혈마를 보내놓았습니다."

그림자 앞으로 한 장년인이 바투 다가서며 대답했다. 그는 군사 율기였다.

"이장로를?"

"화산파에 슬쩍 흘린 금마공은 과거 회회혈마의 손에 회수된 것입니다."

"재미난 일을 꾸몄군."
흡족함이 담긴 목소리가 어둠 속에서 흘러나왔다.
"회회혈마라면 혈폭증살마공을 쉬이 알아볼 것입니다."
율기 또한 득의양양한 표정을 한껏 지었다.
"마현의 성격상 제아무리 무림맹 한복판이라고 해도 그냥 넘어가지 않을 겁니다, 소림주."
"사천성에서의 일만 봐도 능히 짐작할 수 있지."
어둠 속의 인물은 고개를 끄덕였다.
"마현에 대해서는 좀 더 알아봤나?"
술술 막힘없이 대답하던 율기가 그 질문에는 꿀 먹은 벙어리처럼 입을 닫았다.
"그자의 능력은 언뜻 무공 같지만 왠지 무공으로 포장된 다른 힘 같다는 생각을 쉽사리 떨칠 수 없어……."
어둠 속 사내는 손가락으로 의자 팔걸이 위를 툭툭 내리쳤다.
"거기에 강시라니 말이야. 귀와 혼을 다스리는 본 림(林)의 체면이 말이 아니군."
"죄송합니다, 소림주."
"이왕이면 화산파에서 마현이 사라졌으면 좋겠는데, 왠지 살아나면 골치 아파질 것 같단 말이야."
"그 점이라면 그리 걱정하지 않으셔도 될 것 같습니다."
"좋은 계책이라도 있는 것인가?"

"아마 살아서 마교로 돌아오지 못할 것입니다."
"쉽지 않을 일일 텐데……."
"새외삼궁을 걱정하시는 거라면 이미 방도를 다 마련해 두었습니다."
율기의 입술이 잔인하게 비틀어졌다.

*   *   *

단둘이 힘을 겨뤄야하는 비무대 위에 당사자인 화산파의 오도평과 신도문의 곽운도 말고도 서른 명의 흑색 피풍의를 입은 자들이 함께 올라서 있었다.
바로 흑풍대였다.
그들은 비무대 위를 마기로 가득 채우며 오도평을 에워쌌다. 자연스레 곽운도는 비무대 한구석으로 밀려났다.
그 비무대 위 허공.
마현이 허공을 딛고 선 채 오연한 눈으로 아래를 내려다보며 물었다.
"어찌 화산파 제자가 본교에서도 금지한 마공을 익히고 있나?"
마현의 몸에서 살기가 뿜어져 나왔다. 마기에 살기가 더해지자 그 일대는 숨조차 쉬지 못할 정도로 공기가 무거웠다.
"무, 무슨 말을 하는 것이오?"

오도평은 이를 악물며 마현을 향해 소리쳤다. 하지만 오도평은 그리 외치면서도 귀빈석 중앙에 있는 담기량을 간절한 눈빛으로 쳐다보고 있었다.

"갈!"

마현은 일순간 마기를 담아 소리쳤다.

엄청난 마력이 담긴 일갈에 오도평의 몸이 움찔거렸다. 그의 불안한 시선은 여전히 담기량을 향해 있었다.

"정녕 이게 마교의 뜻인가?"

그 순간 노기가 담긴 담기량의 목소리가 터져 나왔다.

마현은 담기량을 향해 허공에서 몸을 돌렸다.

"그건 제가 묻고 싶군요. 화산파 제자가 마교에서도 금지한 금마공을 익힌 저의가 무엇입니까?"

휘몰아치는 폭풍과도 같은 담기량의 기세에 마현은 물러서지 않았다. 두 기세가 맞부딪힌 공간은 세찬 바람이 회오리치듯 기의 파장으로 일렁거렸다.

"누가 금마공을 익혔다는 것인가? 본 맹주의 눈에는 엄연한 화산파의 무공인 것을!"

오도평의 비무를 보며 흐뭇해하면서도 한편으론 께름칙한 측면이 없지 않았다.

화산파의 장문인인 그가 오도평의 검이 화산의 것과 궤를 달리하는 점을 못 봤을 리 없다.

좀 더 알아봐야 할 거라 여긴 것도 사실이었다.

하지만 여기서 물러나서는 안 된다. 수천, 수만의 눈이 지금 자신과 마현에게로 모여 있는 까닭이다.
"알겠소."
마현의 눈빛이 더욱 차가워졌다.
"흑풍대는 들으라!"
"명!"
"오도평을 사로잡으라. 본인이 직접 심문할 것이다!"
챙 챙 챙 챙—!
흑풍대는 일제히 검을 뽑아들었다.
"무림맹 무사들은 비무대를 에워싸라! 지금 당장 본파 제자를 구하라!"
담기량의 격한 목소리 또한 터져 나왔다.
창 창 창 창 창 창—!
비무대가 설치된 대연무장 곳곳에서 검이 뽑히는 소리가 일제히 울려 퍼졌다.
그로 인해 비무대 주위는 한순간 아수라장으로 변했다. 화산파 제자들이 주축이 된 무림맹 무사들이 뒤로 물러나는 이들을 무시하고 비무대 앞으로 달려들었다.
흑풍대보다 몇 배나 많은 이들이 비무대를 에워쌌다.
"대공자, 마지막으로 경고하는 바요. 당장 흑풍대를 거두시오!"
담기량은 여차하면 공격 명령을 내릴 기세였다.

"그건 화산파 제자가 본교 금마공을 익혔다는 것을 인정한다는 소리요?"

담기량의 눈썹이 꿈틀거렸다.

마현의 질문은 담기량이 그것을 수긍하면 흑풍대를 거두겠다는 뜻이다.

갈등이 번졌다. 담기량으로선 이러지도 저러지도 못하는 상황이다.

흑풍대를 강제로 제압한다면 정마대전으로 치달을 것이 분명했다. 그렇다고 화산파의 제자를 추궁하자니 꺼림칙했다. 게다가 다른 각 문파, 특히 오파일방과 평소 경쟁관계에 있는 육대세가의 눈이 있었다.

물론 자파 제자가 금마공을 익히지는 않았을 거라고 굳게 믿고 있지만 혹여나 불미스러운 일이 조금이라도 드러난다면 그 또한 문제가 된다.

난감한 담기량은 뜻밖의 응원군을 맞이하게 되었다.

남해태양궁 소궁주 양곽원이었다.

"참으로 무례하오!"

귀빈석에 앉아 있던 양곽원이 자리에서 벌떡 일어나 마현을 향해 호통을 쳤다.

"원래 성정이 이처럼 발칙한 것이오, 아니면 정마대전을 일으키려는 마교의 간악한 술수요? 이 양 모는 아니 물을 수가 없겠소이다!"

담기량으로서는 이보다 더 달디 단 샘물도 없을 것이다.

힘을 얻은 담기량은 더욱 마현을 압박할 요량으로 귀빈석 가장 앞으로 걸어 나갔다.

"양 소궁주의 말을 들으니 이 청성의 빈도 역시 의심을 아니 할 수 없겠소이다! 또한 사천성에서의 일도 다시 한 번 묻고 싶어지는구려!"

청성파 장문인 청허자였다.

청허자는 담기량의 말을 지원해 주는 정도가 아니었다. 아예 그보다 한 발 더 앞서나가 온몸으로 도력이 깃든 내기를 발산하고 있었다.

마현과의 인연이 악연이라면 악연이라고 할 수 있는 청성파의 장문인으로서는 당연한 반응이었다.

청성파가 그렇게 나서자 무당파를 제외한 이들이 일제히 내력을 발산시켜 마현을 더욱 압박해 들어갔다.

무당파는 학성과 마현 사이의 관계가 있고, 이제는 타계한 현도상인의 유언으로 인해 반걸음쯤 물러난 것이라 이해가 되지만 육대세가는 달랐다. 아예 한 걸음 멀찍이 떨어져 오파일방과는 달리 미온적인 반응을 보였다.

차라리 그 정도면 다행일 것이다.

육대세가는 흡사 승냥이 떼처럼 눈동자를 반짝이며 뭔가 꼬투리를 물으려는 듯한 모습들이었다.

그들 역시 무인이다 보니 화산파 제자에게서 미약하지만 음습한 기운을 이미 느낀 것이다.

단순히 그냥 지나칠 정도의 미약한 느낌이었지만, 만일 그것이 사실이라면 그들에게 있어서 결코 간과할 수 없는 일이었다. 오파일방을 누르고 육대세가가 올라설 수 있는 절호의 기회였으니까.

표면적으로는 모두가 마현을 압박해 들어가고 있었지만 내부적으로는 이권다툼으로 인한 묘한 이질적인 반목이 존재하고 있었다.

"이 양 모는 참된 무림의 질서를 위해 무림맹에게 한 팔 아니 거들어 줄 수가 없겠소!"

양곽원이 마현을 향해 외치고는 몸을 돌려 무림맹 귀빈석을 향해 머리를 살짝 숙였다.

"그게 남해태양궁의 뜻인가?"

이쯤 되면 꼬리를 말 줄 알았는데, 마현에게서 들려온 소리는 그가 예상했던 바와는 정반대였다.

양곽원의 눈 한쪽이 살짝 일그러졌다.

"안하무인이 따로 없군."

무슨 연유인지 몰라도 양곽원이 자신에게 지독한 적대감을 표출하고 있다는 걸 마현은 느꼈다.

"크하하하하!"

왠지 터져 나오는 웃음을 참을 수 없어 마현은 목젖이 보이도록 크게 웃었다.

"언제까지 그리 웃나 보자."

양곽원이 뜨거운 열기를 내뿜으며 한 팔을 살짝 들어올렸다. 이미 대기하고 있던 남해태양궁 무인들이 열기 가득한 내력을 뿜어내며 귀빈석 아래로 몸을 날렸다.

그러나 그 뜨겁던 열기는 누군가로 인해 한순간 식어 버렸다.

"설영대주!"

설린이었다.

"남해태양궁을 저지하세요."

"명!"

한 줄기 차가운 바람이 귀빈석을 가득 덮은 후 비무대 앞으로 몰려들었다. 그 새하얀 바람은 비무대를 뜨겁게 달구던 열기를 한순간 차갑게 식혀 버렸다.

설린의 그런 명에 가장 당황한 것은 양곽원이었다.

설마 그녀가 이런 행동을 할 줄은 몰랐던 것이다.

"……왜?"

너무 당황한 탓일까?

적으로 돌아선 설린에게 양곽원은 너무나도 단순하게 물었다.

"저 역시 다른 문파의 제자가 북해의 빙공을 익혔다면 마공자와 같은 행동을 했을 거예요."

설린의 행동에 당황한 것은 무림맹 수뇌부도 마찬가지였다.

특히나 담기량의 표정은 가장 눈에 띄게 흔들리고 있었다.
"왜지?"
양곽원의 목소리는 뜨거웠다.
그가 질투와 소유를 갈구하는 욕망이 뒤섞인 뜨거운 눈빛으로 설린을 노려보았다.
차자작 차작!
차가운 눈으로 양곽원을 응시하는 설린의 양손에서 차가운 냉기로 인한 살얼음이 허공에 만들어졌다.
양곽원의 얼굴은 붉어질 대로 붉어졌다.
분노로 인해 온몸이 파르르 떨렸다.
무림맹에게 든든한 지원군이 될 줄 알았던 남해태양궁이 뜻하지 않은 북해빙궁의 개입으로 가로막히자, 자연스레 모든 이목은 남만야수궁 쪽으로 향했다.
애초에 남해태양궁이나 북해빙궁이 나서지 않았다면 모를까, 새외삼궁 중 이궁이 나섰다. 남만야수궁 역시 원하던, 원치 않던 자신들의 뜻을 보여야 하는 것이다.
야율황기와 야율선은 여전히 귀빈석 의자에 앉아 있었다.
모든 이목이 자신들에게 모이자 야율황기는 서서히 몸을 일으켰다.
대연무장에 모인 수천의 사람들이 침을 삼키며 야율황기를 주시했다.
"오빠, 어떻게 할 거야?"

항상 장난기가 다분하던 야율선은 평소와 달리 신중한 모습이었다. 야율황기의 표정 역시 진중하기 이를 데 없었다. 자신의 한 마디로 인해 무림에 큰 파장을 가져올 수도 있기 때문이다.

야율황기의 잔뜩 구겨져 있던 표정이 어느 순간 확 풀어졌다. 그가 입언저리를 말며 동생을 불렀다.

"선아."

"왜?"

난데없는 물음에 야율선이 눈을 치뜨며 자신의 오빠를 올려다보았다.

"내가 언제 고민한다고 제대로 된 답이 나오더냐?"

"그 결정, 뭐 나쁘지 않네."

알아들었다는 듯 야율선이 어깨를 살짝 들었다 다시 내렸다.

야율황기는 그런 야율선의 머리를 우악스럽게 쓰다듬고는 목청을 높였다.

"이놈들아."

야율황기는 시선을 비무대에 향한 채 자신을 둘러싸고 있는 야인들을 불렀다.

"말하쇼, 소궁주!"

"그래도 안면 있고, 정을 준 놈들을 도와주는 게 좋겠지?"

야율황기는 옆에 앉아 있는 대호의 북슬북슬한 털을 쓰다듬었다.

크르릉.

주인의 마음을 읽은 대호는 자리에서 일어나며 털을 빳빳하게 세웠다.

"내 그럴 줄 알았어."

"소궁주, 지금 우리도 뛰어들면 되는 거유?"

"알면 냉큼 내려가지 않고 뭐해?"

야율황기의 말에 야인들은 저마다 자신들의 맹수를 타고 비무대 위로 뛰어 내려갔다.

"마 형, 술 사. 거하게!"

야율황기가 귀빈석 난간 위에 한 발을 올리며 무림맹 수뇌부들을 향해 고개를 돌렸다. 인생이 다 그런 것이 아니겠냐는 듯 어깨를 한 번 들었다 놓았다.

『야율 형, 고맙네. 그리고 설 소저.』

허공에 떠 있는 마현과 귀빈석 앞 설린의 눈이 마주쳤다.

『고맙소.』

마현의 입가에 미소가 살짝 번졌다.

가까이에서도 구분하기 어려울 만큼 희미한 미소였지만, 멀리 떨어져 있는 설린에게는 그것이 분명하게 보였다. 설린의 입가에도 미소가 번졌다.

설린이 마현을 쳐다보며 미소를 짓자, 분노에 휩싸여 몸을 부르르 떨던 양곽원이 열기가 가득한 내력을 폭출시키며 오른

손을 들었다. 하지만 주먹을 내지르지는 않았다. 그저 장심에서 뜨거운 열기만 분출시킨 채 핏발이 선 눈으로 설린을 노려볼 뿐이었다.

설린은 갑작스러운 양곽원의 변화에 서둘러 내력을 끌어올리며 대비를 했다. 하지만 양곽원은 그녀를 넘어 허공으로 몸을 날린 후였다.

"이노오옴!"

양곽원은 참고 참았던 분노를 목소리에 담아 일갈을 지르며 마현을 향해 날아갔다.

마현은 그런 양곽원을 향해 오른손을 내밀었다.

"실드!"

지이이잉!

하얀 막이 허공에 만들어졌다.

하지만 실드는 마현의 주위가 아닌 허공으로 몸을 띄운 양곽원 바로 앞에 만들어졌다.

기세 좋게 허공으로 몸을 날린 양곽원은 미처 그것을 발견하지 못했다.

쿵!

허공으로 치솟던 양곽원의 몸이 흡사 벽에라도 부딪힌 것처럼 갑자기 튕겨졌다. 허공은 인간이 걸어 다닐 수 있는 곳이 아니다. 또한 마음대로 움직이고 싶다고 움직일 수 있는 공간도 아니다.

양곽원의 몸은 그대로 아래로 툭 떨어졌다. 그나마 그 순간 자신의 발등을 다른 발로 찍으며 몸을 틀어 꼴사납지 않게 땅에 내려설 수 있었다.

하지만 그렇게 안전하게 내려섰다고 해서 안도하긴 일렀다.

시퍼런 냉기를 머금은 얼음 창 세 개가 양곽원을 향해 내리꽂히고 있었기 때문이다.

"큭!"

양곽원은 재빨리 용천혈로 내력을 돌려 바닥을 발로 찍으며 뒤로 몸을 날렸다.

쾅!

그가 서 있던 자리에 얼음 창이 내리꽂히며 커다란 구덩이가 생겨났다. 그 구덩이 주위에 삽시간에 새하얀 살얼음이 깔렸다.

양곽원은 입술을 깨물었지만 신음을 흘리지는 못했다. 왜냐하면 뒤이어 날아오는 얼음 창이 더 있었기 때문이다.

양곽원은 다시 내력을 분출시키며 뒤로 몸을 날렸다.

쾅!

그리고 다시 한 번 더!

쾅!

계속 물러나던 양곽원의 등이 귀빈석을 만든 벽에 가로막혀 더 이상 물러날 수 없게 되었다.

쐐애애액—!

"큭!"

세 자루의 얼음 창이 전부라고 여겼는데 아니었다.

남은 한 자루의 창이 궁지에 몰린 양곽원에게 날아가고 있었다. 빠르게 뒤로 물러나느라 모든 내력을 하체로 집중한 까닭에 얼음 창을 막을 수 있는 장풍을 쏠 수가 없었다. 아직은 내력 운용이 그다지 자유롭지 못한 것이다.

어쩔 수 없이 양곽원은 두 팔을 교차시키며 몸을 둥글게 말았다. 피해를 최소한 줄이기 위함이었다.

콰광!

폭음이 터졌다.

양곽원의 몸도 함께 움찔거렸다.

하지만 고통은 없었다. 다만 차가운 냉기가 바람에 섞여 얼굴을 핥는 것이 느껴졌을 뿐이다.

양곽원은 두 팔을 슬쩍 내리며 눈을 떴다. 자신의 바로 앞, 정확히는 두 다리 사이 바로 밑에, 땅에 파인 자국과 함께 새하얀 서리가 끼어 있는 것이 보였다.

'북해빙궁이 결국!'

그리 생각하며 고개를 들었다.

하지만 그 예상은 완전히 빗나간 것이었다.

마현의 오른쪽 어깨 위에 둥둥 떠다니는 새하얗다 못해 푸른빛이 맴도는 얼음 창이 보인 것이다.

노려보는 양곽원의 눈과 마현의 눈이 마주쳤다.

그러자 마현 곁에 떠 있던 얼음 창이 양곽원을 향해 빛살처럼 날아갔다.

"큭!"

양곽원은 재빨리 내력을 끌어올려 장심에 열기가 가득한 양기를 담았다. 그리고 얼음 창을 향해 일장을 내지르려 했다.

펑!

하지만 그 전에 얼음 창이 허공에서 터졌다.

그것은 산산조각이 난 정도가 아니었다. 얼음 창은 마치 곱게 빻아진 쌀가루처럼 눈송이로 바뀌어 양곽원의 몸을 뒤덮었다.

양곽원의 몸은 하늘에서 내리는 폭설이라도 뒤집어쓴 것처럼 하얀 눈가루로 뒤덮였다. 이내 그 하얀 눈가루는 양곽원의 몸에서 뿜어져 나오는 열기에 녹아 그가 서 있는 바닥을 축축하게 적셨다.

"마지막 경고다."

마현은 양곽원을 향해 나직하게 말하며 고개를 돌려 귀빈석을 쳐다보았다.

담기량의 얼굴은 참혹할 정도로 구겨져 있었다. 또한 곤혹스러운 감정이 얼굴에 고스란히 드러나 있었다.

당연한 일이다. 강제로, 힘으로 마현을 막아서는 순간 이 싸움은 정마대전이 아닌 무림대전으로 변하게 된다.

이런 상황을 간파한 것은 담기량만이 아니었다.

육대세가 가주들의 눈빛이 반짝였다.

이러지도 저러지도 못하는 담기량을 제치고 사천당문의 당자성이 앞으로 나섰다. 당자성은 이미 마현을 한 번 겪어본 사람이다. 적어도 그가 아무런 확증 없이 이리 나서지 않을 인물이라는 것만은 안다.

"장문인, 그리고 대공자."

'저, 저자가 무슨 말을 하려고!'

당자성이 나서자 오파일방 장문인들의 눈빛이 번뜩였다. 불만을 노골적으로 드러내고 있는 그 눈빛들을 무시하며 당자성은 입을 열었다.

"일을 무턱대고 크게 벌일 것이 아니라 양쪽 모두, 아니 새외삼궁 소궁주들까지 입회시켜 공정하게 이번 일을 처리했으면 하오."

당자성의 제안은 단순히 무림맹의 입장으로만 본다면 잘 돼도 본전이요, 여차하면 손해다. 사실 그렇기에 담기량 역시 강제로라도 막으려 했던 것이다.

'정확히는 육대세가가 아닌 오파일방의 손해지.'

당자성은 넌지시 육대세가 가주들과 눈빛을 주고받았다.

"그러는 것이 좋겠소이다."

무림맹의 전대 맹주였던 남궁세가의 가주인 남궁백공이었다.

남궁백공 역시 당자성의 생각을 고스란히 읽은 것이다. 물론 지금 일이 적어도 1년 전, 자신이 맹주직에 있을 때라면, 또한 금마공을 익혔다고 지목된 이가 육대세가의 한 제자였다면 담기량처럼 이 일을 막으려 했을 것이다.

하지만 문제의 발단이 된 자는 육대세가의 제자도 아니요, 지금은 오파일방이 중심이 된 무림맹이었다. 한 마디로 같은 울타리 안에 있지만 자신들의 일이 아니란 소리다.

오히려 화산파 제자가 금마공을 익혔으면 하고 은근히 바랄 정도였다. 그렇다면 무림맹은 반드시 타격을 입는다. 외부적으로나, 내부적으로 둘 다.

하지만 그 무림맹은 오파일방의 무림맹이지 육대세가의 무림맹은 아니었다.

즉, 무림맹 자체는 타격을 받겠지만 맹에 대한 주도권은 다시 육대세가로 돌아오게 되는 것이다.

"지금 무슨 망발을 늘어놓는 것이오?"

담기량이 발끈하며 나섰다.

그건 무림맹의 맹주나 화산파의 장문인으로서 담기량이 무조건 피해야 할 사안이었다.

일이 커지자 자꾸만 자신의 시선을 피하는 오도평의 모습 또한 께름칙했다.

"망발이라니요! 아무리 담 맹주가 무림맹을 이끄는 맹주라고 하나 언사가 너무 천박하지 않소이까!"

담기량이 그리 나오자 더욱 이상함을 느낀 육대세가 가주들이 일제히 한목소리를 냈다.

 자중지란(自中之亂)이란 이럴 때 쓰는 단어가 아닐까 싶다.

 무림맹 내에서 서로 패를 갈라 반목하자 마현은 비무대 아래로 내려섰다.

 흑풍대에 둘러싸인 화산파 제자 오도평은 겁에 질려 벌벌 떨고 있었다.

 "금마공을 어떻게 익힌 것이냐?"

 마현은 오도평 앞으로 바싹 다가서며 마기를 분출시켰다.

 "그, 금마공이라니…… 나는 모르오. 정말 모르는 일이오."

 말을 더듬으며 당황하는 모습이 진실 되어 보이지 않았다.

 오도평은 혹 거짓이 아니더라도 뭔가 감추는 듯한 목소리와 표정을 숨기지 못했다.

 금마공인지 모르고 익혔어도 그것이 화산파의 무공은 아니라는 것만은 분명 스스로도 인지하는 것 같았다.

 "과연 시간이 흐른 뒤에도 본인에게 그리 말할 수 있는지 봐야겠다."

 마현의 목소리가 더욱 차가워졌다.

 불안에 떨던 오도평은 마현의 눈동자를 보는 순간 얼굴이 하얗게 탈색되었다. 그가 갑자기 귀빈석을 향해 몸을 틀어 발악하듯 소리를 질렀다.

 "장문인! 아니 맹주님! 살려 주십시오, 살려 주십시오!"

 그 목소리에 오파일방 장문인들의 얼굴이 일제히 경직되며 비무대를 향해 고개를 틀었다.

'안 돼!'

담기량은 더 이상 생각하지 않고 일단 비무대 위로 몸을 날렸다. 마현 앞에 내려선 그는 오도평을 등 뒤로 감추었다. 오도평을 특별히 아껴서가 아니다. 만약을 대비해서였다.

담기량의 뒤를 이어 오파일방 장문인들이 날아와 오도평을 보호하려 빙 둘러쌌다.

"정녕 무림을 혼란으로 몰고 갈 생각인가?"

"무엇이 그리 불안해 감춘단 말이오? 화산파 제자가 금마공을 익히지 않았다면 내 스스로 무릎을 꿇겠소."

마현의 단호한 목소리에 담기량은 눈가에 주름을 잡으며 입술을 자근자근 씹었다.

"부족하오? 그게 부족하면 본인 목을 바치지."

마현은 담기량 앞으로 한 걸음 내딛었다.

"그러니 비키시오!"

콰직.

담기량의 입술이 결국 이빨에 짓이겨 터지고 말았다. 비릿한 피가 입안을 적시고 목을 타고 넘어갔다.

"조, 좋소! 일단 시간을 가지고 추궁을 하겠소."

다른 누구도 아닌 마교 대공자가 목숨을 내걸고 장담하는 일이었다.

더 이상은 버티는 것도 무리라는 것을 깨달은 담기량은 일단 시간이라도 벌어야겠다고 판단하고 그리 제안했다.

마현은 당장 이 자리에서 모든 것을 밝히고 싶었지만 더 이상의 강경한 자세는 오히려 역효과를 가져오리라 여겼다. 담기량의 표정에서 어느 정도의 꿍꿍이는 눈치챘지만 이쯤에서 한 걸음 물러나기로 했다.

"받아들이겠소."

마현의 대답에 담기량의 눈동자에 그때서야 안도감이 내비쳤다.

"대신! 그자는 우리가 데리고 있겠소."

마현의 말에 담기량은 조금도 지체하지 않고 맞받아쳤다.

"불가!"

절대로 안 되는 일이다.

무슨 일이 있었는지 마현이 알기 전에 자신이 먼저 알아야 했다.

"우리가 데리고 있겠소이다."

담기량으로서는 절대로 양보할 수 없는 문제였다.

"뭘 그리 고민하시오? 그냥 둘이 동시에 데리고 있으면 될 것을."

그때 야율황기가 끼어들며 해결책을 제시했다. 참으로 그답지 않은(?) 현명한 의견이었다.

제2장
음모, 그리고 타살

음모, 그리고 타살

무림대회가 무기한 연기되었다.

갑작스러운 중단이었음에도 불구하고 군중들의 얼굴에서는 실망과 항의의 기색은 조금도 없었다. 마치 쫓겨나듯이 화산파에서 내려갔지만 오히려 그들의 눈동자는 호기심으로 가득차 있었다.

모든 눈과 귀가 화산파로 향했다.

어쩌면 무림대회가 완전히 중단될 수도 있음에도 사람들은 화산파 아래 마을에서 떠나지 않았다. 그리고 시간이 흐를수록 관심은 폭발적으로 커져만 갔다.

화산파 심처의 아담한 별채.

그 앞 작은 마당에서는 지금 묘한 광경이 연출되고 있었다.

녹음이 우거진 나무들이 병풍처럼 둘러싼 그 별채는 청아한 풍경 속에 있었다.

하지만 그 고즈넉함과는 어울리지 않게 흉흉한 기세들이 별채와 뜰을 가득 덮고 있었다.

별채를 중심으로 흑풍대와 화산파 제자들이 서로 노려보며 대치하고 있었다.

보이지 않는 선이라도 존재하는 것처럼 양측은 한 선을 경계 삼아 흉흉한 시선만 주고받을 뿐이었다. 마치 누군가 건드리면 금방 검을 뽑아들고 혈전을 벌일 듯한 일촉즉발의 분위기였다.

대치된 두 집단의 모습은 별채 안에 머무는 화산파 제자 오도평을 감시하는 것인지, 아니면 서로 죽일 듯 노려보며 칼을 뽑으라는 명령만 기다리는 것인지, 제삼자의 눈으로만 본다면 알 수 없을 정도였다.

그런 폭발할 듯한 마기와 정기로 뒤엉킨 마당의 상황을 별채 안에 있는 오도평이 못 느낄 리 없었다. 그는 지금 수백 수천 개의 바늘이 자신의 몸을 콕콕 찌르는 듯한 느낌에 어찌할 바를 모르고 있었다.

차라리 가시방석에 앉아 있는 것이 낫지 않을까, 아니면 그냥 질긴 목숨을 끊어버리는 것이 더 낫지 않을까 고민하며 머리를 쥐어뜯고 있었다.

 하지만 오도평은 그 정도 결단력을 가지지 못한 이였다. 그저 방구석에 쪼그려 앉아 바들바들 떨고만 있었다.

 그 시각, 화산파 장문인실에 육대세가를 제외한 오파일방의 장문인들이 침중한 표정으로 모여 있었다.

 그렇게 모여 있었지만 아무도 입을 열지 못했다. 모두들 난감한 얼굴로 화산파 장문인인 담기량의 눈치만을 살필 뿐이었다. 그것을 모르지 않기에 담기량이 먼저 말문을 열어야 하겠지만, 그는 쉽게 입을 열 처지가 못 되었다.

 "일단 화산파 제자에 대해 알아봐야 하지 않겠습니까?"

 결국 가장 성질이 급한 종남파 장문인인 곡상천이 입을 열었다.

 "하지만 곡 장문인, 흑풍대가 눈을 시퍼렇게 뜨고 있는데 어찌 알아본단 말이오?"

 유시(酉時; 오후 5~7시) 말, 새외삼궁이 참관하는 가운데 무리맹과 마교가 함께 오도평을 심문하기로 합의를 보았다. 바로 심문에 들어가지 않고 그처럼 늦은 시간으로 정한 것은 흥분된 감정을 다스린 후 좀 더 냉정하게 일을 치르자는 뜻에서 그리 결정된 것이다.

 "그건 나도 아오."

 청허자의 물음에 곡상천은 의미 있는 미소를 지어 보였다.

"좋은 방도라도 있으신 게요?"

청허자가 화색이 도는 목소리로 물었다.

"심문은 유시 말이지만, 그 전에 만날 방법이 아예 없는 건 아니오."

곡상천은 눈을 빛내며 맹주이자 화산파 장문인인 담기량을 쳐다보았다.

이제껏 침묵을 지키고 있던 그였지만 계속 입을 다물고 있을 수는 없었다.

"경청하지요."

"화산파 제자……."

"오도평이라 하더이다."

사실 담기량은 그 일이 있기 전까지는 비무대에 오른 제자의 이름도 모르고 있었다. 장문인실로 오기 전 장로 허담에게 그의 이름이 오도평임을 그때서야 보고받았다.

제자를 온전히 신뢰할 수도 없는 상황인지라 담기량은 허 장로에게 그 즉시 오도평의 최근 근황에 대해서 모두 알아오라 시켰다.

"아, 그 오도평 역시 죄인 아닌 죄인이긴 하나…… 식사는 해야 하지 않겠소?"

"식사?"

"그렇지요. 조금 이른 시간이 되겠지만 심문을 위해 조금 일찍 식사를 넣어도 무방하리라 보오."

"호오!"

"아미타불!"

여기저기서 감탄사가 터져 나왔다.

곡상천이 생각하고 떠올린 대략적인 그림을 본 것이다.

"그 식사를 누가 가지고 들어가겠소? 마교? 절대 그들이 가지고 들어갈 수 없소. 그렇다면 결국 무림맹 사람들 중 한 명이 들어가야 하지 않겠소이까."

"하지만 절대로 불가하다 하면……."

"우겨서라도 들어가야겠지요, 우겨서라도!"

"흠……."

지금으로선 그 방법밖에 없는 듯했다.

"장문인."

그때 밖에서 담기량을 부르는 묵직한 목소리가 들려왔다.

"들어오시게."

담기량의 허락이 떨어지자 문이 열리며 흰머리가 군데군데 보이는 장년인이 안으로 들어왔다. 장로 허담이었다.

"허 장로, 알아보았는가?"

허담이 가까이 다가오자 담기량이 고개를 살짝 들어 물었다. 다른 장문인들의 시선 또한 모두 허담에게로 모여들었다.

한데 무슨 일인지 허담은 선뜻 대답을 하지 못하고 난색을 표했다. 그의 표정은 장문인실에 들어올 때부터 좋지 않았다.

"그래, 오도평의 스승은 누군가?"

여전히 머뭇거리는 그를 보며 결국 담기량이 인상을 살짝 찌푸리며 재차 물었다.

"스승을 두지 못한 문하생입니다, 장문인."

"스승을 두지 못했다?"

담기량은 그 대답에 고개를 갸웃거릴 수밖에 없었다.

"그런 자가 어찌 일대제자로 오를 수 있었던 겐가?"

"5년 전만 해도 그자는 입문 10여 년이 지났지만 겨우 삼대제자에 승격했을 뿐이라고 합니다. 워낙 무도에 재능이 없는지라 어느 누구도 제자로 거두지 않았다고 합니다."

"그런 자가 단 5년 만에 일대제자로 승격했다?"

담기량의 눈빛이 착 가라앉았다.

분명 뭐가 있었다.

10여 년 동안 수련을 하고도 겨우 삼대제자에 오른 자가 갑자기 일대제자가 되었으니 의심을 하지 않을 수 없었다. 물론 그럴 수도 있다. 하지만 타고난 무골에, 피나는 수련을 하지 않고서는 거의 불가능하다는 것을 담기량이 누구보다 잘 알았다.

그런 의혹을 다른 장문인들 역시 가졌는지 표정들이 다들 어두워졌다.

"다만 5년 전부터 갑자기 실력이 일취월장하기 시작했다는 겁니다. 그와 동시에 검술이 패도적이고 음습해졌고…… 간헐적으로 이성을 잃고 흥분한 적도 있었다고 합니다."

"허어, 그런 일이 있었는데 왜 아무도 보고하지 않은 것인가?"

담기량은 나직하게 허담을 꾸짖었다.

"오랜 시간 본파 내에서 무시당하고 살았던 이였기에 다들 이를 악물고 수련하는 과정에서 생긴 사소한 부작용일 거라 대수롭지 않게 여겼다고 합니다."

"그래, 어디 가문 아이인가?"

그 오랜 시간 내쳐지지 않고 본파 내에 머물렀다면 분명 평범한 가문의 아이는 아닐 것이라 여겼다.

"제법 규모를 갖춘 상단의 막내아들로 알고 있습니다. 하지만 한 해 전 상단이 몰락하며 오도평을 제외한 모든 가족들이 한날한시에 자진했다고 합니다."

"그렇다면 고아란 소리군."

그나마 다행이었다.

일이 틀어져도 화산파에게 크게 곤혹스러울 일은 생기지 않을 것이니까.

"더 이상은 없는가?"

"본파 내에서도 함께 어울리는 제자도 변변히 없었던지라…… 그게 다입니다, 장문인."

"휴우."

담기량은 무거운 한숨을 내쉬며 손을 저어 축객령을 내렸다.

허담의 말을 들으니 담기량의 마음은 더욱 무거워졌다. 보고 받은 내용대로라면 마공을 익혔을 확률이 더욱 커진 것이다. 만일 오도평이 정말로 마공을 익혔다는 사실이 밝혀지면 무림맹과 화산파는 어쩌면 헤어날 수 없는 후폭풍에 휘말릴 수도 있었다.

 오파일방 주도의 무림맹의 현재 권한은 그 즉시 오대세가에게 넘어갈 것이고, 더는 정파로서의 대의명분과 정당성을 내세울 수도 없을 것이다.

 "맹주."

 더욱 무거워진 장문인실의 침묵을 청성파 장문인 청허자가 깨트렸다. 담기량은 고개를 들어 청허자의 눈동자를 쳐다보았다. 맹주를 직시하는 청허자의 눈빛은 차가웠다.

 "맹주, 내 말을 곡해해서 듣지는 마시오."

 "……."

 냉정하기 이를 데 없는 청허자의 목소리에 담기량은 입을 열지 못했다.

 "다 화산파를 위함이고, 맹을 위함이오."

 도대체 무슨 말을 하려고 저러는가 싶어 모두 청허자를 쳐다보았다.

 정확히는 알 수 없지만 분명 쉽게 입에 올릴 말은 아닐 것이라 짐작만 할 따름이었다.

 "오도평……, 그 아이를 차라리 제거하는 것은 어떻겠습니까?"

 청허자의 뱀의 혀처럼 차가운 그 목소리에 모두들 석상처럼 몸이 굳었다.

 어느 누구 하나 입을 열지 않았다. 아니 못했다.

 "그 아이가 마공을 안 익혔을 수도 있지만 익혔을 수도 있습니다. 하지만 정파 무사(武史)에 치욕스러운 이름을 남길 바에야 차라리 의로운 죽음으로 이름을 남기는 것이 그 아이에게도 더 좋을 것이라 이 빈도는 여겨집니다, 무량수불."

 청허자는 품에서 자그만 옥병을 하나 꺼내 들었다.

 그것은 분명 약병인 듯한데 어떤 종류의 약이 담겨 있는지 쓰여 있지 않았다.

 "혈음마독(血陰魔毒)이외다."

 청허자는 시종일관 차갑게 말을 끝내고는 그와는 전혀 상반된 부드러운 표정을 지으며 눈을 감았다.

 자신이 화두를 던졌으니 그 판단은 알아서 하라는 듯 보였다.

 "흠……."

 혈음마독을 쳐다보는 장문인들 사이에 나직한 신음이 흘러나왔다. 혈음마독은 마교의 대표적인 독 중 하나다.

 결국 청허자의 말과 혈음마독을 조합해 보면 이 모든 사태의 책임을 마교로 돌리겠다는 뜻이다. 특히 마공의 진위 여부를 가리자며 마교 대공자가 자신의 목을 내걸고 호언장담까지

했으니 단숨에 마교를 궁지로 몰아버릴 수가 있었다.

"아미타불."

소림사 방장 혜공이었다.

"무량수불."

이어 무당파 장문인인 청하진인이 어두운 얼굴로 도호를 읊었다. 스승인 현도상인의 유언이 여전히 걸렸지만 차라리 이 기회를 이용해 둘의 인연을 끊는 것이 낫다고 판단한 것이다.

담기량이 눈을 들어 다른 장문인들의 의중을 묻자 종남파 장문인인 곡상천도 응했고, 끝까지 갈등하던 개방의 불취개 역시 결국 고개를 끄덕였다.

* * *

"그 말이 사실인지 지금 당장 현이를 만나봐야겠습니다."

학성이 안절부절못하며 제자리를 맴돌다가 결국 문 쪽으로 걸음을 내딛었다.

"앉거라."

나직하지만 노기가 담긴 호통이 그의 발걸음을 잡았다.

"스승님."

학성이 고개를 돌리며 청명진인을 불렀다.

"앉으라 하지 않았더냐!"

"하오나 스승님……."

학성이 재차 간곡하게 부르자 청명진인은 눈을 질끈 감아버렸다. 그의 표정으로 보건대 귀도 닫은 듯하다.

"스승님."

학성은 그런 청명진인 앞으로 다가와 안타까운 얼굴로 다시 불렀다.

"나를 그리 불러도 소용없다."

청명진인의 목소리는 평소와 달리 매우 매몰찼다.

"단순한 문제가 아니지 않습니까!"

"……."

학성의 언성이 높아졌지만 청명진인은 여전히 눈을 감고만 있을 뿐이었다. 결국 학성은 청명진인 앞에 무릎을 꿇고 그의 소매를 잡았다.

"분명 무언가가 있습니다. 스승님도 잘 알지 않습니까? 현이가 절대로……!"

그사이 청명진인의 손이 번뜩이더니 순식간에 학성의 수혈을 짚었다. 청명진인의 무릎 위로 학성이 풀썩 쓰러졌다.

"하아—."

그제야 눈을 뜬 청명진인은 자신의 무릎 위에 쓰러진 학성을 내려다보며 안쓰러운 표정으로 그의 머리를 쓰다듬었다.

"미안하구나……, 이 못난 스승을 원망하거라. 그걸로 네 마음이 다스려진다면 말이다."

청명진인은 한동안 학성을 내려다보다 문을 향해 낮게 소리쳤다.
"혹 학방 있느냐?"
"부르셨습니까?"
문이 열리고 학방이 안으로 들어왔다.
자연스레 그의 시선은 정신을 잃고 청명진인의 무릎 위에 쓰러진 학성에게로 갔다.
밖에서 둘이 주고받는 얘기를 들었기에 대략 어떻게 된 일인지 짐작했다.
"학성을 데리고 무당파로 돌아가자."
안쓰러운 눈빛으로 학성을 내려다보는 청명진인을 보며 학방 역시 마음이 착잡하기만 했다.
"알겠습니다, 사숙님."

* * *

비록 이제 도문(道門)은 아닐지라도, 처음 도문으로 시작한 화산파에 이리도 사치스러운 방이 있다는 것을 세인들은 모른다. 그곳은 화산파를 방문하는 귀빈들만이 묵을 수 있는 방이었다.
마현과 설린, 냉천휘, 그리고 야율황기와 야율선이 그곳에 함께 자리하고 있었다.
"어떻게 화산파에 마교의 금마공이 들어갔을까요? 아주 오래된 금마공이라면 과거 정마대전 때 흘러 들어갔을 수도 있다고 여기겠지만, 너무 이상하군요."

설린이 요모조모 따져가며 현 상황에 대한 의문을 던졌다.

"문제는 본인이 본교에서 나온 후 이런 일이 연속으로 일어나고 있다는 것이오."

마현은 자신을 주목하는 이들에게 사천성에서 있었던 독패장의 일을 간략하게 설명해 주었다.

"어쩌면 두 사건이 우연이라 치부할 수 있겠지만……, 아닐 수도 있지 않을까 싶소."

마현의 표정은 진중했다.

우연이라면 다행히 그것으로 끝이다.

하지만 만에 하나, 누군가가 의도적으로 한 짓이라면 상황은 달라진다.

이와 같은 일이 끊임없이 일어날 것이고, 그건 무림 전체의 혼란으로 이어질 수 있다는 뜻이다.

"어찌된 일인지 확실히 알아봐야겠네요."

"그래야지요."

"쉽지 않은 일이 될 거야."

야율황기의 말에 모두들 고개를 끄덕였다.

"특히 무림맹 사람들이 눈을 시퍼렇게 뜨고 있으니 심문 자체도 제약을 받을 것이고."

"알아. 하지만 해야지."

마현은 심령을 제압해서라도 반드시 배후가 있는지 알아보기로 마음을 먹었다.

 콩 콩 콩!

 그때 굳게 닫힌 창문에서 기척이 들렸다.

 지금 그들이 있는 곳은 3층이다.

 그런 방 창문에서 기척이 들리자 모두 의아해하며 고개를 돌렸다. 창문에 발라진 한지 너머로 언뜻 새의 그림자가 비쳤다.

 꺅 꺅 꺅.

 그것을 보고 야율선이 데리고 있던 흰 독수리, 백조가 울음을 터트렸다.

 "궁에서 온 모양이군."

 야율황기는 자리에서 일어나 창문을 활짝 열었다.

 작지만 다부진 매 한 마리가 방 안으로 날아 들어와 야율황기의 팔뚝 위에 앉았다.

 그 매 다리에는 자그만 전서통이 달려 있었다. 야율황기는 전서통 안에서 둥그렇게 말린 서찰을 빼들었다.

 남만야수궁에서 온 서찰을 읽어나가는 야율황기의 얼굴은 점점 굳어지다가 결국 심각한 표정으로 바뀌었다.

 "오빠, 무슨 일이야?"

 그 표정을 읽은 야율선이 자리에서 일어나며 야율황기에게 다가갔다.

"마 형."

야율황기가 마현을 불렀다.

"미안하지만, 우리는 서둘러 궁으로 돌아가 봐야 할 것 같다."

"도대체 무슨 일인데?"

야율선은 더욱 걱정스러운 표정으로 물었다.

"운남성주가 궁을 향해 군사를 일으켰다고 한다."

"운남성주가? 왜? 무슨 일인데?"

야율황기가 속 시원하게 사정을 얘기하지 않자 급기야 야율선이 짜증이 가득한 목소리를 내질렀다.

"관군에 소속된 소부대가 야인들의 손에 죽었다며, 운남성주는 황군을 살상한 죄를 묻겠다고 했다는구나."

"도대체 무슨 소리야? 운남성 관군이 왜 야인들의 손에 죽어?"

그럴 가능성은 아주 희박하다.

운남성은 다른 변방과 달리 사실 전투가 거의 없다고 봐도 무방하다. 그 이유가 바로 운남성과 남만 사이에 가로놓인 깊은 밀림 때문이다.

그렇기에 관군이 밀림 안으로 들어올 리도 없거니와 야인이 밀림 밖으로 나갈 일도 거의 없다.

혹 밀림 안으로 길을 잘못 든 관군 한두 명이 죽었다면 그나마 이해가 간다. 하지만 그게 아니라 소규모라고 해도 일개 부대가 죽었다고 하니 야율선이 이처럼 뜨악한 반응을 보이는 것이다.

또한 설사 그런 일이 있다고 해도, 관과 무림의 불가침 관례에 따라 대부분 원만하게 일을 처리한다. 그런데 운남성주가 독자적으로 군사를 일으켰다니.

"그걸 아버지께서도 모르시겠단다. 조사해 보니 그런 일을 벌인 야인들도 없고. 그 일을 운남성주에게 통지하고 수사에 적극 협조까지 하겠다고 했지만 소용없었다는구나."

야율황기는 서찰을 주먹 안에 말아 쥐었다.

"힘이 되어주지 못해 미안하다."

"괜찮아. 나는 걱정하지 말고 서둘러 가라."

마현이 먼저 자리에서 일어나며 떠날 것을 재촉했다.

야율황기는 입술을 꾹 다문 채 고개를 끄덕이며 야율선을 향해 고개를 돌렸다.

"가자, 선아."

"알았어."

갑작스럽게 야율황기와 야율선이 자리를 뜨자 한동안 방 안은 적막감이 흘렀다.

*　　*　　*

신시(申時; 오후 3~5시)가 되자 육대세가 가주들이 모여 화산파 장문인실로 향했다.

"오파일방 장문인들이 어떤 얼굴을 하고 있을지 참으로 궁금하외다, 하하하하."

하북팽가의 가주 팽희수가 칼칼한 웃음을 터트렸다.

"그나저나 화산파 제자가 정말 마교 대공자의 말대로 금마공을 익혔을 거라 다들 생각하시오?"

모용세가의 가주 모용기가 의문을 표했다.

"했으면 어떠하고 안 했으면 어떻소? 문제는 지금 그 아이가 그런 의심을 받고 있다는 것이지, 안 그렇소?"

팽희수가 무슨 시시콜콜한 질문을 하냐며 슬쩍 핀잔을 주었다.

"이 당 모는 마교 대공자의 이야기에 무게를 두었으면 하오."

당자성이었다.

모두의 이목이 그에게 집중되자 어색한 웃음을 지으며 말을 이었다.

"아시는 분은 아시겠고, 모르시는 분은 모르시겠지만……제 막내 여식 생일잔치가 얼마 전에 있었소이다."

모용기가 당자성의 말에 의문을 표하며 그를 쳐다보았다. 막내 여식의 생일과 마교 대공자는 그만큼 연관성이 없었던 까닭이다.

그도 그럴 것이 모용세가와 사천당문은 지리적으로 중원의 양 끝단에 자리를 잡고 있으니 서로의 사정에 어두울 수밖에 없었다.

"그 아이의 생일잔치에 마교 대공자가 귀빈으로 참석을 했었소이다."

그 말에 모용기의 눈이 동그랗게 떠졌다.

"아, 그러고 보니 그 말을 얼핏 들은 적이 있구려."

제갈세가의 가주 제갈묘가 아는 척을 했다.

"우연히 막내 여식과 말 그대로 옷깃이 스친 정도의 인연이 있어 그날 참석했었소. 그때 본 이 당 모의 눈이 틀리지 않았다면 그는 허튼소리를 할 사람이 아니라는 것이외다."

당자성의 말에 제갈묘가 고개를 끄덕였다.

"하긴……, 무당파 태극검룡을 생각한다면 그 말씀에 힘이 실리는구려."

제갈묘는 좌중의 이목이 자신에게 쏠리자 그리 말한 연유를 설명했다.

"무림대회가 있기 전에 어떤 일이 있었는지 다들 자제들에게 이야기를 들어 아실 것이외다."

"그러게 말입니다, 마교 대공자와 무당파의 태극검룡이 친우라니요. 이 남궁 모 역시 그 말을 듣고 얼마나 놀랐던지……, 허허허. 정말 세상은 오래 살고 볼 일입니다."

남궁세가의 가주 남궁백공이 수염을 쓰다듬었다.

"제 가아(家兒)의 말에 의하면 어지간히 마음을 나눈 사이가 아니라고 하더이다."

당자성은 당화평을 통해 들은 둘 사이의 친밀한 관계를 이야기했다. 모두의 시선이 모이자 당자성은 어색한 웃음을 지으며 말을 이어갔다.

"듣자하니 어릴 적 함께 자란 사이라 하더이다. 고아로 함께 자라 서로를 가족처럼, 형제처럼 의지하며 살았다고 들었소이다."

"확실히 그런 사이라면 이번 무림대회에서 처음 선을 보일 친우의 화려한 등장을 마교의 대공자가 일부러 깨트릴 이유도 없겠지요. 당 가주의 말씀을 들으니 확실히 이 제갈 모 역시 마교 대공자의 말 쪽에 무게가 실리는 것 같습니다."

"하지만 오히려 그런 사이이기에 마교의 음모 또한 한 번쯤 의심해 봐야 할 것이라 생각하오."

결국 이야기는 돌고 돌아 다시 제자리로 돌아왔다.

"일단 화산파 제자를 심문하면 뭔가 단서라도 나오겠지요."

제갈묘는 발걸음을 멈추고 오대세가 가주들의 눈을 차례로 바라본 후 힘주어 말했다.

"문제는! 이 기회를 잡아 맹의 주도권을 넘겨받아야 한다는 것이외다!"

제갈묘의 말에 모두들 고개를 끄덕였다.

그러는 사이 그들은 담기량의 장문인실 앞에 도착했다.

"일단 우리는 우거지상을 하고 있는 오파일방 장문인들 얼굴이나 즐깁시다."

나름 의미심장한 미소를 지으며 다들 장문인실로 우르르 들어갔다.

예상한 바대로 오파일방 장문인들의 얼굴은 하나같이 어두웠다.

육대세가 가주들이 장문인실로 들어갔음에도 불구하고 가벼운 눈인사만 오갈 뿐 누구 한 사람 선뜻 입을 열지 않았다. 아니 오히려 분위기는 한층 더 무거워졌다.

"맹주, 어떻게 하기로 결정하셨소이까?"

걸걸한 성격의 팽희수가 결국 무거운 분위기를 참지 못하고 불쑥 물었다.

"빈도는 본파 제자를 믿습니다."

"그렇다면 다행입니다."

의례적인 대답이었지만 팽희수의 어투는 뭔가 살짝 꼬인 느낌을 주었다.

"팽 가주."

그러자 곡상천이 발끈했다.

"왜 부르시오?"

오히려 그런 곡상천의 반응을 즐기는 듯 팽희수는 왜 그러느냐는 의아스러운 얼굴로 쳐다봤다. 팽희수의 표정에는 여유가 넘쳐흐르고 있었다.

"크흠!"

곡상천은 분기로 속이 들끓었지만 더 말해봐야 꼬투리를 잡으려 한다는 잡음이 들릴까봐 참아야 했다. 그는 그저 불쾌감만 내비치며 고개를 홱 돌려 버렸다.

"맹주께서 자파 제자가 분명 금마공을 안 익혔다고 했으니…… 믿어도 되겠소이까?"

제갈묘가 담기량을 빤히 쳐다보며 짓궂게 물었다.

그에 질세라 청허자가 제갈묘의 말을 비꼬아서 되받아쳤다.

"제갈 가주의 말씀을 듣고 있으니…… 제갈 가주께서는 맹의 사람인지, 마교의 사람인지 참으로 헷갈리게 만드시는구려."

"이 제갈 모가 무림맹의 사람이라는 것은 천하가 다 아는 사실 아닙니까?"

제갈묘는 청허자를 빤히 쳐다보며 하얀 이를 내보이며 싱긋 웃었다.

"그래서 이 빈도의 귀가 혹 잘못된 것이 아닌가 싶어 물어본 것이오."

청허자 역시 그런 제갈묘에게 지지 않으려는 듯 입꼬리를 올리며 짐짓 웃음을 보였다.

"맹주와 청성파 장문인께서 그리 말씀을 하시니 이 제갈 모의 마음이 한결 놓입니다. 하하핫!"

제갈묘는 한껏 과장되게 웃은 뒤 다시 말했다.

"하지만! 만일 우려한 일이 사실이라면 그에 상응하는 대가

도 응당 생각하셔야 할 것입니다!"

나직했지만 분명 경고였다.

"크흠!"

"커험!"

"아미타불!"

오파일방 장문인들이 저마다 기분 나쁜 감정을 겉으로 드러낸 반면 육대세가 가주들은 편한 모습으로 의자등받이에 기대는 모습들이었다. 사실 육대세가 가주들로서는 급할 것이 없었다.

그저 앉아서 굿이나 보다가 떡에 묻은 콩고물이 떨어지면 주워 먹으면 그만인 것이다. 제아무리 오파일방과 대립각을 세우고 알력이 끊이지 않는다지만 일부러 떡에서 콩고물을 흘리게 만들지는 않을 것이다. 왜냐하면 그들 역시 정파인이니까.

그렇기에 그냥 진흙땅에 한 발만 살짝 걸친 채 제삼자처럼 구경만 하면 되는 것이다.

어색하고 무겁기만 한 장문인실의 분위기에 모두가 못마땅한 표정을 짓고 있을 때, 마침 문이 열렸다.

"맹주님, 저녁식사는 어찌할까요?"

허담이 안으로 들어서며 의미심장한 눈으로 담기량에게 물었다.

"따로 나가기도 그러니 여기로 가져오시게."

"알겠습니다."

"오늘은 밤이 길듯하니 식사를 미리 준비하라 일러두었소이다."

아직은 이른 시간이라 조금 의외였다. 하지만 담기량의 말대로 오도평의 심문을 앞둔 오늘은 밤이 길어질 것이 분명했다. 잠시 후 장문인실에는 조촐한 식사가 차려졌다.

*   *   *

아무것도 모르는 시녀가 식사가 담긴 쟁반을 들고 오도평을 찾아갔다.

내내 팽팽하게 대립하고 있던 양측에서 음식물 반입을 두고 약간의 실랑이가 있었지만 흑풍대에선 부대주 철용이, 화산파에선 한 제자가 함께 오도평이 머무는 방에 시녀와 함께 들어갔다.

시녀는 아무 말 없이 오도평에게 쟁반을 건넨 후 다시 철용과 화산파 제자와 함께 방을 나왔다.

그리고 한식경쯤 흘렀을까?

조용하던 별채 안에서 찢어지는 듯한 비명소리가 밖으로 울려 퍼졌다.

"으아아악!"

그 비명은 별채의 고요를 뒤흔들며 팽팽하던 앞뜰의 대치를 순식간에 깨트렸다.

 그 비명에 가장 먼저 반응한 것은 흑풍대의 왕귀진과 화산파 매화검수의 수좌였다. 둘은 누가 먼저라고 할 것도 없이 동시에 몸을 띄워 별채 문 앞으로 한달음에 달려갔다.

 둘이 좁은 문 앞에 마주하자 은은하게 피어오르던 적대감이 살기로 바뀌었다.

 그들은 서로를 노려보며 살기를 내뿜었지만 작금의 상황이 이럴 때가 아니라는 것쯤은 알고 있었다. 두 사람은 똑같이 상대의 눈을 노려보며 미약하게 고개를 끄덕인 후 방 안으로 뛰어 들어갔다.

 안으로 들어서자마자 그들을 가장 먼저 맞이한 것은 시큼한 냄새였다.

 '독?'

 왕귀진은 오도평의 상태를 확인함과 동시에 어지러움을 살짝 느꼈다.

 재빨리 마력을 끌어올려 몸을 보호하며 방 안을 살폈다. 내내 불안해했던 상황이 지금 그의 눈앞에 펼쳐져 있었다.

 방 안에 멀쩡히 있어야 할 오도평이 바닥에 쓰러져 있었다.

 그의 입 주위에는 그가 먹었을 음식들이 거품에 휩싸인 채 질펀하게 흩어져 있었다.

 하지만 그건 단순히 위 속에 든 음식을 토해 놓은 색깔이 아니었다.

검은 빛이 돌고 있는 것으로 보아 분명 독이 섞여 있음이 틀림없었다. 그것을 증명이라도 하듯 이미 오도평의 얼굴과 드러난 맨살은 푸르스름하게 변해 있었다.

왕귀진은 재빨리 다가가 오도평의 목 위로 손을 얹어 맥을 살폈다.

맥은 전혀 움직임이 없었다. 독에 의해 절명한 것이 틀림없었다.

챙!

그때였다.

화산파 매화검수의 수좌가 검을 뽑으며 분노의 일갈을 터트렸다.

"혈음마독! 흥, 드디어 본색을 드러냈구나!"

독의 성분을 한눈에 알아본 매화검수의 수좌가 매서운 살기를 왕귀진을 향해 내뿜었다.

"본색? 금마공을 익힌 증거를 없애기 위해 살인멸구를 해놓고, 결국 본교를 음해하려고 하는구나!"

왕귀진 역시 마기를 터트리며 검을 뽑아들었다.

"음해? 혈음마독을 써놓고 잘도 지껄이는구나!"

"구린 짓은 정파가 더하다고 하더니, 그 말이 사실이구나!"

"뭣이?"

쐐애애액!

매화검수 수좌의 검이 낙뢰처럼 허공을 갈랐다. 왕귀진 역시 그에 지지 않고 검을 들었다.

카강!

두 검이 허공에서 서로 얽혔다.

그리고 그 검들은 떨어지지 않았다. 왕귀진과 매화검수의 수좌는 서로의 얼굴을 노려보며 살기 어린 눈빛을 주고받았다.

"무슨 일이오, 대주?"

그때 방 안으로 철용이 급히 들어왔다.

"죽었다."

왕귀진은 여전히 앞을 노려보며 대답했다. 철용은 왕귀진의 말을 듣고 죽은 오도평을 재빨리 살펴보았다.

"독?"

그 역시 오도평의 피부와 그가 토해낸 음식물을 보며 독살당한 것을 단번에 알아차렸다. 철용의 눈동자가 기민하게 움직이며 주위를 살폈다. 문득 뭔가가 떠오른 듯 철용의 눈이 번쩍 떠졌다.

"시녀! 시녀를 찾아야 해."

철용이 방문을 박차고 나서며 마당에 도열한 대원들을 향해 소리를 질렀다.

"조금 전 오도평의 식사를 가져온 시녀를 찾아라! 어서!"

매화검수의 수좌는 철용의 말을 듣고 거세게 왕귀진을 밀었다. 잠시 거리가 벌어지자 그가 왕귀진을 매섭게 노려본 후 문을 박차고 밖으로 뛰어 나갔다.
 "오도평이 마교의 놈들에게 독살되었다. 이 사실을 장문인에게 알리고 너희들도 시녀를 찾아라! 마교 놈들이 증거를 지우기 전에 서둘러라! 한시가 급하다!"
 화산파 제자들이 그 즉시 사방으로 흩어졌다.

제3장
죽은 자의 말

죽은 자의 말

"주군, 주군."

흑풍대원 하나가 문을 벌컥 열며 안으로 헐레벌떡 뛰어 들어와 마현 앞에 무릎을 꿇었다.

"무슨 일이냐?"

"화산파 제자 오도평이 조금 전 독살을 당했습니다."

"독살?"

마현의 음성이 조금 높아졌다.

옆에 앉아 있던 설린과 냉천휘가 눈을 동그랗게 뜨며 마현을 바라봤다.

눈을 가늘게 뜬 마현은 탁자 위에 올려놓은 주먹을 꽉 말아 쥐었다.

"지금 대주와 부대주는 무얼 하고 있나?"

"대주께서는 별채에서 오도평의 시신을 지키고 있으며, 부대주께서는 오도평에게 식사를 건넨 시녀를 찾고 계십니다."

"화산파는?"

"지금 화산파는 오도평의 독살이 본교의 소행이라 여기고 있습니다."

"이유는?"

"오도평의 독살에 사용된 독이 본교의 혈음마독임을 증거로 내세우고 있습니다."

가늘어진 마현의 눈이 차갑게 빛났다.

"설마 독으로 제거를 할 줄이야."

냉천휘는 쇠망치로 뒤통수를 맞은 듯 충격을 받은 모습이었다.

"정파의 기치를 내세우는 무림맹에서 그런 치졸한 방법까지 쓸 줄은 몰랐네요. 이제 어떻게 하실 생각인가요?"

설린은 눈살을 찌푸리며 마현을 바라봤다. 그리고 단호한 목소리로 물었다. 그런 설린의 시선에 마현의 입꼬리가 말려 올라갔다.

"어떻게 할 것 같소?"

"……?"

당황하거나, 아니면 이 난해한 상황을 벗어나기 위해 고민

해야 할 모습이 마현에게서 보이지 않으니 설린과 냉천휘는 조금 의아해할 수밖에 없었다.

"후후후."

마현의 입에서 가소롭다는 듯 조소가 흘러나왔다.

"죽은 자는 말이 없다 이건가?"

마현의 눈에서 마력에 의한 마기가 아닌 죽은 자의 향기, 사기(死氣)가 흘러나왔다.

"말이 없다면 토해내게 만들면 그뿐인 것을……, 죽은 자 역시 내 명을 거부할 수 없소."

마현은 자리에서 일어났다.

그 말이 죽은 자를 다시 살리겠다는 소리인지, 아니면 다른 뜻인지 좀처럼 이해할 수 없는지라 설린은 고개를 갸웃거렸다.

'혹 초혼술을 말하는 것인가?'

그리 생각했지만 초혼술의 명맥은 이미 끊어진 지 오래다. 한때 무림을 공포로 떨게 했던 강시술이 끊어지면서.

*   *   *

장문인들이 간소한 저녁식사를 끝내자 따뜻한 차가 막 탁자 위에 차려졌다.

차를 후르륵 마시던 청허자가 힐끗 문을 쳐다보았다.

'얼추 시간이 된 듯싶은데…….'

청허자는 시선을 거두며 다시 차를 후르륵 마셨다.

콰당.

그때 장문인실이 벌컥 열리며 화산파 제자 한 명이 다급히 뛰어 들어왔다.

"무슨 일이기에 이리도 경망스러운 것이냐?"

담기량이 살짝 인상을 찌푸리며 물었다.

"오, 오 사제가……."

"……?"

"오 사제가 도, 독살을 당했습니다."

콰당!

의자가 넘어졌다.

그 의자를 넘어트린 이는 바로 담기량이었다.

"뭐, 뭣이?"

"지금 무어라 한 게냐?"

다른 이들의 입에서도 경악이 담긴 목소리가 터졌다.

"조금 전 오 사제가 있던 별채에서 비명이 터졌습니다. 다급히 별채 안으로 들어가 보니 독에 의해 죽어 있었습니다."

"독이라니, 독이라니!"

청허자가 억눌린 감정을 터트리며 붉으락푸르락한 얼굴로 물었다.

"그래 무슨 독이라든가?"

"혈음마독이라고 했습니다."

쾅!

화산파 제자의 대답이 끝나자마자 청허자는 주먹으로 탁자를 거칠게 내려치며 자리에서 벌떡 일어섰다.

"빈도는 이럴 줄 알았소이다!"

그는 어찌나 분노했는지 시뻘겋게 달아오른 얼굴 아래로 길게 자란 수염이 부르르 떨리고 있었다.

"마교의 대공자가 무림대회 중간에 간악하게도 금마공이 어쩌고저쩌고 할 때부터 진작 알아봤어야 했소."

그러면서 청허자는 육대세가의 가주들을 노려보았다.

"애초에 그 자리에서 해결을 했어야 했는데……."

말을 돌리고 끝을 흐렸지만 청허자가 무슨 말을 하려는지 육대세가 가주들, 그리고 함께 자리한 장문인들은 충분히 알 수 있었다.

장문인들은 그에 동조하는 눈빛을, 육대세가 가주들의 얼굴에는 당혹감이 어렸다.

하지만 당황하는 가주들 사이에서 유독 제갈묘만은 눈빛을 빛내며 의혹을 제기했다.

"별채는 쌍방의 합의 하에 화산파와 마교가 함께 지키고 있을 텐데…… 어찌 마교가 독을 먹였을까, 의문이 드오."

"마교 놈들에게 물어야지, 그걸 지금 우리에게 묻는 진의가 무엇이오?"

청허자는 제갈묘를 강하게 몰아붙였다.

"자자, 이럴 것이 아니라 일단 다들 별채로 갑시다."

곡상천이 자리에서 일어나며 분노로 씩씩거리는 청허자를 달랬다.

"여기서 우리끼리 논쟁하는 것보다 별채로 가서 직접 눈으로 확인하는 게 더 시급하다 보오."

"크흠!"

담기량의 말에 내내 제갈묘를 노려보던 청허자가 불쾌한 저음을 터트리며 장문인실을 나가 버렸다. 그 뒤를 이어 장문인실에 모여 있던 무림맹 수뇌들이 일제히 오도평이 죽은 별채로 향했다.

별채 안으로 들어선 무림맹 수뇌부, 그들 중 청허자는 특히 뜰 한쪽에서 풍기는 마기를 향해 노골적으로 눈살을 찌푸렸다.

담기량이 모습을 드러내자 화산파 제자들은 허리를 숙이며 뜰 중앙으로 길을 열었다. 그들이 만든 공간에는 한 여자가 바닥에 누워 있었다.

배에서 붉은 피가 흐르는 것을 지혈도 하지 않고 내버려 둔 것으로 보아 이미 죽은 듯 보였다.

이곳으로 오면서 들은, 오도평에게 식사를 전해준 시녀인 모양이었다.

시녀의 시신을 본 담기량과 청허자는 눈빛을 교환하며 안도의 한숨을 내쉬었다. 하지만 워낙 은밀히 주고받은 터라 다른 이들을 보지 못했다.

"뭐하던 아이더냐?"

담기량의 물음에 화산파 제자 하나가 다가와 허리를 숙이며 고했다.

"잡일을 하던 여인이었습니다."

그 말에 담기량은 고개를 끄덕였다.

담기량은 애석한 눈빛으로 죽은 여인에게 다가가려 걸음을 내딛었다. 하지만 그는 더 나아갈 수가 없었다.

챙 챙 챙.

왕귀진을 비롯해 흑풍대 전원이 검을 뽑아들고 담기량을 막아선 것이다.

"아직은 안 되오."

"이게 무슨 짓인가?"

담기량 옆에 서 있던 청허자가 눈을 부릅뜨며 호통을 쳤다.

"왜 그런지는 무림맹이 더 잘 알 것이라 생각하오."

왕귀진은 검을 비스듬히 들어 여인 앞으로 가는 길목을 더욱 견고하게 막아섰다.

"갈!"

청허자가 일갈을 터트렸다.

"적반하장도 유분수가 있지. 지금 마교가 화산파 제자를 죽여 놓고 우리에게 뒤집어씌우려 하는 것인가?"

 청허자가 노기를 터트렸지만 왕귀진과 그 뒤를 떡하니 버티고 서 있는 흑풍대는 요지부동이었다. 무슨 말을 해도 '불가'라는 대답만이 나올 뿐이었다.

 그들이 그렇게 막아서자 담기량의 눈동자에 언뜻 불안이 깃들었다. 애초에 일을 도모하고 그 뒤를 청성파가 처리하는 것으로 오파일방 장문인들은 합의를 해놓은 상태였다. 그 때문에 혹여나 실수로 여인의 몸에 청성파의 흔적이 남아 있을까 염려한 것이다.

 『맹주, 흔적일랑 없으니 걱정하지 마시오.』

 그 눈빛을 알아차린 청허자가 전음으로 담기량의 걱정을 덜어주었다.

 "흥, 마인들의 추잡함이 고스란히 드러나고 말았구나."

 그렇게 대치하고 있는 별채 앞뜰로 비웃음이 담긴 목소리가 날아들었다. 그 뒤로 한 무리가 모습을 드러냈다.

 "오, 양 소궁주가 아니신가?"

 무림맹, 정확히 말하자면 오파일방 무림맹의 든든한 후원자를 자임한 남해태양궁의 양곽원이었다.

 "안 그래도 마교의 간악한 짓을 듣고 바로 달려오는 길입니다."

 양곽원은 흑풍대를 향해 조소 어린 미소를 머금고는 담기량을 비롯해 무림맹 수뇌들을 향해 허리를 살짝 숙였다.

"하하하, 양 소궁주를 보니 남해태양궁의 앞날이 아주 밝을 것 같네."

청허자는 양곽원의 인사에 사람 좋은 웃음을 보였다.

양곽원은 그런 청허자에게 다시 한 번 허리를 살짝 숙여 보인 후 왕귀진을 향해서는 살기가 담긴 열기를 내뿜었다.

"어서 비키지 못할까?"

"불가!"

왕귀진은 담기량의 앞을 가로막고 있던 검의 방향을 양곽원에게 틀었다.

"네놈들이 한 짓이 드러날 것 같아 은폐하려는 것이냐?"

양곽원의 목소리에는 비아냥거림이 담겨 있었다. 하지만 여전히 왕귀진은 검을 든 채 요지부동이었다. 그런 왕귀진의 모습에 양곽원은 코웃음을 쳤다.

"어차피 말로 해서 들을 놈들이 아니니……."

양곽원의 양손에서 뜨거운 열기가 감돌기 시작했다. 그가 왕귀진을 향해 천천히 손을 들어올렸다. 그 모습에 왕귀진의 눈빛이 싸늘하게 변하며 검을 당겨 몸을 웅크렸다.

"그 손 내밀면 넌 죽어."

냉랭한 목소리가 공기를 가르며 양곽원의 귀를 긁었다.

"주군."

그와 동시에 왕귀진 뒤에 서 있던 흑풍대가 양쪽으로 갈라지며 마현이 모습을 드러냈다. 그 뒤를 따라 설린과 냉천휘,

그리고 북해빙궁의 설영대도 나타났다.

마현이 흑풍대 사이를 지나 여인의 시신이 있는, 뜰 중앙으로 걸어 들어왔다.

"주군."

평생 그 자리에서 발을 떼지 않을 것만 같던 왕귀진이 그때서야 허리를 굽히며 옆으로 물러났다.

마현이 모습을 드러내자 양곽원의 눈에서는 살기가 짙어졌다. 그 이유는 하나, 바로 마현 곁에 서 있는 설린 때문이었다.

설린을 바라보는 그의 눈동자에는 지독한 열망이 담겨 있었다. 아니 열망을 넘어선 집착이었다.

한순간 핏발이 서 붉게 변한 양곽원의 눈이 마현에게로 향했다.

질투심과 살기가 어지럽게 뒤섞인 기이한 눈빛이었다.

그런 성급한 마음이 양곽원의 평정심을 깨트렸다.

"내밀면 죽는다? 네 오만방자함은 끝이 없구나!"

양곽원은 주먹에 담긴 열기를 흩어 버리지 않고 오히려 더욱 뜨거운 열기를 담아 마현을 향해 내질렀다.

후우웅!

마현은 양곽원의 주먹을 향해 손바닥을 활짝 펼쳤다.

"아이스 바클러(Ice buckler)!"

자작 자자작!

마현이 활짝 펼친 손바닥 앞으로 냉기가 퍼지더니 얼음이 만들어지기 시작했다. 그 얼음은 자그만 방패 모양으로 변했다.

쾅!

그 얼음 방패와 양곽원의 주먹이 부딪혔다.

강렬한 파열음과 함께 잘게 부서진 얼음 파편들이 사방으로 튀었고, 방패 정중앙에서 열기에 녹은 수증기가 뭉글뭉글 피어올랐다.

'빙공?'

설마 했지만 마현이 보여준 것은 빙공의 일종으로 보였다. 양곽원은 시선을 돌려 설린을 쳐다보았다. 그의 눈동자에는 들끓는 분노와 함께 의혹이 담겨 있었다.

'마교에서 이 같은 빙공을 익히지는 않았을 터.'

입술을 지그시 깨문 양곽원은 모든 힘을 개방했다.

그의 몸에서 흡사 용암처럼 뜨거운 열기가 일제히 방출되었다.

'과거의 내가 아니다!'

양곽원은 2년 전 마현에게 패한 이후 한시도 쉬지 않고 뼈를 깎듯 수련에 임해왔다.

마현을 제거하기로 결심을 굳힌 그는 궁주이자 아버지 양위도에게서 전수받은 남해태양궁주만의 절기 열양신공을 끌어올렸다.

후우우웅!

좀 전과는 비교조차 할 수 없을 정도로 뜨거운 열기가 양곽원의 몸에서 뿜어져 나왔다.

'이제는 가지리라, 기필코 꺾을 것이다. 네놈도, 설린도!'

양곽원은 마현의 모습에서 설린의 얼굴이 어른거리자 열기 속에 지독한 살기를 담았다.

양곽원의 기세가 확연히 달라지자 마현의 눈가에 주름이 잡혔다.

양곽원의 눈에는 자신감을 넘어선 자만심이 보였다. 천하에 널리 알려진 신공을 펼쳐서 그런 것일까, 아니면 이 정도 자만심을 가지고도 마현을 꺾을 수 있다고 여긴 탓일까. 마현의 눈에는 양곽원의 허점이 훤히 보였다.

마현의 서클 단전에서 끌어올려진 마력이 다리를 타고 땅으로 스며들었다.

"히야압!"

양곽원은 흉맹한 기합을 터트림과 동시에 힘 있게 진각을 밟으며 마현의 가슴을 향해 일권을 내질렀다.

그 순간 마현의 입에서 짧은 룬어가 흘러나왔다.

"디그(Dig)!"

마법을 펼치며 마현은 뒤로 한 걸음 물러났다.

푹!

'쾅!' 하고 진각을 내디딜 때 들려야 할 발소리 대신에 마치 늪에 발이 빠지는 듯한 소리만이 양곽원의 발과 땅 사이에서 들렸다.

"컥!"

그리고 짧은 헛바람을 들이마시는 소리와 함께 양곽원의 몸이 기울어졌다.

몸의 균형이 흐트러지자 마현의 가슴을 향해 내질러지던 그의 주먹은 애꿎은 땅바닥을 내리쳤다.

콰광!

마현이 디디고 서 있는 발 바로 앞에 양곽원의 주먹이 내리꽂혔다. 강렬한 폭음과 함께 자욱한 먼지가 피어올랐다. 그 먼지들이 흩어지자 양곽원의 오른쪽 다리 절반 이상이 땅속에 깊숙이 빠져 있는 게 보였다.

『대주, 묻어라.』

『명!』

마현의 매직마우스에 왕귀진이 전음으로 답하며 마력을 땅속으로 흘려보냈다.

밖으로 발을 빼내려고 몸부림치던 양곽원의 눈동자가 급격히 커졌다.

그 무언가가 자신의 다리를 움켜잡는 것을 느낀 것이다. 동시에 두 다리가 땅속으로 푹 들어갔다.

물속이라면 자신의 다리를 잡아끄는 존재를 볼 수 있을 텐데, 아니 보지는 못해도 어떻게 해볼 텐데 단단한 땅속에서는 그마저도 쉽지 않았다.

결국 한 번 허우적대지도 못하고 양곽원의 하반신은 완전히 땅속에 파묻히고 말았다.

 "네가 왜 본인에게 유독 그러한 적대감을 내비치는지 모르겠지만……."

 마현의 손에 마나 미사일이 만들어졌다.

 "넌 상대를 잘못 택했다. 더불어 본인의 경고는 결코 허언으로 끝나지 않음도 알았어야 했다."

 쑤아아앙!

 마현의 말이 끝나기가 무섭게 마나 미사일이 양곽원의 미간 사이로 날아갔다.

 "큭!"

 양곽원은 신음을 토하며 급히 양팔을 들어 얼굴을 보호했다. 그런 양곽원 앞으로 그림자가 튀어나왔다. 양곽원과 함께 온 열풍대주였다. 그는 남해태양궁의 무인답게 마나 미사일을 향해 열기가 가득한 주먹을 휘둘렀다.

 콰광!

 마현은 양곽원을 보호하며 막아선 열풍대주를 향해 마나 미사일이 아닌 아이스 재벌린을 만들어 날렸다. 숨 쉴 틈도 없이 곧바로 얼음창이 날아오자 열풍대주는 이를 악물며 왼 주먹을 내질렀다.

 콰콰광!

 폭음과 함께 눈보라가 휘몰아쳤다.

"큭!"

휘날리는 눈가루 속에서 열풍대주의 짧은 비명이 터졌다. 모습을 드러낸 열풍대주의 왼팔 전체가 하얗게 얼어붙어 있었다.

쩌적 쩌저적.

왼팔을 뒤덮은 얼음이 갈라지기 시작했다.

아니 자세히 살피니 얼음만 갈라지는 것이 아니었다. 그의 왼팔 역시 얼음과 함께 갈라지고 있었던 것이다.

파삭! 우두두두둑!

얼음이 부서지는 순간 열풍대주의 왼팔도 얼음 조각처럼 부서졌다. 왼팔이 사라졌음에도 불구하고 그의 왼쪽 어깻죽지에서는 피가 흐르지 않았다. 다만 살이 시커멓게 죽어 있을 뿐이었다.

하지만 그 살도, 그 위를 얼리고 있는 냉기가 사라지면 피가 흐를 것이 분명했다.

그런 상황임에도 불구하고 열풍대주의 눈빛은 여전히 굳건했다. 자신의 주군을 위해서라면 이 자리에서 죽을지언정 피하지 않겠다는 굳은 의지가 엿보였다.

마현의 차가운 눈이 반쯤 감겼다. 반개한 그의 눈동자는 열풍대주를 넘어 땅속에서 벗어나기 위해 몸부림치는 양곽원에게로 향했다.

열풍대주는 양곽원에게 너무나도 아까운 수하였다.

"일단 오도평과 시녀가 어떻게 죽었는지 살피는 게 더 중요하지 않을까 싶소."

냉천휘가 다가와 마현을 만류했다.

"남해태양궁과 온전히 척을 질 필요는 없지 않겠습니까?"

"훗……."

마현은 열풍대주의 굳은 눈을 다시금 확인했다. 그리고 양곽원을 쳐다보았다.

"좋은 수하를 두었군. 네 목숨은 그보다 중한 열풍대주의 팔을 거둔 것으로 대신 받았다고 생각하지. 하지만 이번이 마지막이다."

마현은 양곽원을 향해 차갑게 말했다. 마침 냉천휘가 말리기도 하고, 겨우 두어 번 마주친 자였지만 열풍대주의 대쪽같은 성품과 눈빛이 마음에 들었기에 굳이 죽이고 싶지 않았다.

마현답지 않은 조금은 변덕스러운 결정이었다.

열풍대주는 뒤로 한 걸음 물러나는 마현을 향해 허리를 깊숙이 숙였다. 비록 목소리를 입 밖으로 내지는 않았지만 그가 충분히 감사하고 있음을 마현은 몸으로 느낄 수 있었다.

"대주, 양 소궁주의 발을 놓아줘라."

"명!"

마현의 명에 왕귀진이 바닥을 짚고 있던 양손을 뗐다. 그러자 아무리 벗어나려 몸부림쳐도 벗어날 수 없었던 양곽원의 몸이 용수철이 튕겨지듯 땅속에서 툭 튀어나왔다.

"크으으."

겨우 땅속에서 몸을 뺀 양곽원은 욱신거리는 오른 발목을 손으로 잡았다.

"크윽!"

하지만 오른 발목에 손이 닿는 순간 눈가에 고통스러운 주름이 잡혔고, 꽉 다문 이빨 사이로 신음이 흘러나왔다. 그 고통을 시작으로 생살을 쥐어짜는 듯한 통증이 온몸을 휘감아가자 양곽원은 휘청거리며 한쪽 무릎을 꿇어야 했다.

"소궁주."

한 팔을 잃어 양곽원 못지않게 고통을 느낄 열풍대주였건만 그는 재빨리 소궁주를 부축했다. 그러다 양곽원이 오른발을 잡고 계속 고통을 호소하자 서슴없이 바지 하단을 찢었다.

"흡!"

열풍대주의 눈이 크게 떠졌다.

드러난 양곽원의 오른쪽 발목은 생각보다 더 크게 통통 부어 있을 뿐만 아니라 약간 뒤틀린 것이 분명 뼈가 골절된 듯 보였다.

그리고 기형적으로 부어오른 그 발목에는 검푸른 멍 같은 선명한 손바닥 자국이 새겨져 있었다.

사기가 침투한 것이 분명했다.

흡사 깡마른 자가 내력을 이용해 발목을 으스러지도록 잡은 것 같았다. 하지만 양곽원의 몸은 잠시 땅속에 파묻혀 있지 않앉던가.

 열풍대주는 꿀꺽 신음을 삼키며 재빨리 열풍대원을 불러 양곽원을 부축하게 했다. 자신이 하고 싶었지만 한 팔을 잃은 터라 제대로 부축할 수도 없었던 것이다.

 그런 양곽원과 열풍대의 모습에 무림맹 수뇌들은 순간 눈빛이 반짝였지만 이내 얼굴을 일그러뜨렸다.

 양곽원의 도무지 이해할 수 없는 상처 때문이기도 했지만, 무엇보다도 무림맹 한가운데서 거리낌 없이 자신들에게 무력시위를 한 마현의 과감한 성정 때문이었다.

 무림맹 수뇌부, 그들 중 오파일방 장문인들은 결국 쉽지 않은 일이 될 것 같다는 생각에 안색을 찌푸렸다. 그리고 복잡함을 담은 그들의 눈빛이 짧은 시간 서로를 오갔다.

 마현은 여인의 시신을 내려다보았다.

 "누구지?"

 "오도평의 식사를 가지고 온 여인입니다."

 "그런데 죽었다?"

 마현은 여인의 배가 검에 잘린 것을 유심히 살폈다.

 "흠!"

 어느새 그 주검 앞에 회회혈마가 헛기침을 내뱉으며 잘 접혀지지도 않는 뭉툭한 허리를 숙였다. 그리고 자세히 보기 위해 여인의 잘린 옷자락을 젖히고 검상이 드러나게 했다.

 "커험!"

곡상천이 회회혈마의 반대편으로 다가가 몸을 숙여 여인의 검상을 살폈다.

"흥, 누가 주인이고 누가 객인지 모르겠군."

청허자는 노골적으로 왕귀진과 마현을 번갈아 쳐다보며 콧방귀를 뀌었다.

"흠……."

회회혈마는 고개를 저으며 몸을 폈다.

"단서를 찾기 어렵겠습니다, 주군."

곡상천 역시 몸을 펴며 고개를 저었다.

"단순한 검상이오."

"단순한 검상이라고 하면?"

"그 어떤 검결도 남기지 않고 단칼에 벤 것이오."

마현은 곡상천과의 대화 도중 찰나지만 무림맹 수뇌부들 사이에서 오가는 눈빛을 발견했다.

"이래선 증거를 찾을 수 없겠군."

청허자는 마현을 향해 노골적인 적의를 내비치더니 난감하다는 듯 푸념을 늘어놓았다.

그 모습에 마현은 실소를 터트리지 않을 수가 없었다.

"하지만 알아낼 방법이 아예 없는 건 아니지."

나직했지만 모두가 들을 수 있는 목소리였다. 당연히 좌중의 이목이 마현에게로 모였다.

하지만 마현은 그런 시선을 무시하며 왕귀진에게 오도평의 시신을 가져올 것을 명했다. 마현의 명에 흑풍대원 둘이 독에 타살된 오도평의 시신을 별채에서 내와 여인의 시신 옆에 나란히 놓았다.

"누가 그랬나? 죽은 자는 말이 없다고. 하지만 본인이 원하면 죽은 자라 해도 입을 열어야 할 것이다."

오만하다고 느껴질 만큼 거침없는 마현의 목소리에 다들 몸이 움찔거렸다.

죽은 자가 입을 연다고? 그것이 가당치도 않은 소리라고 생각하면서도 왠지 기분 나쁜 예감이 든 청허자는 입술을 지그시 깨물었다.

그러거나 말거나 마현은 여인의 시체 위로 오른손을 내밀었다. 마현의 눈동자에서 마기가 일렁거리자 오른손에서 검은 연기가 뿜어져 나와 여인의 시신을 휘감았다.

"어둠의 기운의 주인, 나 카칸의 이름으로 명하노라, 주검 곁에 맴도는 혼백이여, 일어나 어둠 앞에 경배하라! 소울 서먼즈(Soul summons)!"

마현의 입에서 근원을 알 수 없는 언어, 룬어가 흘러나왔다.

그 의미를 알 수 없는 언어를 듣고 무림맹 수뇌들뿐만 아니라 북해빙궁과 남해태양궁의 인물들 역시 호기심 어린 눈빛으로 마현을 주시했다. 하지만 그들의 눈빛은 한결같이 미약하게 흔들렸다.

느낀 것이다.

여인의 몸을 휘감은 마기와 마현의 입에서 나온 언어가 공명되고 있다는 사실을.

또한 언어 자체가 가진 힘을 느낀 것이다.

특히나 힘을 가진 언어에 놀란 이는 소림사 방장 혜공대사와 무당파 장문인 청하진인이었다. 불교나 도교나 그 수련이 극에 달하면 평범한 언어에도 항마의 기운이 실린다고 알려져 있다.

하지만 그것은 어디까지나 먼 옛날의 이야기일 뿐, 이미 실전된 지 오래인지라 소림과 무당에서도 이제는 상상 속의 비기라고 치부될 정도였다.

저마다 놀란 표정을 미처 감추지 못하고 있을 때 여인의 시신에서 뿌연 연기가 피어올랐다. 그 연기는 솜처럼 마기를 흡수하며 서서히 선명하게 바뀌었다.

이윽고 흐릿하지만 분명 형체가 있는 그 무엇이 여인의 시신 위에 모습을 드러냈다.

'헙!'

무림맹 수뇌들의 놀람은 극에 달했다.

여인의 시신 위에 모습을 드러낸 것은 분명 여인이었다. 단지 다른 것은 여인이 살아 있을 적 몸에서 색이 사라지면 저렇지 않을까 싶을 정도로 피부색이 기이하다는 것뿐이었다.

정파 오파일방 대부분이 불교나 도교에서 파생된 문파들이다.

그렇기에 그들은 저 색을 잃은 여인의 형상이 무엇인지 직감적으로 알 수 있었다.
 산 사람은 눈으로 볼 수 없다는 죽은 이의 혼백이었다.
 확연히 보이는 혼백, 그것이 뜻하는 바는 분명했다.
 초혼술(超魂術).
 바로 초혼술이었다.
 --꺄아아악!
 여인의 혼백은 멍하니 주위를 두리번거리다가 자신의 시신을 보자 혼백 특유의 음습하고 섬뜩한 비명을 질렀다. 그렇게 온몸으로 비명을 지르다가 결국 몸을 웅크리고는 바르르 떨었다.
 "내 눈을 보라."
 마현은 그런 여인의 혼백을 향해 마력이 담긴 목소리로 명했다. 여인의 혼백은 여전히 부르르 떨리는 몸을 애써 진정시키며 마현을 향해 고개를 들었다.
 서로 눈이 마주치자 마현의 눈에서 귀기가 뿜어져 나와 여인의 눈으로 스며들었다.
 "오도평의 저녁식사를 나른 이가 너냐?"
 마현의 목소리 역시 귀기를 담아서 그런지 음산하기 이를 데 없었다.
 혼백은 고개를 마구 위아래로 주억거렸다.
 "네가 죽은 이유를 아나?"

그 질문에 혼백은 고개를 옆으로 저었다. 여전히 겁에 질린 모습이었다.

"이유도 모르고 죽은 가엾은 혼백이라……."

마현은 처연한 목소리로 안타까워하며 고개를 들어 무림맹 수뇌들을 흘깃 쳐다보았다. 그리고 그들 중 몇몇의 눈빛이 몹시 흔들리고 있다는 것을 발견했다.

"누가 너를 죽였나?"

마현의 말에 혼백의 눈이 화등잔처럼 커졌다.

죽을 때의 기억이 떠오른 것인지 여인의 혼백은 사시나무처럼 몸을 떨며 무릎 사이로 고개를 파묻었다. 공포에 질려 순간 공황상태에 빠진 것이다.

"대답하지 않으면 네 혼백을 지우겠다!"

마현의 목소리에서 살기가 가득한 귀성이 터져 나왔다. 그 목소리에 움찔 반응한 여인의 혼백은 몸을 바르르 떨면서도 고개를 들어 주위를 살폈다.

그런 혼백의 눈이 어느 한곳에서 멈췄다.

바들바들 떨던 여인의 혼백이 소스라치게 놀라며 바라보는 곳에는 코에 큰 사마귀가 난 청성파 제자 하나가 서 있었다.

-꺄아악!

혼백의 눈에서 원한 가득한 귀기가 뿜어져 나왔다.

-왜 죽였어? 왜 날 죽였어!

한 맺힌 귀성을 내뱉던 여인의 혼백은 단숨에 청성파 제자에게로 날아갔다.

"갈!"

그런 여인의 혼백을 향해 청허자가 몸을 날리며 검을 뽑아 들었다. 그리고는 도가 특유의 항마의 기운을 끌어올려 혼백을 베어 버렸다.

--끼아아악!

혼백의 옆구리에서 뿌연 기운이 흘러나왔고, 곧 검에 베인 자리는 텅 비어 버렸다.

충격을 받은 듯 혼백은 마구 날뛰었지만 청허자가 검에 실은 항마의 기운이 두려운 듯 좀처럼 다가가지 못하고 있었다.

"사, 사술이다. 나는 저 여인을 본 적이 없소."

그때 코에 사마귀가 난 청성파 제자의 높은 목소리가 터져 나왔다. 하지만 얼굴이 잔뜩 일그러지고 붉어진 것이 그리 진심이 느껴지지 않는 모습이었다.

"어디서 사술을 부리는 것이냐?"

청허자 또한 한껏 목소리를 높이며 내력을 끌어올렸다.

사실 청허자는 지금 적지 않게 놀란 상태였다.

초혼술은 원시무림시절, 도문의 한 곳이었던 모산파에서 시작되었다. 모산파 도인들은 당시 억울하게 죽은 혼백을 다스리거나 잡귀들을 물리칠 때 초혼술을 사용했다.

하지만 모산파가 멸문하고 그 명맥만 근근이 이어져 내려오던 것이, 수백 년 전부터 차츰 도술이 무공에 밀려나며 이제는 완전히 실전된 상태였다.

초혼술은 분명 도술이긴 하지만, 청허자는 단호하게 사술이라고 우겼다. 혼을 다루던 도술들이 사파로 넘어가 한때는 무림을 피로 물들었던 강시술을 탄생시킨 전례가 있었기 때문이다.

"네 억울한 원한은 본인이 풀어주마."

마현은 울부짖은 여인의 혼백을 다시 돌려보냈다.

"결국 본색을 드러냈구나!"

청허자는 마현을 향해 검을 들었다. 그리고는 다짜고짜 몸을 날려 검을 휘둘렀다.

마현은 크게 뒤로 물러나며 청허자의 검을 피했다. 연이어 공격을 날릴 줄 알았던 청허자가 잠시 주춤거렸다. 그 이유는 청허자의 다리 밑에 놓인 오도평의 시신 때문이었다.

청허자는 반걸음쯤 앞으로 걸어 나와 오도평의 시신을 보호하는 듯한 모습이었다.

그것을 기다렸다는 듯이 담기량이 검을 뽑으며 청허자 뒤에 섰다.

"비록 간악한 암계에 명을 달리했다지만 네놈의 손에 제자가 능욕 당하게 놔둘 수는 없다!"

담기량의 노기 어린 일갈에 화산파 제자들이 일제히 검을 뽑아들며 오도평의 시신을 에워쌌다. 이어 몇몇의 청성파 제자들 역시 검을 뽑아들었다.

하지만 앞으로 나서는 청성파 제자들 중 코에 사마귀가 난,

여인의 혼백이 흉수로 지목했던 자는 없었다.

"대주."

마현이 청허자를 차갑게 노려보며 왕귀진을 불렀다.

"하명하십시오."

"오도평의 시신을 가져오라!"

"명!"

왕귀진이 허리를 살짝 숙이는 순간이었다.

푹!

놀랍게도 오도평의 시신이 감쪽같이 땅속으로 사라졌다. 그 시신이 땅속으로 파고들어가는 순간, 몇 개의 하얀 손뼈가 땅을 뚫고나와 끌고 들어간 것은 아무도 보지 못했다.

그야말로 찰나지간에 오도평의 시신이 땅속으로 들어간지라 사람들이 본 것은 그저 땅으로 파묻혀 사라지는 신체 일부분뿐이었다.

마현과 흑풍대주의 대화를 듣고 사람들이 뒤늦게 시선을 돌렸을 때는 이미 오도평의 시신은 온데간데없고 빈 땅만이 남아 있었다.

"헙!"

누군가의 입에서 헛바람이 터졌다.

그 소리에 고개를 돌린 무인들의 눈은 경악으로 터질 듯 부릅떠졌다.

마현 옆에서, 그러니까 주군을 향해 여전히 허리를 숙이고 있는 왕귀진 앞으로 사라졌던 오도평의 시신이 땅을 뚫고 솟아오르고 있었던 것이다.

오도평의 시신이 땅속에서 완전히 모습을 드러내자 설영대가 앞으로 나섰다. 그리고 화산파와 청성파가 그랬던 것처럼 오도평의 시신을 에워쌌다.

"고맙소."

그 광경을 보고 마현이 살짝 고개를 돌려 설린에게 말했다.

"북해빙궁은 진실을 알고 싶을 뿐이에요."

설린이 전면을 쏘아보며 답했다.

"더불어 마교에 거짓이 없음을 눈으로 확인해 보고 싶어서 그럴 뿐이오."

냉천휘 역시 천천히 검을 뽑아 들고 나서며 말했다.

마현은 그런 설린과 냉천휘를 향해 가볍게 고개를 숙였다.

"이놈들!"

청허자는 내력을 담아 소리치며 앞으로 걸음을 내딛었다. 하지만 곧 설영대에 막혔다.

그리고 그 옆으로는 흑풍대가 나서며 설영대와 나란히 단단한 저지선을 구축했다. 일파의 종사인 청허자로서도 쉽게 뚫을 수 없는 거대한 벽이 앞을 가로막은 형국이었다.

그러는 사이 마현은 다시 마력을 일으켜 오도평의 시신에서 잠든 혼백을 깨웠다.

"일어나라."

귀기 어린 마현의 목소리에 오도평의 몸에서 조금 전처럼 실체를 가진 혼백이 모습을 드러냈다.

―……여기가 어디지?

혼백은 주위를 두리번거렸다.

―내 몸은 왜 이렇지?

오도평의 혼백이 저런 말과 행동을 보이는 것으로 보아 그는 아직 자신이 죽었다는 것을 인지하지 못하는 듯했다. 하지만 그것도 잠시, 형체가 불분명한 하체 아래 자신의 시신을 본 오도평의 혼백은 말문을 잃은 듯 석상처럼 굳어졌다.

한참을 자신의 시신을 내려다보던 그는 불신이 가득한 눈으로 고개를 들어 주위를 살폈다. 그런 오도평의 혼백과 마현의 눈이 마주쳤다.

"내 눈을 보라!"

조금 전 여인의 혼백과 마찬가지로 마현의 눈에서 뿜어져 나온 사기가 오도평의 눈으로 스며들었다.

콰광!

"이놈!"

담기량의 일갈과 함께 강기와 강기가 맞부딪히는 폭음이 터졌다.

"큭!"

마현이 미간을 찌푸리며 고개를 돌려보니 설영대와 담기량 사이에 땅이 파헤쳐지고 뒤집혀 있었다. 그 부딪힘으로 생긴 구덩이에는 살얼음이 하얗게 뒤덮여 있었다.
"내 본맹의 손님이라 예를 갖췄건만, 돌아오는 것은 본맹과 본파의 능멸뿐이구나!"
담기량의 몸에서는 화산파에서도 보기 드문 자색 기운이 뿜어져 나왔다. 화산파 장문인의 독문무공인 자하신공 특유의 기운이었다.
콰직 콰직 콰직!
담기량이 거센 기운을 내뿜으며 앞으로 걸음을 내딛었다.
그가 내딛은 자리에는 한 치가량 움푹 들어간 발자국이 선명하게 나 있었다.
어지간한 무인으로서는 감당하기 힘든 기운이었다. 설영대와 흑풍대는 담기량이 한 걸음 내딛을 때마다 뒤로 한 걸음씩 물러났다.
하지만 그럴수록 설영대와 흑풍대의 눈빛은 더욱 차가워졌고, 두 집단이 돌발적으로 공조하며 생겨났던 어색함이 사라지며 방어선은 더욱 견고해졌다.
"본 펜스!"
마현은 앞으로 한 걸음 내딛으며 허공에 팔을 휘저었다.
투둑 투두둑!
땅거죽이 터지고 뒤틀리며 흡사 끈이 끊어지는 듯한 소리가 들려왔다.
푹! 푸핫!

그리고 하얀 물체가 땅 위로 솟구쳐 올랐다.

하나가 아니었다. 수십 가닥으로 이루어진 그것의 실체는 하얀 뼈였다.

단순한 뼈가 아닌 날카로운 가시나무가 넝쿨을 이루는 듯한 혹은 생선가시를 마구 쌓아놓은 듯 보이는 그 하얀 뼈들은 뾰족한 침을 드러내며 거대한 울타리를 만들었다. 바로 뼈로 만들어진 울타리, 골책(骨柵)이었다.

"헙!"

담기량은 하체를 찌를 듯 자라나는 골책에 놀라 헛바람을 들이마시며 허공으로 몸을 날렸다.

그가 땅바닥을 디디고 설 때쯤엔 사람 키만 한 하얀 골책이 무림맹 수뇌들을 비롯한 소속 무인들, 그리고 남해태양궁 사람들을 완전히 가두어 버렸다.

"무, 무슨……."

"이, 이런 사술이라니……."

대부분 너무 놀라서인지 말을 끝까지 잇지 못하는 모습들이었다.

그들이 당황하는 사이 마현은 오도평의 혼백을 다시 사로잡았다.

"금마공을 어떻게 익혔나?"

……금마공인지 몰랐습니다.

"몰랐다?"

하긴 모를 수도 있을 법하다.

"그 금마공을 어떤 경로로 얻게 되었나?"

오도평의 혼백이 고개를 돌려 무림맹 쪽을 바라보았다. 그의 눈은 누군가를 찾는 듯 쉴 새 없이 주위를 살폈다. 그의 눈이 마침내 어느 한곳에서 딱 멈췄다.

거기에는 당황한 얼굴을 한 화산파의 장로 허담이 서 있었다.

오도평의 혼백이 손을 들어 허 장로를 가리켰다.

―허 장로님께서 어느 날 익혀보라며 주셨습니다.

마현의 눈도 허담에게 향했다. 좌중의 모든 이목이 한순간 그에게로 모였다.

"화산파를 어디까지 능멸할 생각이냐?"

허담은 시뻘겋게 달아오른 얼굴로 소리쳤다.

"맹주, 아니 장문인."

담기량을 부르는 그의 목소리에는 억울함이 담겨 있었다. 하지만 담기량은 그 소리를 못 들은 듯 마현을 노려볼 뿐이었다. 허담은 딱딱하게 경직된 얼굴로 손에 쥔 검을 들어올렸다.

"나의 결백함은 하늘이 알 것이다."

마현을 향해 소리치던 허담이 검을 역수로 잡더니 자신의 배를 푹 찔렀다.

새하얀 검날이 그의 등을 뚫고 나왔다. 그 검날에서 새빨간 피가 흐르며 땅바닥으로 뚝뚝 떨어졌다.

고통에 신음이라도 흘릴 법도 하건만, 허담은 마현을 노려보며 눈 주위를 꿈틀거릴 뿐이었다.

 고통에 일그러진 그가 고개를 돌려 무림맹 수뇌들을 쳐다보았다.

 "죽음으로 결백을 밝힐 것이외……."

 말을 끝까지 내뱉지 못하고 결국 허담이 고개를 아래로 떨어뜨렸다.

 한순간이었다.

 누가 말리고 말고 할 시간도 없었다.

 아차 하는 순간 허담 스스로가 자결을 한 것이다.

 그의 죽음 때문이었을까. 골책에 가로막혀 잠시 주춤하던 무림맹의 분위기가 험악하게 돌변했다. 그들의 눈에는 사생결단의 결의로 가득 찼다.

 담기량은 천천히 앞으로 고꾸라지는 허담을 묵묵히 지켜봤다. 이윽고 그의 수염이 분노로 부들부들 떨렸다.

 "무림맹은 들으라!"

 담기량의 목소리는 착 가라앉아 있었다.

 "정마대전이 일어난다 해도 본 맹주는 이 자리에서 척마의 기치를 세울 것이다!"

 "와아아아아!"

 "우와아아!"

 무림맹 무사들이 일제히 검을 들어 살심 어린 함성을 터트렸다.
"무림맹이여 일어나라!"
담기량의 목소리에 별채를 둘러싼 담 뒤에서 검은 그림자들이 일제히 모습을 드러냈다.

제4장
화산파 탈출

화산파 탈출

 별채를 둘러싼 담 위로 모습을 드러낸 그림자들의 수는 대충 눈에 보이는 인원만 해도 수백은 될 것 같았다. 그들 중 절반은 화산파 제자들이었고, 그 절반은 오파일방의 제자들이었다.
 아마 이번 대회에 참여한 오파일방의 무인들이 모두 동원된 모양이었다.
 이처럼 신속하게 그들이 모습을 드러냈다는 것이 의미하는 바는 하나였다.
 처음부터 이런 상황을 짐작하고 사전에 준비해 두었다는 것!

"열풍대도 나서라."

응급처치를 마치고 수하의 어깨에 몸을 기대고 서 있던 양곽원이 원한 가득한 목소리로 명을 내렸다.

열풍대주는 중한 상처로 인해 얼굴이 많이 창백해져 있음에도 불구하고 앞으로 한 걸음 나서며 열풍대를 직접 지휘했다. 그의 능수능란한 지휘로 인해 열풍대는 자연스럽게 무림맹 무인들 사이로 스며들어갔다.

이제 더는 싸움을 피할 수 없게 되었다.

그것을 너무도 잘 알고 있는 마현과 설린, 그리고 냉천휘의 눈빛이 짧게 서로를 오갔다.

'하지만 먼저 허 장로라는 자의 시신을 수습해야 한다.'

마현은 결심을 굳히고 골책 너머에 쓰러져 있는 허담의 시신을 바라보았다.

그가 자결이라는 극단적인 방법을 택하면서까지 감추려고 했던 비밀은 무엇인지, 또 어떤 경로를 통해, 무슨 의도로 오도평에게 금마공을 전했는지도 알아내야 한다.

『허 장로의 시신을 확보하라.』

『명!』

왕귀진은 마기를 손으로 모아 땅바닥을 짚었다.

"허 장로의 시신을 보호하라."

왕귀진과 마현을 주시하던 담기량이 허담의 시신이 있는 곳으로 고개를 돌리며 다급하게 소리쳤다. 이미 땅속으로 오도평의 시신이 사라졌던 것을 한 번 경험한 터라 화산파 제자들은 재빨리 허담의 시신을 향해 손을 뻗었다.

푸학!

허담의 시신이 바닥에서 떨어지기가 무섭게 그가 누워 있던 땅바닥이 한 치가량 아래로 푹 꺼졌다.

"어쩔 수 없군."

마현이 앞으로 나섰다.

"대주, 길을 뚫으라. 본인이 직접 시신을 확보하겠다."

"명!"

"설 소저, 그리고 냉 소협. 흑풍대의 후미를 부탁하오."

둘이 고개를 끄덕이는 것을 본 마현은 그 자리에서 몸을 띄웠다.

"네놈의 명줄은 내가 끊어주마!"

청허자였다.

쐐애애애액!

청허자는 허공에 몸을 띄운 마현의 하체를 향해 검을 휘둘렀다. 마현은 청허자의 검에 담긴 검강을 보며 다리 아래에 실드를 만들었다. 그 실드는 청허자의 검을 막기 위한 것이 아니었다.

마현은 허공에 만들어진 실드를 밟으며 재차 허공으로 몸을 날렸다.

"훙!"

청허자는 마현의 허공답보를 한 번 보았기에 어느 정도 다음 행보를 예상하고 있었다. 그가 몸을 한 바퀴 팽그르르 돌며 검을 휘둘렀다.

쑤아아앙!

청허자의 검에서 춤을 추던 강기가 검에서 빠져나와 시퍼런 반원을 그리며 마현의 하체를 향해 날카롭게 날아갔다.

"플라이!"

마현은 허공에 몸을 반듯하게 세우며 서클 단전에서 마력을 끌어올렸다.

"블링크!"

마현이 그 자리에서 사라졌다.

청허자의 검에서 뿜어져 나온 검강은 마현이 서 있던 자리의 공기만 찢어발기고 하늘 위로 솟구치며 사라졌다.

마현이 모습을 드러낸 곳은 허담의 시신을 들고 있는 화산파 제자들 앞이었다.

"헙!"

"허억!"

하늘에서 뚝 떨어졌는지, 아니면 땅에서 솟아올랐는지 눈 한 번 깜박할 사이에 마현이 자신들 앞에 서 있으니 그들이 눈알이 튀어나올 정도로 놀란 것은 당연한 일이었다.

"일렉트릭 네트(Electric net)!"

치지직 챠자자자작!

마현의 손끝에서 푸른 전기가 넓게 뿜어져 나왔다. 그 전기는 먹이를 노리는 뱀처럼 사방으로 뻗어나가다가 화산파 제자들의 검을 확 깨물었다.
 파팟 파파팟!
 전기가 화산파 제자들의 검으로 스며들자 푸르고 붉은 불꽃이 튀었다.
 "크악!"
 "크으으!"
 화산파 제자들은 감전이 되어 뻣뻣하게 굳은 채 몸을 부르르 떨었다. 그 충격으로 인해 모두들 바닥에 검을 떨어뜨렸다.
 내력이 강한 자들은 비틀거리면서 애써 신형을 바로잡는 모습이었지만 그렇지 않은 자들은 바닥으로 풀썩 쓰러졌다.
 마현은 땅바닥에 떨어져 나뒹구는 오도평의 시신을 주시하며 왕귀진을 불렀다.
 『대주!』
 마현의 매직마우스가 끝나기가 무섭게 오도평의 시신이 땅속으로 파묻히며 순식간에 사라졌다.
 쐐애액!
 쓰러진 화산파 제자들 사이로 날카로운 검강이 다시 날아왔다.
 마현은 재빨리 양팔을 들어 교차시켰다.
 "암 바클러!"

교차시킨 양팔 앞으로 두 개의 작은 보호막을 만들었다.

차장창창— 카강!

하나의 암 바클러가 검강에 부서지며 그 뒤에 숨어 있던 또 다른 암 바클러에서 불꽃이 튀었다.

마현은 차가운 눈으로 고개를 들었다. 그의 눈에 검을 들고 달려오는 곡상천의 모습이 들어왔다.

마현과 눈이 마주친 곡상천은 몸을 한껏 낮추며 마현의 다리를 검으로 베어 들어왔다. 그것을 피하기 위해 마현은 몸을 위로 띄웠다. 곡상천의 검이 발 아래로 지나갈 때 마현의 얼굴이 굳어졌다.

후우우웅!

등 뒤로 몰려오는 매서운 기운을 느낀 것이었다.

마현은 어금니를 꽉 깨물며 몸 주위로 실드를 쳤다. 하지만 급조하다시피 시현한 실드는 견고하지 못하고 엉성했다.

콰광!

강기에 직격당한 실드가 산산이 부서졌고, 온전히 막지 못한 충격이 마현의 등을 파고들었다.

"큭!"

마현의 입에서 신음이 터졌다.

튕겨지듯 앞으로 날아간 마현은 애써 신형을 틀어 균형을 잡으며 바닥으로 내려섰다. 하지만 또 다른 공세가 정신없이 몰아쳐오고 있었다.

땅을 스치듯 날아온 장풍이 마현이 바닥에 내려서자마자 위로 솟구치며 마현의 턱을 노렸다. 개방 방주 불취개의 강룡십팔장(强龍十八掌)이었다.

마현은 마라환영보를 밟으며 강룡십팔장으로 만들어진 장풍을 간신히 피한 후 블링크를 이용해 좌측으로 반 장쯤 떨어진 곳으로 이동했다.

그것이 끝이 아니었다.

후우우웅!

마현의 가슴으로 권강이 날아왔다.

이번에는 소림사 방장 혜공대사의 백보신권(百步神拳)이었다.

마현은 다시 두 팔을 들어올려 두 개의 암 바클러를 만들어 가슴을 보호했다.

콰과광!

하지만 암 바클러는 허무할 정도로 쉽게 부서졌다. 암 바클러를 부순 권강은 여지없이 마현의 가슴을 강타했다.

"컥!"

마현은 그 충격에 뒤로 주르르 밀려났다.

충격에 휘청거리는 신형을 애써 바로잡을 때 입가에서 가느다란 피가 흘러내렸다. 마현은 표정을 더욱 딱딱하게 굳히며 소매로 피를 닦았다.

그런 마현 주위로 다섯 명의 인물이 빈틈없이 에워싸고 있었다.
 바로 오파일방의 장문인들이었다.
 그나마 다행이라면 육대세가의 가주들이 그들과 함께 나서지 않았다는 점이다. 육대세가의 가주들은 뭔가 미심쩍은 부분이 있어 당장 공세를 취해 오진 않았지만 눈치를 보건대 어쨌든 무림맹이라는 한 울타리에 있었기에 곧 동참하려는 듯 보였다.
 '일이 더 커지기 전에 우선 화산파를 벗어나야 한다.'
 마현은 주위를 둘러보며 눈을 빛냈다. 지금은 적들의 거센 공세를 막아낼 길이 보이지 않았다.
 무인들의 수에서도 압도적인 차이가 났지만 그보다 심각한 것은 이곳이 적지 한복판이라는 점이다.
 더욱이 각 문파 장문인 한 명씩과 차례로 싸우는 거라면 또 모르지만 그들 다섯의 합공은 마현으로서도 어찌해 볼 수 있는 여지가 없었다.
 그나마 다행이라면 무당파의 장문인 청하진인이 다른 이들과는 달리 적극적인 공세를 취하지 않고 있다는 것이었다.
 일단 허담의 시신을 거둔 소기의 목적을 달성했으니 우선은 화산파를 벗어나기로 마음을 먹었다. 그 뒷일은 이 위기를 벗어난 다음 생각하면 될 것이다.
 "무림맹과 화산파를 능멸했으니 오늘 살아서 돌아갈 생각을 하지 마라!"

청허자가 마현을 향해 다시 검을 들었다. 그는 마현을 공격하는 이들 중 담기량과 더불어 줄곧 가장 악독한 수를 썼다.

'조금의 틈만 있으면 된다!'

마현은 일단 실드를 주위에 쳐 청허자의 검을 막았다.

캉!

실드와 청허자의 검 사이에 붉은 불꽃이 튀었다. 그 충격으로 단전이 약간 울렁거렸지만 마현은 어금니를 꽉 깨물며 마력을 끌어올렸다.

"필드 쇼크!"

서클 단전에서 뿜어져 나온 마력은 마현의 발을 타고 땅으로 스며들었다.

쿠르르 콰드드득 콰득!

마현이 발을 내디딘 곳을 중심으로 땅거죽이 파도를 치듯 들썩거리며 사방에서 요동쳤다.

"큭!"

뜻하지 않은 진동에 장문인들은 짧은 신음을 삼키며 재빨리 신형을 바로잡았다.

그 찰나의 시간, 마현이 기다렸던 약간의 틈이 생겼다.

"블링크!"

마현의 신형은 땅속으로 푹 꺼진 듯 그 자리에서 사라져 버렸다.

뒤늦게 혜공대사의 주먹이 날아들었지만 이미 마현의 모습은 그 자리에 없었다. 마현이 다시 모습을 드러낸 곳은 수적 열세에 몰려 있는 흑풍대와 설영대 위였다.

흑풍대와 설영대는 선전하고 있었지만 수백 명의 적에게 겹겹이 둘러싸여 있어 길을 뚫지 못하고 있었다.

'어쩔 수 없나?'

앙다문 마현의 입술이 윗니에 짓이겨졌다.

"흑풍대는 온전한 힘을 개방하라!"

마현은 마교를 떠난 후 흑풍대가 가진 힘의 원천이라 할 수 있는 스켈레톤 소환을 잠시 금지시켰다. 그러나 지금의 상황은 세인들의 눈을 의식할 여유가 없을 만큼 급박했다.

마현의 목소리가 마력을 타고 흑풍대에게 전해졌다.

그 명에 흑풍대의 기운이 달라졌다. 한순간 흑풍대에게서 검은 마기가 뿜어져 나와 사방을 에워쌌다. 그 가공할 마기를 함께 싸워나가고 있는 북해빙궁이 느끼지 못할 리 없었다.

'흑풍대의 온전한 힘의 개방?'

설린의 눈초리가 살짝 가늘어졌다.

흑풍대가 강한 것은 알겠지만 마현의 무위와 비교하면 약하다고 느꼈었다.

그도 그럴 것이 지금의 싸움에서 흑풍대가 보여준 것은 내공보다는 외공을 위주로 한 무력이었다. 또한 대주를 위시한 전체적인 무력 역시 설영대보다 한참이나 떨어졌다.

마교 대공자의 무력단체라고 하기엔 상당히 빈약한 그 전력을 보고 설린은 내내 의아스럽게 생각하던 참이었다.

"설영대주, 설영대를 뒤로 물려주시오."

왕귀진의 말에 설영대주 역시 묵묵히 고개를 끄덕이며 설영대를 흑풍대 뒤로 물렸다.

"우어어어어!"

그와 동시에 몸을 웅크렸던 흑풍대원들이 일제히 한 걸음 내딛으며 함성을 질렀다. 그러자 흑풍대 주위에 떠돌던 마기가 흡사 벽력탄이 폭발하듯 사방으로 뻗어나갔다. 그 검은 마기들은 바싹 마른땅에 촉촉한 단비처럼 스며들었다.

푹!

확연히 달라진 기세에 주춤하는 사이, 흙더미가 뒤집어지는 소리가 흑풍대와 설영대를 둘러싼 무림맹 무인들의 중앙에서 터졌다.

"으아악!"

이어서 비명이 터졌다. 그리고 그것을 시작으로 혈전의 서막을 알리는 전주곡처럼, 처절한 비명소리가 곳곳에서 터져나왔다.

푹 푹 푹!

"크아악!"

"으아아악!"

고막을 날카로운 칼로 후벼 파듯 듣기에도 섬뜩한 소리와 함께 사방에서 비명이 난무했다.

무림맹 무인들이 워낙 흑풍대와 설영대를 겹겹이 싸고 있어 비명이 터져 나온 곳에서 도대체 무슨 일이 벌어지고 있는지 좀처럼 확인할 수가 없었다. 하지만 그런 답답함은 아무것도 아니었다.

   *   *   *

지금 무림맹 무인들은 하나같이 황당한 얼굴을 하고 있었다.

분명 적은 자신들이 둘러싸고 있는데, 비명은 등 뒤에서 들려오고 있었기 때문이다.

하지만 산발적으로 시작된 비명소리가 점차 커지며 사방에서 들려오자 무림맹 무인들의 얼굴에 깃든 황당함은 이내 공포로 변해 갔다.

흑풍대 뒤에서 상황을 주시하던 한 설영대원의 눈이 부릅떠졌다.

그의 눈동자에 순간적으로 하얀색 물체가 언뜻 어른거렸다.

"저, 저……"

설영대원은 저도 모르게 말을 더듬으며 어느 한곳을 손가락으로 가리켰다. 자연스럽게 설영대의 시선이 그가 가리킨 곳으로 향했다.

그리고 설린과 냉천휘 역시 고개를 돌려 그곳을 바라보았다. 둘의 눈 역시 그 설영대원 못지않게 놀람으로 가득 찼다.

"해, 해골……."

"이, 이런 괴사가 있나?"

설린과 냉천휘는 고개를 들어 여전히 허공에 떠 있는 마현을 올려다보았다. 하긴 제아무리 허공답보라고 해도 마치 평지에 서 있는 것처럼 안정된 자세로 떠 있는 것 자체가 괴사라면 괴사였다.

그걸 감안한다면 그다지 놀랄 만한 일이 아니라고 여길 법도 하지만, 사실은 그렇지도 않았다.

장내에 보이는 건 살도, 근육도 없이 단지 뼈로만 이루어진 해골들이었다. 게다가 뼈로 이루어진 각종 병기들을 들고 무림맹 무인들 사이를 헤집고 다니는 모습은 충격 그 자체였다.

하지만 충격은 그것만으로 끝나지 않았다.

"이 요물들!"

무림맹 무인 하나가 동료의 등을 베어가는 스켈레톤을 일검에 잘랐다.

빠각!

스켈레톤은 허무할 정도로 순식간에 허물어졌다.

하지만 무인이 득의양양한 표정을 채 짓기도 전이었다. 허물어졌던 스켈레톤의 뼈가 마치 발이라도 달린 것처럼 한곳으로 모이더니 다시 멀쩡한 모습으로 일어서는 것이 아닌가!

—끼끼끼끼끼!

스켈레톤은 흉흉한 귀성을 터트리며 자신을 벤 무림맹 무인을 향해 몸을 돌렸다.

그리고는 터벅터벅 걸어가 얼굴을 가까이 들이댔다. 스켈레톤의 뻥 뚫린 동공에서 흉광이 번뜩였고 달그락거리던 턱 뼈가 쫙 벌어졌다.

―꺄아아아악!

귀성이 높아질수록 동공에서 번뜩이는 흉광 역시 더 음산해지고 짙어졌다. 스켈레톤은 가차 없이 골검을 번쩍 들어 무림맹 무인의 목을 베어 버렸다.

서걱!

피가 뿌려지고 무림맹 무인의 수급이 허공으로 날아올랐다. 목이 잘린 몸은 고목나무 쓰러지듯 옆으로 넘어갔다. 그런 일들이 도처에서 벌어지고 있었다.

죽지도 않는 해골 무리들.

그것을 바라보는 북해빙궁은 기가 질렸고, 무림맹 무인들은 공포에 허옇게 찌들어갔다.

설린은 이내 그 비밀을 알아차렸다.

스켈레톤의 몸이 한 번 부서질 때마다 흑풍대원 중 누군가의 몸이 움찔거리는 것을 본 것이다.

"가, 강시?"

청허자가 몸을 부르르 떨며 절규했다.

"마, 마교가 다시 강시를 부활시켰구나!"

담기량의 반응 역시 청허자와 별반 다를 바 없었다.
"죽여야 하오, 반드시!"
담기량은 검을 잡은 손에 불끈 힘을 주었다.
강시를 본 이상 계속 상황을 주시하며 몇 걸음 물러나 있던 육대세가의 가주들 역시 이제는 더 방관할 수 없게 되었다.
"육대세가의 제자들은 검을 들어라!"
제갈묘의 명에 그저 후미에서 상황을 지켜보던 육대세가의 무인들이 스켈레톤을 향해 달려들었다.
"강시를 상대하지 말고 흑풍대를 향해 검을 겨누라!"
제갈묘는 잠시 상황을 지켜보다 흑풍대가 골강시, 스켈레톤을 조종하고 있다는 것을 간파하고 다시 명을 내렸다.
몇 걸음 물러나 있던 육대세가 무인들까지 모두 합세하자 조금씩이지만 스켈레톤들이 밀려나기 시작했다. 또한 부서지는 횟수도 잦아졌다.
마현은 이대로는 길을 뚫을 수 없다고 판단하자 지체 없이 흑풍대 앞으로 내려왔다.
크게 숨을 들이쉬며 서클 단전에서 모든 내력을 끌어올렸다.
마현의 몸에서 뿜어져 나온 검은 마기가 회오리치며 몸을 휘감았다. 그 짙은 흑무 속에서 생소한 룬어가 흘러나왔다.
"파괴의 힘을 마나에 담아 지옥의 겁화를 땅거죽 위에 씌우리라, 시트 오브 플레임즈(Sheet of flames)!"

마현의 서클 단전에서 삼분지 일에 가까운 마력이 쭉 빠져나갔다.

양손을 모은 마현 앞으로 뜨거운 열풍이 휘몰아쳤다. 그리고 그 열풍은 화염을 불러왔다.

화르르륵!

마현 앞으로 한 가닥 불길이 만들어졌다.

"부, 불이야!"

"불이다!"

하지만 그건 시작일 뿐이었다.

마현의 몸을 둘러싼 흑무가 양손을 타고 불길로 전해지자 불길은 맹렬하게 치솟으며 삽시간에 불바다로 변해 버렸다.

"사, 사람 살려!"

"뜨거워! 으아아악!"

불은 폭풍이 몰고 온 거센 파도처럼 사람들을 집어삼켰다. 또한 땅마저 삼키려는 듯 붉은 혀를 날름거리며 활활 타올랐다.

그 불바다 속에서 온전한 것은 오직 죽지 않는 스켈레톤뿐이었다.

마현이 한데 모으고 있던 양손을 옆으로 쫘악 벌렸다.

화르르르―

그러자 불바다가 갈라졌다.

"최대한 빨리 이곳에서 벗어난다!"

마현이 몸을 날렸다.

그 뒤를 따라 흑풍대 역시 몸을 날렸다. 그리고 뜨거운 열기에 익숙하지 않은 북해빙궁 무인들이 내력으로 몸을 보호하며 갈라진 불길 사이로 뛰어들었다.

* * *

담벼락이 허물어지고 그 사이에 길게 난 검은 길을 한 사내가 노려보고 있었다.

원래 길도 아니었다. 또한 검은색도 아니었다.

길은 새로 만들어진 것이고, 검은색은 그을림이 덧칠해지며 생긴 것이다.

불길에 의해 만들어진, 아니 한 마리의 코끼리가 밀림을 헤치고 강제로 길을 만든 것처럼 뚫린 흔적 앞에서 사내, 양곽원이 시퍼런 안광을 갈무리한 채 입술을 자근자근 씹어대고 있었다.

양곽원은 신경질적으로 고개를 돌렸다.

"대주."

"예, 소궁주."

창백한 얼굴을 한 열풍대주가 양곽원 앞으로 걸어왔다. 어딘가 모르게 걸음걸이가 부자연스러운 모습이었다. 마현에 의해서 잘린 왼팔 때문이었다.

"분명 림(林)에서 마현을 죽이겠다고 하지 않았나?"

"화산파 안인지라 그들이 움직이기에는 힘이 들었을 겁니다. 아마 조만간 그들이 모습을 드러내리라 판단됩니다."

그 정도는 양곽원도 짐작하고 있었다.

다만 자신의 눈앞에서 마현이 설린과 함께 사라지자 질투심과 분노를 참지 못해 물은 것 뿐이다.

"공조를 위해 기별을 준다고 했으니, 조만간 연락이 올 것 같습니다."

"적양대(赤陽隊)는?"

"화산파 아래서 대기하고 있습니다."

"열풍대와 적양대를 직접 이끌겠다."

양곽원은 마현과 설린이 사라진 방향을 다시금 노려보았다.

"하지만 몸도 성치 않으신데……."

발목을 다쳐 쩔뚝거리는 양곽원을 보며 열풍대주는 걱정 어린 목소리로 말했다.

양곽원은 그 말을 귀담아 듣지 않고 광기에 번들거리는 눈으로 부르짖었다.

"반드시! 마현의 목을 직접 베어야겠다! 그 피로 얼룩진 자리에서 설린의 옷을 갈기갈기 찢어발기고! 내 그녀의 몸을 취할 것이다!"

양곽원의 꽉 다문 턱선이 벌레가 지나가듯 꿈틀거렸다.

생각보다 무림맹 무인들의 사상자는 많았다.

생살이 불에 타며 생겨난 노린내와 함께 짙은 혈향이 이미 형체도 없이 박살이 난 별채 주변을 숨 막히게 가득 채우고 있었다.

마현과 흑풍대를 경시한 것은 아니었다. 하지만 무림맹 수뇌부는 현재의 전력만으로도 충분히 마현을 비롯한 마교와 북해빙궁을 제압할 수 있을 거라 확신했다. 육대세가는 모르지만 오파일방은 이번 일을 예상하고 사전에 철저한 준비를 했었다.

근 열 배에 달하는 무인들의 압도적인 숫자로 단숨에 제압하고자 했다. 하지만 그것은 완벽한 오판이었다.

마현의 무위도 놀라웠지만, 무엇보다 상상도 하지 못했던 골강시의 존재는 무림맹 수뇌들을 경악하게 만들었다. 골강시로 허를 찌르며 마현과 흑풍대, 그리고 이제는 돌이킬 수 없는 사이가 된 북해빙궁이 화산파에서 탈주했다.

담기량은 허담의 시신이 있던 자리에서 걸음을 옮겨 마현이 탈주한 검은 길을 거쳐, 오도평과 시녀의 시신이 있는 곳으로 향했다. 그는 일그러진 눈으로 오도평의 시신을 내려다보았다.

금마공을 익힌 본문 제자. 그리고 그 금마공을 준 장로 허담.

생각할수록 머리가 복잡해졌다.

"맹주."

청허자였다.

"상심이 크겠지만 본맹과 화산파에 큰 치욕을 준 마교와 북해빙궁을 이대로 놔둘 참입니까?"

청허자의 말에 담기량은 고개를 끄덕이며 눈을 차갑게 빛냈다. 머릿속을 떠다니는 상념들도 모두 지웠다.

오도평은 금마공을 익히지 않았다. 그것은 마교의 간악한 술책이다.

그 술책에 화산파의 한 기둥이었던 허담이 억울하게 자결했다.

그로 인해 치욕을 받았다. 화산파도, 무림맹도…….

담기량은 그렇게 스스로에게 최면을 걸었다. 그리고 잠시 후 그의 눈빛은 더 이상 흔들리지 않았다. 망설임이 사라진 것이다.

이제껏 침통함에 젖어 있던 담기량의 기세가 순식간에 돌변했다. 그는 냉혹하리만큼 차가운 눈동자로 육대세가의 가주들을 쳐다보며 천천히 입을 열었다.

"이 시간부로 특급추살령을 내리는 것과 동시에 무림맹 차원의 천라지망을 명하오! 더불어 마교로 통하는 모든 길목에 특급경계령을 내리겠소. 만일 본 맹주의 명을 어기는 자가 있다면 그 지위고하를 막론하고 반역자로 처단할 것이오!"

담기량은 맹주를 상징하는 만년온옥으로 만들어진 옥패를

꺼내 들었다. 바로 정천패(正天牌)였다.

맹주를 상징하는 옥패, 정천패가 가진 의미는 컸다.

현 무림맹의 체계상 제아무리 맹주라고 해도 일방적인 명을 내릴 수 없다.

맹주 자리는 일종의 조율자라고 보면 된다. 하지만 정천패를 공식적으로 드러낸 후 내린 명은 다르다.

이유 불문, 무조건 따라야 한다.

그렇다고 그런 권한을 임기 내내 사용할 수 있는 것은 아니다. 정천패를 사용함으로써 맹주에게 돌아가는 불이익이 뒤따르기 때문이다. 정천패를 사용한 이후 맹주직에서 물러나야 한다는 제약이 바로 그것이다.

하지만 맹주직을 단지 조율하는 자리 정도로만 보면 오판이다.

현재 무림맹을 이루는 핵심 세력은 육대세가와 오파일방이다.

당연히 육대세가는 그들끼리 주로 뜻을 맞춰왔고, 오파일방 역시 매한가지다.

결국 무림맹을 이끌어 가는데 있어 서로의 이해관계가 달랐던 양측은 늘 대립하며 팽팽하게 맞서왔다. 그때 맹주의 권한이 힘을 발휘한다.

아무리 조율적인 의미가 크다고는 하지만 어느 쪽도 양보할 수 없을 정도로 대립이 심할 경우에는 당연히 맹주의 의견에 힘이 실리기 마련이다.

 정천패를 보자 육대세가의 가주들은 하나같이 침을 삼키며 눈을 빛냈다.

 암묵적인 합의 때문이었다.

 그동안 어느 한쪽으로 힘이 집중되는 것을 막고자, 맹주는 오파일방과 육대세가가 한 번씩 돌아가면서 맡았다. 그런데 담기량이 정천패를 사용한 후 물러난다면 그 균형이 깨진다.

 담기량이 사 년 임기의 맹주직을 수행한 지 아직 일 년이 지나지 않았다. 그런 상황에서 육대세가가 다시 맹주직을 맡게 되는 것이다.

 육대세가 가주들이 이런 절호의 기회를 마다할 리 없었다. 그들이 반색하는 것과 달리 오파일방 장문인들의 표정은 그리 밝지 않았다. 하지만 어쩔 수 없는 상황이라는 것을 알기에 그저 쓴 입맛만 다실 뿐이었다.

 그런 오파일방 장문인들의 뇌리에 모든 문제의 원인이라 할 수 있는 마현의 모습이 맺혀졌다. 그러자 은은한 살기가 눈동자에서 일렁였다.

 빠드득.

 누군가의 어금니가 갈리는 소리가 들렸다.

 "장문인들과 가주들께서는 천라지망을 위한 동원령을 내려주시오. 마교로 향하는 길목을 모두 막아야 할 것이니 특히 청성파와 사천당문, 그리고 개방은 다른 곳보다 큰 힘을 보태주

셨으면 하오."

담기량은 청허자, 당자성, 그리고 불취개를 향해 명했다.

마현을 잡기 위해서는 다른 곳보다 이 세 곳의 역할이 더욱 막중한 까닭이다. 거론된 세 사람 역시 그 뜻을 알았기에 무겁게 고개를 끄덕였다.

"그리고 독 장로."

담기량은 주위를 살피다 화산파의 무각인 중향각(重香閣)을 책임지고 있는 독소명 장로를 불렀다.

"예, 맹주."

"일단 섬서성부터 천라지망을 펼칠 것이니, 당장 화산파 삼대제자 이상 전원을 집결시키고, 그리고 섬서성 내 속가제자들이 있는 무가들과 표국 등에도 모두 동참하라 명을 내려주시게."

"알겠습니다, 지금 당장 전서구를 날리겠습니다."

"곡 장문인."

담기량은 끝으로 곡상천을 불렀다.

"걱정하지 않으셔도 되오. 내 그럴 줄 알고 미리 종남파에 기별을 넣어놨소."

담기량은 곡상천의 말에 고개를 주억이며 몸을 돌려 양곽원을 쳐다보았다. 그리고 눈이 마주치자 그 앞으로 걸어갔다.

"양 소궁주는 어쩔 생각이신가?"

"저 역시 이대로 물러날 수는 없지 않겠습니까?"

양곽원의 눈이 가늘어지며 싸늘하게 빛났다.

"여기 있는 열풍대 외에도 화산파 아래 적양대가 대기하고 있습니다. 화산파와 종남파, 그리고 남해태양궁이라면 아무리 마교와 북해빙궁이라 해도 섬서성 내에서 모두 해결할 수 있을 겁니다. 그리고……."

양곽원은 아직 모습을 드러내지 않은 림에 대해 말하려다가 입을 닫았다.

"고맙네. 내 양 소궁주의 배려는 잊지 않겠네."

담기량의 말에 양곽원은 고개를 살짝 숙였다.

 쫓고 쫓기는 자들

 오전에 있는 마교 대전회의를 끝내고 마주전을 나서며 사공소는 얼굴을 살짝 찌푸렸다.
 "어디 편찮으신 겁니까?"
 허진이 그런 사공소 곁으로 다가와 안색을 살피며 걱정 어린 눈빛으로 물었다.
 "아니야, 그냥 요즘 좀 피곤해서 그런 것뿐이네."
 사공소는 아무렇지도 않다는 얼굴로 목을 이리저리 움직였다.
 "안색이 좋아 보이지 않습니다."
 "나이도 있으니 노환이 오는 거겠지. 허허."

사공소는 싱거운 웃음을 터트렸다.
"가 당주에게 말해 몸에 좋은 보약이라도 한 첩 올리라 하겠습니다."
"됐네. 안 그래도 요즘 매일 율 군사가 생맥산차를 올린다네. 그거 마시는 것만으로도 족해."
산맥산차 특유의 쓴맛이 떠올랐는지 사공소는 입을 쩝쩝 다시며 다시금 눈가를 찌푸렸다.
"하지만 교주님, 교주님이 본교의 중심……."
"그 소리도 매일 율 군사를 통해 지겹게 듣고 있네."
사공소는 손을 휙휙 저으며 그만하라는 뜻을 내비쳤다.
하지만 허진은 물러나지 않았다.
"며칠 내로 가 당주와 함께 찾아뵙겠습니다."
"부교주."
"예, 교주님."
"본좌를 그리도 못살게 굴고 싶은가?"
"그럴 리가 있겠습니까?"
사공소는 허진의 입가에서 담담하게 번지는 미소가 왠지 못마땅했다.
"에잉, 쯧쯧쯧."
그가 마땅찮은 표정을 지으며 혀를 찼다.
"오늘인가? 무림맹 무림대회 본선이?"
"아마도 그런 것 같습니다."

"어째 조용하군."
"무엇을 말씀하시는지······."
허진의 물음에 사공소는 고개를 돌렸다.
"뭐긴, 자네가 그리도 예뻐하는 대공자 말이야."
"아!"
"재미있는 이야기가 들려올 법도 한데 말이야······."
아쉽다는 듯 고개를 젓는 사공소의 얼굴은 마치 무언가를 기대하는 듯한 표정이었다.

그런 둘의 대화를 제법 떨어진 곳에서 바라보는 두 명의 인물이 있었다. 바로 군사 율기와 삼공자 도종극이었다.
『어찌 되어 가나?』
도종극은 귀기가 어린 섬뜩한 눈빛으로 사공소와 허진의 등을 쳐다보며 전음으로 물었다. 율기는 차갑게 웃으며 역시 전음으로 답했다.
『마현은 살아서 신강의 붉은 흙을 밟지 못할 것입니다.』
『하긴 군사라면 한 치의 어긋남 없이 일을 진행하겠지.』
도종극은 율기의 말에 고개를 끄덕이며 사공소와 허진에게서 눈을 뗐다.
『일은 잘 진행되고 있겠지, 군사?』
『그래서 남해태양궁을 조금 흔들어 놓았습니다. 굳이 본림에서 손을 쓸 필요가 없습니다.』

율기의 말에 도종극은 흡족한 얼굴로 고개를 끄덕였다.

잠시 후 사공소와 허진이 시야에서 완전히 사라지자 도종극은 숨을 크게 내쉬며 말했다.

"애욕에 눈이 먼 사내는 어리석음을 알면서도 행하지."

도종극은 유독 승부욕이 강한 양곽원의 얼굴을 떠올렸다. 그리고 그가 설린을 좋아함도, 그럼으로써 마현과 한 하늘을 이고 살 수 없음도 익히 율기를 통해 들은 후였다.

"그렇다면 일을 완벽히 마무리하는 게 좋겠군."

"그래서 북해빙궁도 조금 흔들어 놓을까 생각중입니다."

율기의 말에 도종극이 씨익 웃었다.

"생각보다 판이 커지겠군."

"판이 커지고 혼란스러울수록 본림에게는 득이 되면 되었지 실이 되지는 않을 것입니다, 소림주."

"마지막까지 긴장의 끈을 놓지 말도록 하라."

"그리하겠습니다, 소림주."

도종극은 몸을 반쯤 틀다가 생각난 듯 말했다.

"그나저나 스승님도 대단하셔. 남만야수궁을 묶어두기 위해 운남성주마저 움직이게 만들다니 말이야."

조용히 중얼거리는 도종극을 바라보는 율기의 눈빛이 미묘해졌다.

'남해태양궁은 이미 검림(劍林)과 손을 잡았소, 소림주. 천하는 당신네 귀림(鬼林)의 것만이 아니라오.'

"보는 눈들도 있으니 중요한 일은 따로 찾아와 고하라."

도종극의 목소리가 율기의 상념을 깨트렸다.

율기와 헤어진 도종극은 몇 걸음 채 걷지 못하고 발걸음을 멈춰야 했다.

언제 나타났는지 사공찬이 도종극의 앞을 가로막았기 때문이다.

"무슨 일입니까, 사형?"

"요즘 코빼기도 안 보여 꼬리를 만 줄 알았는데 아닌 모양이군."

"그럴 리가 있겠습니까?"

사공찬의 비웃음에 도종극 역시 비웃음으로 상대했다.

"그것 참 다행이로군."

"요즘 듣자하니 죽으라고 수련에 힘쓰신다고요?"

두 사람의 말투는 상당히 꼬여 있었다.

"본교의 절대 원칙, 강자가 군림한다. 나는 군림하고 싶어서 말이야."

"호오, 그러십니까?"

도종극이 입꼬리를 말며 사악하게 웃었다. 아무래도 그의 일그러진 웃음은 보는 이로 하여금 기분을 상하게 만드는 데 탁월한 재주가 있는 모양이다. 사공찬의 미간에 주름이 깊게 파였다.

"나는 누구처럼 깨갱하며 꼬리를 말고 싶지 않아서 말이야."

사공찬은 그답지 않게 노골적으로 빈정거렸다. 그 빈정거림에 도종극의 표정 역시 굳어졌다. 하지만 이내 다시 입꼬리를 말아 올렸다.

"사형 말씀을 들으니 꼭 저와 한판 벌이고 싶다는 뜻으로 비춰지는군요."

"그렇게 들렸나?"

"그리 들리는군요."

도종극의 말에 사공찬의 입가에 차가운 미소가 걸렸다.

"그리 들었다면 제대로 들은 것이지."

사공찬은 턱을 빳빳하게 세우고 눈만 아래로 지그시 내려뜨며 도종극을 빤히 보았다.

그 오만한 모습에 도종극은 눈가를 잔뜩 찌푸리며 물었다.

"대공자가 먼저 아니던가요?"

"맛있는 건 나중에 먹고 싶은 법이지."

도종극은 그런 사공찬을 보며 히죽 웃었다.

"발정 난 암캐처럼 그리 짖지 않으셔도 됩니다."

도종극의 눈에서 음산한 귀기가 번뜩였다.

"뭐야?"

사공찬의 관자놀이에서 힘줄이 돋아났다. 그리고 몸에서 거센 투기가 뿜어져 나왔다. 그 기세는 고스란히 도종극을 덮치며 압박해 들어갔다.

도종극은 그 기운을 흘리며 사공찬 앞으로 바싹 다가가 얼굴을 드밀었다.

"크크크, 머지않아 그럴 날이 올 것입니다. 머지않아……. 사형이 원치 않아도 그리 될 겁니다."

도종극은 혀를 날름 내밀어 입술을 핥았다. 그리고는 사공찬의 어깨를 툭 건드리며 발걸음을 내딛었다.

"낄낄낄낄."

멀어져가는 도종극에게서 기분 나쁜 웃음소리가 흘러나왔다.

사공찬은 그런 도종극을 보며 입술을 한일자(一) 모양으로 굳게 닫으며 눈을 가늘게 떴다.

* * *

서악이라는 또 다른 이름을 가진 화산의 중턱.

마현과 흑풍대, 그리고 설린과 냉천휘, 설영대가 모여 있었다. 힘든 싸움을 거쳐 화산파를 벗어난 그들이어서 그런지 다들 땀으로 흠뻑 젖은 모습이었다.

또한 검에 베여 너덜너덜 찢어진 옷은 크고 작은 상처에서 흘러나온 피로 얼룩져 있었다.

"문제는 지금부터군."

마현은 화산파가 있는 산 정상과 아래를 훑어보며 중얼거린 후 설린과 냉천휘를 쳐다보았다.
"본인 때문에 애꿎은 일에 휘말리게 되어 미안하오."
"괜찮아요."
설린은 미소를 지으며 대답했다.
"설 사저가 그렇다는군요."
냉천휘는 설린의 모습에 어깨를 으쓱하며 대답했다.
"내 약속하겠소. 어떤 일이 있어도 북해빙궁은 단 한 명도 죽지 않을 것이오."
마현은 뒤에 시립한 왕귀진과 회회혈마를 돌아보았다.
"대주, 그리고 이장로."
"예, 주군."
"하명하시옵소서."
왕귀진과 회회혈마가 마현 곁으로 다가와 허리를 숙였다.
"이 시간 이후로 흑풍대는 설영대를 보호하라. 그리고 이장로는 설 소궁주와 냉 소협을 보호하라. 그대들은 북해빙궁을 보호하는 데 있어 제 목숨을 돌보지 말아야 할 것이다!"
"명!"
"알겠습니다, 주군."
두 사람은 다시 한 번 허리를 숙여 마현의 명을 받들었다.
"그러지 않아도 됩니다."
설린은 그런 두 사람의 등을 바라보며 급히 만류했다.
"북해의 바람은 보기보다 매섭답니다."

마현은 설린의 말에 그녀를 향해 몸을 틀었다.
"그 뜻이 아니오."
"……?"
"나와 이장로, 그리고 흑풍대가 죽어야 한다면 북해보다 먼저 죽겠다는 뜻이오."
"그렇다면 주군."
회회혈마가 마현과 설린 사이로 다가왔다.
"주군의 뜻이 그러하시다면 길을 북해로 잡는 것은 어떨까 싶습니다."
"북해로?"
"아마도 무림맹에서는 이미 특단의 조치를 취했을 겁니다."
"특단의 조치라 함은?"
"십중팔구 본교로 향하는 길목마다 길을 틀어막고 있을 것이 분명합니다. 하여……."
회회혈마는 잠시 뜸을 들였다가 다시 입을 뗐다.
"일단은 북해로 향했다가 북해빙궁의 안전이 확보되면 바로 신강으로 내려가는 것이 좋을 듯싶습니다, 주군."
"나쁘지 않은 제안이네요."
설린의 흔쾌한 대답에 마현은 고개를 주억거렸다.
"그럼 그리하지."
마현은 산 아래를 내려다보며 잠시 생각에 잠겼다.
이곳은 무림맹 적지 한가운데다. 현재 화산파에 모인 오파일방과 육대세가의 무인들 수만 해도 엄청날 것이다. 그들에 비하면 너무나도 적은 인원이다. 그런 인원이 두 패로 갈라지는 것보단 함께하는 것이 낫다.

게다가 가는 길목마다 무림맹 산하 문파들이 저지를 하며 진로를 가로막을 것이 아닌가.

그럴 경우 끈질기게 뒤쫓아 올 무림맹의 추격대까지 대비하며 매번 혈로를 뚫어야 할 것이다.

"감사합니다, 주군."

"종남파가 조금 걸리기는 하지만 곧장 녕하를 거쳐 북쪽으로 올라가는 것이 나을 것 같네요."

설린은 회회혈마의 제안에 자신의 의견을 조금 더 보탰다.

"최단시간 몽고로 들어가면 무림맹에서도 어찌하지는 못할 것이오. 몽고만 지나면 바로 북해이니……."

냉천휘도 자신의 의견을 피력했다.

"좋소, 그리합시다."

결정을 내린 마현은 지체하지 않고 흑풍대를 향해 고개를 돌렸다.

"북쪽으로 길을 잡는다."

"명!"

"명!"

흑풍대 역시 조용히 명을 받들었다.

* * *

화산파 장문인실.

담기량을 비롯해 무림맹 수뇌들과 양곽원이 자리하고 있었다. 그들이 앉아 있는 탁자 위에 중원 전도가 펼쳐져 있었고, 그 지도 위에는 나무로 작게 깎아 만든 말들이 천산을 중심으로 도처에 놓여 있었다.

"대략 이틀 후면 마교로 향하는 길목은 모조리 막힐 것이오."

당자성이 손가락으로 '당(唐)'자가 적혀 있는 말들과 '개(丐)'자가 적혀 있는 말들을 함께 가리켰다.

"무당과 제갈세가 역시 귀주성으로 내려갔으니, 그들이 쉽사리 운남을 통해 서장 쪽으로 들어가지는 못할 것이외다."

제갈묘가 가리킨 곳에는 제갈세가와 무당파를 상징하는 글자가 적힌 말들이 놓여 있었다.

"하북팽가는 내일 새벽이면 섬서성에 들어설 것이오."

"소림사 역시 하북팽가와 같습니다, 아미타불."

"종남파 역시 감숙과 녕하로 향하는 길목을 모조리 틀어잡았소이다."

무림맹의 모든 힘이 섬서성과 마교로 통하는 길목으로 차근차근 집중되고 있었다.

파드득.

마현과 북해빙궁이 어느 길목으로 갈 것인지 한참 논의하고 있을 때 한 마리의 전서구가 장문인실 안으로 날아와 곡상천의 어깨 위에 내려앉았다. 곡상천은 전서통에서 자그만 전서를 꺼내 읽었다.

깨알 같은 글씨를 읽어 내려가는 곡상천의 얼굴에 차가운 미소가 서서히 번졌다.

"무슨 일이오?"

"먹이를 물었소."

"그 뜻은?"

곡상천은 전서를 탁자 위에 내려놓으며 내용을 설명했다.

"절반이 넘는 우리 종남파의 제자들을 감숙과 녕하로 향하는 길목에 배치시킨 것은 모두들 알고 계실 것이오."

"그렇다면 바로 신강으로 가는 것이 아니라, 북해로?"

"그렇소이다."

곡상천은 고개를 끄덕였다.

"종남파 관할에 사는 사냥꾼이 산을 타고 넘어가는 무리를 보았다고 전갈을 보내왔다는구려. 그 사냥꾼의 설명을 들어본 결과 십중팔구 마교와 북해빙궁이 틀림없다는 결론이외다."

북해로 바로 빠져나갈 가능성은 배제한 뒤 작전을 짠 터라 약간 후회가 되었지만, 다행히 아직 늦지는 않았다. 지금부터라도 서두르면 그들을 사로잡을 수 있었다.

"소림사는 본맹으로 오는 중일 테니 이른 새벽 합류하는 즉시 움직이도록 하시오. 그리고 하북팽가는 포성현(蒲城縣)으로 오라 전갈을 넣어주시오. 하북팽가는 그곳에서 합류하도록 하지요."

"아미타불."

"알겠소이다."

담기량은 고개를 돌려 당자성과 청허자를 쳐다보며 말을 이었다.

"인접거리에 있는 사천당문과 청성파는 종남파와 합류해 감숙과 녕하로 향하는 길목을 철통같이 막아주시오."

"알겠소, 맹주."

"그리하지요."

"그리고 다른 분들은 우선 소수라도 선발대를 급히 섬서성으로 보내주십시오."

담기량은 고개를 숙여 지도에 그려진 섬서성에서 북으로 향하는 길목을 내려다보았다.

"북해빙궁은 몰라도, 마교는…… 그 목숨으로 무림맹의 치욕을 씻어야 할 것입니다."

담기량의 말에 양곽원이 말없이 고개를 살짝 숙였다. 둘 사이에 눈빛이 짧게 오갔다.

남해태양궁과 무림맹 사이에 오간 밀약 때문이다.

장차 정마대전이 벌어질 경우 남해태양궁은 무림맹에 힘을 실어주기로 했다. 그리고 무림맹은 남해태양궁이 북해빙궁을 삼킬 때 역시 힘을 실어주기로 한 것이다.

    *   *   *

 산길조차 제대로 나지 않은 깊은 산중이었다.
 숙영을 할 수 있을 정도로 나무가 듬성듬성한 공터에 마현과 일행들은 자리를 잡았다.
 하지만 마현은 자리에 앉지 않고 공터 주위를 오가며 뭔가 일을 벌이고 있었다.
 그런 마현을 설린과 냉천휘는 유심히 살폈다.
 '진(陣)인가?'
 그렇게 생각했지만 진은 아니었다. 진이라면 분명 기의 흐름을 바꾸기 위해 돌이나 나무 등을 이용해야 하는데, 마현은 아무 것에도 손을 대지 않았다.
 잠시 후 마현은 일을 마쳤는지 가볍게 숨을 내쉬며 공터 중앙으로 걸어와 섰다.
 '바로 저기에 비밀이.'
 설린이 그런 생각을 할 때쯤 마현의 몸에서 기파가 파동 치듯 흘러나와 주위로 스며드는 것이 느껴졌다. 마현은 여전히 눈을 살짝 감은 채 한동안 서 있다가 은은한 미소를 지으며 눈을 떴다.
 "끝났나요?"

"그렇소."

마현은 설린과 냉천휘가 앉아 있는 곳으로 걸어가 땅 위로 볼록 솟아난 바위에 엉덩이를 걸치고 앉았다.

그러자 흑풍대는 익숙하게 불을 지피고 간단한 식사를 준비하기 시작했다.

처음 그런 모습에 설린은 물론, 냉천휘와 설영대도 깜짝 놀랐다.

쫓기는 입장에서는 사소한 것도 조심해야 한다. 음식 냄새도 문제지만 아무리 첩첩산중이라 해도 야간에 불을 피우는 행위는 자신들의 위치를 적에게 고스란히 노출시키는 가장 치명적인 결과를 초래한다.

특히나 어두운 산속의 불빛은 보통 사람이라도 족히 5리 밖에서도 식별이 가능하다. 더욱이 무인이라면 그보다 더 먼 거리에서도 충분히 볼 수가 있었다.

그런 생각 때문에 심각한 표정을 짓고 있는 설린과 냉천휘에게 마현이 가볍게 웃으며 안심하라 일러주었다. 쉽게 믿기지 않았지만 마현은 밖에서는 자신들의 모습을 전혀 볼 수 없다고 덧붙여 설명했다.

하지만 목숨이 걸린 일인지라 냉천휘는 설영대 몇을 데리고 직접 환영마법진 밖으로 나가 마현의 말이 사실임을 확인까지 했다.

그런 그들의 움직임으로 인해 주변에 알람 마법이 설치돼 있는 것까지 알게 된 설린은 그저 놀라워할 뿐이었다.

비전에 대해 쉽게 물어볼 수 없었지만 설린은 호기심과 경외감이 담긴 눈빛을 숨길 수는 없었다. 그 눈빛에 마현은 그저 진법의 일종이라고 얼버무렸다.

마현은 흑풍대가 준 나뭇가지를 모아 불을 지폈다.

화르르륵.

마현의 손에서 만들어진 순수한 불덩이, 파이어 볼에 의해 나뭇가지는 순식간에 불타올랐다.

'흠······.'

냉천휘는 타닥타닥 타는 장작불과 마현을 번갈아 쳐다보며 입속으로 침음성을 삼켰다.

볼수록 신기한 능력을 가진 이였다.

보여주는 무력은 분명 마공인 듯한데, 좀 더 자세히 살피면 무공이 아닌 것 같다는 생각이 문득 들었다.

냉천휘는 설린에게 시선을 돌렸다. 모닥불에 의해 붉은 빛이 감도는 얼굴로 설린은 간간히 마현을 흘깃흘깃 쳐다보고 있었다.

딱 봐도 설린이 마현을 연모하고 있음이 분명했다.

하지만 문제는 마현이었다. 마현은 설린과 같은 마음이 아닌 것 같았다.

'설 사저는 저 사내의 어디가 좋다는 것이지?'

냉천휘는 고개를 절레절레 저으며 모닥불로 시선을 돌렸다.

잠시 할 일 없이 나뭇가지로 모닥불을 뒤적이던 냉천휘는 자리에서 일어났다. 왠지 자리를 피해줘야겠다는 생각이 들어서다.

타닥 타닥 타닥.

냉천휘가 자리를 뜨자 침묵 속에서 나무 타는 소리만이 모닥불에 내려앉았다.

"쫓기는 상황만 아니라면 운치 있는 밤이네요."

결국 침묵을 참지 못하고 설린이 먼저 말을 꺼냈다.

"……."

마현은 불쏘시개를 내려놓으며 고개를 들어올렸다.

밤하늘에 별들이 반짝반짝 빛나고 있었다.

이렇게 바라보는 밤하늘의 별들은 하르센 대륙과 별반 다름없는데, 왠지 낯설게 느껴졌다.

어느 정도 적응했다고 생각했는데 아닌 모양이다. 마현은 씁쓸한 표정을 지으며 고개를 내렸다. 그리곤 내려놓았던 불쏘시개를 다시 들어 모닥불을 뒤적거렸다.

마현은 이제껏 미뤄놨던 말을 꺼내려다가 말았다.

보는 눈도 많고, 듣는 귀도 많은 까닭이다.

마현은 설린의 시선을 피해 몸을 살짝 틀어 나무기둥에 등을 기댔다.

"앞으로 무슨 일이 생길지 모르오. 쉴 수 있을 때 쉬어두시오."

마현은 그 말만 하고는 입을 꾹 닫고 눈을 감았다.

이제는 알아줄 법도 하건만 설린은 야속함에 깊은 한숨을 푹 내쉬었다. 그렇게 시간이 흘렀다.

단 한 사람, 설린을 제외하고 다들 고단함에 잠자리에 들었다.

설린 역시 피곤했기에 모닥불 주위에 잠자리를 마련했지만 야속함과 아련한 마음에 쉽사리 잠이 오지 않았다. 그저 간간히 잠든 마현의 얼굴을 보며 남몰래 한숨만 내쉴 뿐이었다. 그렇게 설린은 잠자리를 뒤척이다가 자정을 훌쩍 넘겨서야 겨우 선잠에 빠져들었다.

그렇게 고단한 밤이 지나갔다.

짹 짹 짹—

날이 어스름하게 밝아오며 새벽이 왔다.

마현은 이름 모를 산새의 지저귐에 슬며시 눈을 떴다. 이른 새벽이라서 그런지 습기로 인해 공기가 눅눅했다. 마현은 눅눅함을 없애기 위해 꺼져가는 모닥불을 파이어 볼을 이용해 다시 살렸다.

화르륵!

거의 불씨만 남은 장작더미에서 다시 불이 활활 타올랐다.

타닥, 타다닥!

"으음!"

선잠에 들었던 설린이 몸을 뒤척이다가 장작이 타오르는 소리에 잠에서 깨어났다. 그리고 눈을 떠 마현이 누워 있던 자리를 쳐다보았다.

아직 자고 있을 거라 여긴 마현과 눈이 마주치자 설린은 화들짝 놀라 얼른 돌아 누웠다.

아무리 무림의 여인이고, 북해의 빙화라지만 마현이 자신의 잠든 모습을 보고 있었다는 생각이 들자 설린의 얼굴이 빨갛게 달아올랐다.

설린은 그녀답지 않게 허둥지둥 옷맵시를 다듬은 후에야 긴장하며 모닥불 쪽으로 몸을 돌릴 수 있었다.

다시 어색한 침묵 속에서 탁탁, 모닥불 타오르는 소리만이 들렸다.

설린은 다시 한숨이 새어나왔다.

어제 저녁과 달리진 것이 하나도 없었기 때문이다.

설린이 문득 침울해할 때 마현의 목소리가 들려왔다.

"설 소저. 아니 설 소궁주."

마현의 낮고 진지한 목소리에 설린은 움찔하며 허리를 펴고 바르게 앉았다.

그리고 마현의 얼굴을 직시했다. 마현 역시 불쏘시개를 내려놓으며 설린을 바라봤다.

"혹……"

"혹?"

"혹 본인을 마음에 담아두고 있소?"

너무나도 직설적인 물음에 설린은 화들짝 놀란 표정을 지었다. 그녀의 얼굴이 홍시처럼 붉어졌다. 그녀는 바로 대답하지 못하고 마현에게서 받은 애꿎은 반지만 빙그르르 돌릴 뿐이었다.
"그……."
"본인은 반드시 해야 할 일이 있소."
　어렵게, 정말 어렵게 설린이 입을 뗐지만 이내 마현의 목소리에 파묻혔다.
"교주 자리에 오르는 거 말씀인가요?"
　설린의 물음에 마현은 고개를 저었다.
"아니오."
　설린은 마현의 얼굴에 깃든 씁쓸함 속에 묻어나오는 분노를 보았다.
"……아니면?"
"복……."
　마현은 입을 열려다가 금세 닫아버렸다.
　굳이 설린에게 장황하게 설명할 필요를 못 느낀 것이다.
"나에게 좋은 감정을 가지고 있다면……."
　마현은 '그러지 말아주시오, 부탁이오'라는 준비해 둔 말을 끝까지 하지 못했다.
　띠링 띠링 띠리리링!
　공교롭게도 그때 알람 마법이 울린 것이다.

마현은 굳은 표정으로 자리에서 일어났다.

여기저기 흩어져 자유롭게 잠을 자던 흑풍대 역시 언제 그랬냐는 듯이 자리에서 일어나 기세를 일으켰다.

그들보다 반응이 늦었지만 침입자를 알리는 알람 마법의 경고음에 설영대 역시 모두 자리에서 일어나 내력을 끌어올려 만반의 준비를 끝마쳤다.

마현은 서클 단전에서 마력을 끌어올리며 투시 마법을 펼쳤다. 그러자 마력이 마현의 눈으로 스며들었다.

울창한 나무가 주위에 빼곡하게 들어서 있어 시야를 차단하고 있었지만 마현에게 그것은 문제가 되지 않았다.

저 멀리 수풀을 헤치며 이곳으로 서서히 올라오는 사람들로 만들어진 긴 띠가 보였다.

그 면면을 살펴보니 무림맹의 소속 무인들이었다. 그들의 움직임으로 보아 자신들의 정확한 위치가 발각된 것은 아닌 것 같았다.

그렇다고는 해도 무림맹의 정보력은 가히 대단하다고 생각할 수밖에 없었다.

그도 그럴 것이 마현 일행은 산길조차 제대로 나지 않은 첩첩산중으로만 은밀히 움직였다.

그동안 부딪힌 인물 또한 없었다. 간혹 사냥꾼들의 모습이 먼발치에서 보였지만, 설마 그들에게서 정보를 얻을 줄은 상상조차 하지 못했던 것이다.

"무슨 일인가요?"

어느새 설린 역시 딱딱한 표정으로 긴장하고 있었다. 시야가 빽빽한 수풀에 가려져 있기도 했지만 워낙 먼 거리에서 다가오고 있는지라 그녀는 무림맹 무사들을 보지 못한 것이다.

"무림맹이오."

마현은 설린을 바라보며 말했지만, 그 대답은 모두가 들을 수 있도록 컸다.

"대오를 정비하라."

마현의 명에 흑풍대는 조용히 이동하며 큰 원진을 만들었다. 그 원진은 설영대와 설린, 그리고 냉천휘를 보호하는 형태였다.

설영대는 그런 흑풍대의 모습에 그들 역시 흑풍대가 만든 큰 원진 안에 다시 작은 원진을 만들어 설린과 냉천휘를 둘러쌌다.

진형이 갖춰진 것을 확인하자 마현은 플라이 마법으로 하늘 위로 올라가며 순식간에 투명화 마법을 발현시켜 모습을 감췄다. 지상에서 대략 30여 장 높이로 올라가자 주위가 한눈에 들어왔다.

'흠……'

발 아래로 펼쳐진 광경에 마현은 저도 모르게 침음성을 삼켜야 했다. 무림맹 무사들은 자신들이 있는 산을 빼곡히 둘러싼 채 포위망을 좁혀 오고 있었다. 그 수는 어림잡아도 족히

천 명은 되어 보였다.

비록 그들이 아직은 자신들의 정확한 위치를 파악하진 못한 듯 보였지만 토끼몰이 하듯 산을 통째로 둘러싸고 좁혀 오는 포위망을 피해갈 방법이란 없다. 그리고 그 시간은 점점 다가오고 있었다.

아마 이대로 둘러싸인다면 큰 피해를 입을 것이 분명했다.

'그렇다면 허를 찔러야겠지.'

마현은 다시 지상으로 내려왔다.

마현은 하늘에서 본 현재의 상황을 간략하게 설명했다. 설명을 듣자 북해빙궁 사람들의 얼굴은 딱딱하게 굳어졌다. 생각보다 상황이 심각함을 느낀 것이다.

일단 설명을 마친 마현은 흑풍대를 향해 나직하게 명을 내렸다.

"흑풍대는 모습을 감추라."

마현의 명에 흑풍대는 일제히 마력을 명치 부근 구미혈에 박혀 있는 마정석에 주입했다. 마정석을 통과한 마력은 자연스레 흑풍대의 상반신에 수를 놓듯 빼곡하게 새겨진 마법진으로 스며들었다.

약간의 공명과 함께 흑풍대원들의 몸이 흐릿하게 변해갔다. 그리고 점점 투명해지더니 잠시 후 그들의 몸이 시야에서 완전히 사라졌다.

"……!"

"……!"

워낙 급박한 상황인지라 설영대의 입에선 그 어떤 목소리도 흘러나오지 않았지만 흑풍대의 등을 쳐다보던 그들의 눈은 놀람으로 가득했다.

설영대원 중 하나가 호기심을 참지 못하고 조금 전까지 자신의 바로 앞, 흑풍대원이 서 있던 곳으로 손을 내밀었다. 그 손끝에 뭔가가 걸렸다.

그러자 아무것도 없는 빈 공간에서 익숙한 흑풍대원의 목소리가 들렸다.

"여기 있소."

"헙!"

설영대원은 저도 모르게 헛바람을 터트렸다.

보고도 믿을 수 없는 기사(奇事)였다. 분명 아무것도 보이지 않는데 흑풍대원의 옷자락과 그의 등이 손끝에서 느껴졌고, 목소리가 들려왔다.

'도대체 이들의 능력은 어디까지란 말인가?'

냉천휘 역시 놀란 표정을 감추지 못한 채 앞에 서 있는 마현을 보며 마른침을 삼켜야 했다.

마현은 투명화 마법으로 모습을 감춘 흑풍대를 쳐다보며 고개를 끄덕인 후 입을 열었다.

"시간이 없어 설명은 생략하겠소."

"……?"

"지금부터 여러분에게 본인의 기운이 느껴져도 거스르지 마시오."

마현은 설린을 쳐다보았다.

북해빙궁의 대표가 설린이니 그녀의 허락이 필요한 일이다. 잠시 고민하던 설린이 냉천휘와 눈빛을 주고받은 후 고개를 끄덕였다.

그 모습에 마현은 잠시 눈을 감고 숨을 깊게 내쉬었다. 그리고 눈을 뜬 마현은 서른 명의 북해빙궁 설영대와 설린, 냉천휘를 쳐다보았다.

도합 서른두 명.

마현은 그들에게도 흑풍대와 같은 투명화 마법을 펼칠 생각이었다.

한두 명도 아니고 이들 전원에게 마력을 불어넣는다는 건 결코 쉽지 않은 일이었다.

'하지만 그로 인해 얻는 이득은 더욱 클 것이다.'

마현은 서클 단전에서 마력을 최대한 끌어올렸다. 마현의 몸에서 뿜어져 나온 마력은 서서히 퍼져 어느새 설린, 냉천휘, 그리고 설영대를 감쌌다.

"어둠의 마나로 빛마저 왜곡시키리라, 트랜스패런시(Transparency)!"

마현의 몸 주변을 은은하게 감싸며 돌던 마력이 그 기이한 주문이 끝나자마자 설영대의 몸으로 스며들었다.

이질적인 마력이 몸에 들어오자 설영대원들의 눈가가 찌푸려졌다.

당연한 반응이었다.

남의 내력이 스며들어와 마음대로 몸 안을 휘저으니 무인이라면 누구라도 그런 표정을 지을 것이다.

우우웅!

얼마의 시간 후, 마현과 설영대원들의 몸이 공명을 일으켰다. 그러자 설영대원들의 몸 역시 조금 전 흑풍대처럼 서서히 희미해지고 있었다.

'헉!'

설영대원들의 눈이 부릅떠졌다.

그들의 파르르 떨리는 눈동자는 점점 형체가 사라지고 있는 자신의 손과 발, 그리고 몸을 보고 있었다. 그것은 흡사 물이 증발하며 사라지는 것처럼 보였다.

그리고 마침내 놀람으로 부릅떠진 그들의 눈에서 자신들의 몸이 완전히 사라졌다.

그렇게 몸이 완전히 사라졌다고 인지한 순간, 약간의 어지럼증이 느껴졌다.

그 어지럼증으로 인해 잠시 눈을 감았다가 떴을 때 설영대원들은 또다시 놀랐다. 자신뿐만 아니라 함께 사라졌던 동료들의 모습이 다시 보였던 것이다.

하지만 그 모습은 사라지기 전과는 확연히 달랐다.

투명한 파란색이라고 해야 하나?

마치 파란색 물감으로 허공에 그림을 그린 듯 자신과 동료들의 몸이 보였다. 그리고 조금 전 자신들의 눈앞에서 사라졌던 흑풍대원들의 모습 역시 그렇게 투명한 파란색으로 보였다.

똑같은 과정이 다시 설린과 냉천휘에게 일어났고, 두 사람 역시 점차 사라져갔다. 그들은 마지막으로 서서히 사라지며 투명한 파란색으로 변해가는 마현의 모습을 지켜보았다.

설영대뿐만 아니라 설린과 냉천휘 역시 너무도 신기한 광경에 잠시 정신을 차리지 못하고 이리 보고 저리 보고, 심지어는 이곳저곳 만지기에 바빴다.

그때였다.

바스락.

그리 멀지 않은 곳에서 수풀이 꺾이고 밟히는 소리가 들렸다.

『쉿!』

마현이 매직마우스로 주의를 주며 검지로 입술을 가렸다.

잠시 우왕좌왕하던 설영대 역시 그 목소리에 기세를 감추며 몸을 웅크렸다.

『이것이 유지되는 시간은 길어야 반 시진이오.』

마현의 말에 설영대원들은 다시 한 번 자신들의 몸을 내려다본 후 고개를 끄덕였다.

『그 시간 동안 최대한 빨리 북쪽으로 올라가야 하오.』
『알았어요.』
설린이 북해빙궁을 대표해 전음으로 대답했다.
『흑풍대주, 흑풍대가 길을 뚫어라.』
『명!』
설영대와 설린, 냉천휘를 둘러싸고 있던 흑풍대가 수풀이 스치는 소리가 들리는 곳으로 신형을 틀었다.
부스럭거리는 소리가 조금씩 커지고 있었다.
그만큼 자신들을 죄여오는 무림맹 무인들과의 거리가 가까워졌다는 뜻이다.

* * *

"근데 정말 여기에 마교 놈들과 북해 얼음덩이들이 있는 건가?"
"무림맹에서 소화산(小華山) 일대에 대대적으로 천라지망을 펼치라 명을 내린 걸 보면 이 근처 어디에 있기는 하겠지."
"하긴……. 그런데 이 일로 정마대전이 일어나는 것이 아닌가 싶어."
"정마대전뿐이라면 그나마 낫지. 이번엔 새외삼궁 중에 두 곳이 끼어들었으니 어찌될지……."
"그러게 말이야. 남해태양궁을 보니 완전히 사생결단 낼 분위기더군."

"그런데 정말 화산파에서 마공을 익혔을까?"

한나절 내내 계속된 수색 작전 때문에 지루함을 느낀 것인지, 무림맹 무인들은 두런두런 낮은 목소리로 잡담을 나누고 있었다.

"조용히 하지 못할까?"

그 잡담이 도가 지나쳤는지, 그들을 이끄는 수장이 나직하게 호통을 쳤다. 그러자 잡담을 나누던 사내들이 흠칫하며 입을 닫았다.

수장은 자신을 따르는 수하들을 일일이 노려본 후 다시 수풀을 헤치고 나아갔다. 그리고 얼마 후 깊은 산속에선 좀처럼 보기 드문 작은 공터가 눈에 들어왔다.

공터를 보자마자 수장이 손을 살짝 들어 걸음을 멈추게 했다. 수장은 검 자루에 손을 얹으며 공터를 유심히 살폈다.

그런 그의 눈에 공터 곳곳에서 모닥불의 흔적이 보였다. 방금 전에 꺼졌는지 나무 타는 매캐한 냄새가 금세 코를 찔렀다.

그 흔적 때문일까. 조금 전 잡담을 나누던 수하들의 기세가 완전히 달라졌다.

그들은 추적에 익숙한 듯 역할을 나누어 조직적으로 움직였다. 수장의 손짓에 몇몇은 사방을 경계하며 살폈고, 몇몇은 수풀을 벗어나 공터로 들어섰다.

조심스럽게 공터로 들어선 몇몇은 주위에 아무도 없음을 확인하자 재빨리 꺼진 모닥불로 다가갔다.

모닥불은 이미 꺼져 있었지만 여전히 불기가 느껴졌다.

'이 정도의 열기가 남아 있다면…… 자리를 뜬 지 채 일각이 지나지 않았을 터.'

모닥불을 확인한 무림맹 무인이 수장과 눈을 마주친 후 간단한 수화로 보고했다.

상황을 파악한 수장은 무겁게 고개를 끄덕이며 품에 손을 넣었다. 그가 꺼낸 것은 폭죽이었다.

폭죽을 터트리기 위해 양손을 모을 때였다.

수장은 섬뜩한 파장이 몸을 훑고 지나가는 것을 느꼈다.

그리고…….

서걱!

살이 갈라지고 뼈가 잘리는 소리가 들렸다. 눈앞에서 핏줄기가 솟구치는 것도 보였다.

살이 갈라지고 뼈가 잘리는 그 소름끼치는 소리가 다름 아닌 자신의 몸에서 난 것임을 수장이 알았을 때, 피가 그의 얼굴에 튀었다.

툭!

수장의 잘려나간 양팔과 폭죽이 바닥에 떨어졌다.

"크아악!"

뒤늦게 찾아온 지독한 고통에 그가 비명을 내질렀다.

그 비명이 시작이었다.

영문도 모른 채 놀란 얼굴로 공터에 서 있던 무림맹 무인들의 몸이 먼저 갈라졌다.
 그들의 몸에서 뿜어져 나온 피가 빗줄기처럼 후드득 떨어지며 마른땅을 적셨다. 한순간 공터는 피에 젖어 비릿한 혈향을 풍겼다.
 수풀 속에서 그들을 엄호하던 이들 역시 그 기괴한 광경을 본 순간 고통을 느끼며 쓰러졌다.
 "크아아—악!"
 귀를 먹먹하게 만들 정도로 비명이 순식간에 터져 나왔다.
 하지만 이상한 것이 있었다.
 바로 산울림, 메아리였다. 분명 비명소리로 만들어진 메아리가 다시 들려와야 하는데, 아무 소리도 되돌아오지 않았다.

 '역시 그 신비한 마력의 파장 때문인가? 그리고 진법?'
 설린은 모골이 송연하게 하는 살육의 현장을 주시하며 고개를 갸웃했다. 알람 마법과 외부에서는 자신들이 보이지 않았던 조금 전의 환영진을 떠올렸다.
 하지만 이번에는 그러한 진법을 펼칠 시간조차 없었다. 그런데 울리지 않는 메아리라니.
 설린은 두려움이 가득한 눈으로 마현을 쳐다보았다.
 마현은 무림맹 한 수색조의 수장이 떨어트린 폭죽을 들고 있었다.

'폭죽이라…….'
 폭죽을 살피던 마현의 입가에 희미한 미소가 지어졌다.
 '어쩌면 수월하게 빠져나갈 수도 있겠군.'
 마현은 폭죽을 들고는 공터에서 대기하고 있는 흑풍대와 북해빙궁이 있는 곳으로 몸을 돌렸다.

제6장
천라지망

천라지망

 거대한 사람들의 띠가 산 하나를 둥글게 에워싼 후 서서히 좁혀나가는 광경을 후방에서 지켜보던 양곽원은 고개를 끄덕였다.
 새삼 무림맹의 힘을 다시 한 번 실감했기 때문이다.
 그런 양곽원 옆에는 두 명의 중년사내가 서 있었는데, 바로 왼팔이 잘린 열풍대주와 적양대주였다. 적양대주는 일이 터진 직후 곧바로 합류했다.
 "몸이 많이 안 좋아 보이오."
 적양대주는 열풍대주의 창백한 모습에 걱정 어린 목소리로 물었다. 그도 그럴 것이 팔이 잘린 후 제대로 쉬지도 못한 열풍대주의 이마에는 식은땀이 배어 있었다.

"괜찮소."

열풍대주는 비록 안색은 창백했지만 조금도 흔들림 없는 굳은 눈빛을 하고 있었다.

"적양대가 선두에 서겠소."

적양대주는 열풍대주에게서 시선을 거두며 고저 없는 음성으로 말했다.

비록 정감이라고는 눈을 씻고 찾아봐도 볼 수 없을 정도로 무뚝뚝한 어투였지만, 열풍대주는 그것이 적양대주의 천성임을 잘 알고 있었다. 그리 가까운 관계는 아니지만 그래도 근 삼십 년을 지켜봐왔기 때문이다.

"고맙소."

그렇게 삼십 년을 보아온 사이답지 않게 적양대주를 대하는 열풍대주의 모습도 그리 친근해 보이지는 않았다.

그들은 청년 시기에 접어들면서부터 자주 본 사이였지만, 그렇다고 친분을 쌓은 것도 아니었다. 이를테면 남이라고 하기엔 부족하고, 그렇다고 친우라 하기엔 넘치는 그런 모호한 관계였던 것이다.

"앞으로 어쩔 생각이오?"

적영대주는 눈을 내려 열풍대주의 왼팔이 잘려나가 헐렁해진 소매를 보며 물었다.

그 시선을 느낀 열풍대주는 이제 간신히 피가 지혈된 왼쪽 어깻죽지를 만지며 어색하고도 씁쓸한 웃음을 지었다.
"다시 시작할 수 있을까 모르겠소."
"흠."
"하지만 다시 시작은 해볼 생각이오."
"그렇다면?"
 적양대주의 말에 열풍대주는 고개를 돌려 잠시 열풍대원들을 둘러보고는 이내 시선을 거두었다.
"물러날 생각이오."
 열풍대주의 무거운 대답에 적양대주는 입을 열지 못했다. 굳이 보지 않아도 험난한 길이 훤히 보인 까닭이다.
 두 사람이 어색한 침묵에 빠져 있을 때, 하늘에서 전서구 한 마리가 적양대주를 향해 쏜살같이 내려왔다. 전서통에서 전서를 빼든 적양대주는 양곽원에게로 성큼성큼 걸어갔다.
"궁주께서 보내신 전서입니다."
"아버지께서?"
 양곽원은 적양대주가 내민 전서를 받아든 후 펼쳤다.

> 너는 남해의 태양이다.
> 태양이 원하는 것이 있다면 응당 가져야 하는 법.
> 갖거라.

 짧은 서신이었다.
 하지만 양곽원에게 있어 이보다 더 반가운 서신은 없을 것이다.

"소궁주."

막 서신을 삼매진화로 태우고 있는 양곽원 곁으로 이번에는 열풍대주가 다가왔다.

"무슨 일인가?"

"림에서도 전서구가 왔습니다."

"무슨 내용이던가?"

"원하시는 대로 빙화는 무사히 넘기겠다는 뜻을 밝혀 왔습니다."

양곽원은 회심의 미소를 지었다. 그건 자신의 확고한 뜻도 일부 반영 되었겠지만 아마 아버지의 입김이 더 강하게 작용했을 것이다. 그렇기에 그 같은 서신을 보낸 것이 틀림없다고 양곽원은 생각했다.

"무례하군. 아직까지 감히 본인 앞에 모습조차 드러내지 않으니 말이야."

양곽원은 달랑 전서구를 이용해 전서만 보낸 검림을 떠올리며 눈살을 찌푸렸다. 하지만 그것도 잠시, 이내 득의양양한 눈웃음을 지었다.

무림맹도, 검림도 빙화를 자신에게 주기로 약조했다.

신비문을 자처하는 검림의 의도를 잘은 모르나 양곽원은, 그리고 남해태양궁은 상관없었다.

무림맹이 지금처럼 중원의 한 축을 지배하든, 검림이 마교와 무림맹의 뒤통수를 치고 중원을 지배하든, 남해태양궁은 그동안 그래왔듯 앞으로도 변함없이 남해를 지배할 테니까. 그리고 설린을 차지하게 될 테니까.

게다가 어느 쪽이 새로이 중원의 패자가 되던 북해의 지배권에 대해서는 전폭적으로 지지하겠다는 약속을 양쪽 모두에게 받아냈다.

'굿이나 보고 떡이나 먹으면 되는 것인가?'

"후후후."

양곽원의 입술이 살짝 벌어지며 옅은 웃음소리가 흘러나왔다.

그때였다.

양곽원과 무림맹 수뇌들이 서 있는 곳에서 그리 멀지 않은 곳에서 붉은 폭죽이 터지며 하늘로 불꽃이 치솟았다.

당연히 양곽원은 고개를 돌려 조금 떨어진 곳에 모여 있는 무림맹 수뇌들을 쳐다보았다. 그리고 그들 중 제일 먼저 맹주 담기량과 눈이 마주쳤다.

둘은 동시에 고개를 끄덕였다.

그 즉시 양곽원은 열풍대주와 적양대주를 불렀다.

"열풍대주, 적양대주."

"예, 소궁주."

"하명하시옵소서."

"남해태양궁은 일단 빙화만 사로잡는다. 그것에 방해되는 것은 모조리 죽여도 좋다."

"명!"

"명!"

명을 받은 둘은 각자 수하들을 데리고 폭죽이 터진 곳으로 신형을 날렸다.

양곽원도 열풍대와 적양대의 뒤를 따라 몸을 날렸다. 하지만 아직 발목이 온전히 낫지 않아서인지 움직임이 기민하지는 못했다.

　　　　　　＊　　＊　　＊

폭죽이 터진 직후, 무림맹과 남해태양궁이 일제히 자리를 떴던 그 공터에 새하얀 비단 무복을 입은 인물들이 모습을 드러냈다.

그들의 소매에는 그들이 속한 곳을 상징하는 수가 놓여 있었는데, 그것은 한 자루 검이었다.

바로 검림이었다.

"천라지망을 저렇게 뒤흔들어 놓다니, 가히 마교 대공자의 무력은 상상을 불허하는군."

가장 앞에 서 있는 장년인이 윤기가 흐르는 검은 수염을 손으로 쓰다듬으며 폭죽이 터진 곳을 쳐다보며 말했다. 허리에 찬 검과 그의 눈에서 뿜어져 나오는 안광이 아니었다면 인자

한 학사라고 해도 믿을 만큼 부드럽고 온화한 얼굴이었다.

"어떻게 할 생각인가? 우검 호법."

그 옆으로 그와 비슷한 연배의 장년인이 다가오며 물었다.

그의 얼굴은 우검 호법과 달리 매부리코에 눈꼬리가 약간 치솟아 있어 성정이 상당히 괴팍해 보였다.

또한 마치 쇠를 박박 긁어대는 듯한 음성은 그 인상을 더욱 괴팍하게 만들었다.

하지만 그 역시 검과 시퍼런 안광이 아니었다면, 꼬장꼬장한 관리나 어느 학당의 훈장이 아닐까 싶을 만큼 한편으론 중후한 품격이 느껴지기도 했다.

"나는 오직 뜻을 따를 뿐이네. 헌데 자네는…… 그렇지 않다는 건가, 좌검 호법?"

"어찌 호법으로 림주의 뜻을 거스르겠는가? 단지 호승심이 일어서 그런 게지."

가늘게 찢어 놓은 듯한 좌검 호법의 눈에서 시퍼런 안광이 뿜어져 나왔다.

"설령 그렇다 해도 마음속에서 지우게. 대계가 바로 코앞일세."

"평생 이리 살아온 나일세."

좌검 호법은 매부리코 아래 도드라진 입술을 질끈 깨물었다.

그것을 보며 우검 호법이 한숨을 내쉬며 말했다.

"휴우, 알았네. 마교 대공자를 주지."
"역시 자네는 내 둘도 없는 벗이야."
좌검 호법은 그때서야 흡족한 미소를 지어 보였다.
"그 대신 남해태양궁 소궁주는 자네에게 주지."
좌검 호법은 아스라이 멀어져 가는 남해태양궁 무인들의 뒷모습을 턱으로 가리키며 말했다.
"궁주는 자네가 갖고?"
우검 호법은 눈가에 주름을 잡으며 좌검 호법을 슬며시 흘겨보았다.
"그게 그렇게 되나?"
"허허허."
좌검 호법의 뻔뻔함에 우검 호법은 그냥 웃음을 터트렸다. 그 웃음에 좌검 호법 역시 희미하게 미소를 머금었지만 이내 지웠다.
"하지만 마음에 안 들어."
"뭐가 말인가?"
우검 호법이 좌검 호법의 차가워진 목소리에 웃음을 거두며 반문했다.
"귀림."
싸늘한 좌검 호법의 목소리에 우검 호법의 표정 역시 잔뜩 굳어졌다.
"결국 본림의 대계가 그놈들에 의해 반쪽짜리로 전락하지 않았는가?"

"……"

"마음에 안 들어. 천하 양분이라니……."

"그 마음 삭이게. 삭이고 또 삭여야만 진정한 검림 천하를 이룰 수 있으니까."

온화하던 우검 호법의 눈빛도 어느새 싸늘하게 식어 시퍼런 안광을 내뿜고 있었다.

* * *

폭죽이 터진 곳에서 한참이나 떨어진 산 능성을 타고 흑풍대와 설영대가 은밀히 북상하고 있었다.

조용히 앞만 바라보며 움직이고 있었지만 설린은 자꾸만 뒤쪽 폭죽이 터진 곳에 신경이 쓰였다.

'어떻게?'

분명 조금 전 마현은 폭죽을 든 채 자신 옆에 서 있었다.

잠시 다녀오겠다는 말이 끝나고 채 몇 걸음을 내딛지 않았는데 수십 장이나 떨어진 곳에서 폭죽이 터졌다. 마현이 터트린 것은 분명한데, 제아무리 신법의 달인이라고 해도 그건 상식적으로 말이 안 되었다.

헌데 마현은 아무렇지 않게 그 일을 해냈다.

잠시 생각해 보니 그가 며칠 동안 보여준 것들 모두가 상식적으로 가능한 것이 거의 없었다.

펑! 퍼엉!

그렇게 막 생각에 잠겼을 때 멀리서 또다시 폭죽이 솟아올랐다. 눈으로 대략 가늠해 봐도 처음 폭죽이 터진 자리에서 수십 장은 족히 떨어진 곳이다.

그 소리에 긴장하며 하늘로 솟아오르는 불꽃을 쳐다보던 냉천휘는 안도의 한숨을 내쉬었다. 그리고 다시 앞으로 고개를 돌린 냉천휘의 몸이 순간 석상처럼 굳어졌다.

냉천휘 앞, 아니 설영대 앞에 걸어가는 흑풍대 사이에 마현의 모습이 보였기 때문이다.

도저히 믿어지지 않았다. 언제 왔는지 보지도 못했다. 아니 보는 건 고사하고 기척을 느끼지도 못했다.

냉천휘의 파르르 떨리는 눈동자에는 어느새 경외감마저 생겨났다.

하지만 겉보기와는 달리 현재 마현의 몸은 과도한 마력의 방출로 지독히 혹사당한 상태였다.

설영대에 투명화 마법을 걸었고, 두어 번 걸친 싸움에서 일행을 숨겨야 했기에 광범위한 지역에 음파차단 마법을 펼쳤었다.

게다가 무림맹에 혼란을 주기 위해 장거리를 순간이동 할 수 있는 텔레포테이션(Teleportation)을 무려 네 번이나 연속적으로 펼쳤다.

순간이동 마법의 종류는 세 가지다. 아니, 이론으로만 가능하다고 알려진 차원이동 마법까지 더한다면 네 가지이긴 하지만, 그건 어디까지나 상상력을 토대로 한 마법사들의 이론일 뿐이다.

3서클의 블링크, 6서클의 텔레포테이션, 그리고 7서클의 워프 네비게이션(Warp navigation).

이렇게 세 개가 마현이 알고 있는 순간이동 마법이다.

이 세 마법은 각기 그 쓰임새가 다르다. 블링크는 개인 단거리 순간이동 마법인데 비해 텔레포테이션은 개인 장거리 순간이동 마법이다. 그리고 워프 네비게이션은 단체 중단거리 순간이동 마법이다.

만일 개인이 아닌 단체가 장거리 순간이동을 하려면 워프 게이트(Warp gate) 마법진을 이용해야 한다.

마현이 현재 6서클이었기에 텔레포테이션 마법을 충분히 쓸 수 있었지만 이제껏 필요성을 느끼지 않아 한 번도 펼치지 않았었다. 또한 시전하는데 상당량의 마력이 필요했기에 조금 꺼려했던 것도 사실이다.

'후우……'

아직 서클 단전의 마력이 고갈된 것은 아니지만 한순간 많은 마력을 사용한 까닭에 마현은 극심한 피로를 느꼈다. 하지만 잠시도 쉴 틈이 없었다.

마현은 깊게 숨을 들이마신 후 내쉬며 호흡을 골랐다.

어느 정도 호흡이 편해지자 다시 마력을 끌어올렸다.

『지금부터 속도를 낸다.』

마현의 명에 소화산을 통과하는 일행의 속도가 더욱 빨라졌다. 한동안 가장 앞서 달려가던 마현의 몸이 갑자기 멈췄다. 그에 맞춰 흑풍대와 북해빙궁의 인물들 역시 걸음을 멈췄다.

마현의 눈동자에는 여전히 마력이 맴돌고 있었다.

투시 마법을 이제껏 펼치고 있었기 때문이다.

'천라지망이란 말이 괜히 생긴 게 아니로군.'

일행들의 눈에는 보이지 않았지만, 마현은 투시 마법을 통해 앞에 진을 치고 있는 무림맹 무인들을 보고 있었다.

'소림사와 종남파인가?'

쉽지 않을 거라 여겼지만 이처럼 빨리 길목이 막힐 줄은 몰랐다. 결국 마현이 조금 전에 하늘에서 본 천여 명의 무림맹 무인들이 전부가 아니라는 소리다.

『무슨 일인가요?』

신중하게 몸을 웅크리고 전방을 주시하는 마현 곁으로 설린이 다가오며 전음으로 물었다.

『쉽게 빠져나갈 수는 없을 것 같소.』

마현은 소림사와 종남파가 진을 치고 길목을 막아선 것을 짤막하게 설명했다. 그들을 쳐다보는 마현의 미간에 주름이 잡혔다.

투명화 마법이 시현된 지 벌써 한식경이 흘렀다.

'여기서 더 시간을 끌었다가는 소화산을 벗어나기도 전에 투명화 마법이 해체될 것은 자명한 일.'

마현의 눈빛이 차갑게 가라앉았다.

『강행 돌파한다!』

안전하게 돌아가는 것도 한 방법이지만, 그럴 경우 오히려 투명화 마법이 풀려 더 위험해질 수도 있었다.

더욱이 마현 역시 상당한 마력을 사용한 터라 길게 시간을 끌어봤자 좋을 게 없다는 것을 이미 느끼고 있었다.

『흑풍대주는 우측, 부대주는 좌측을 맡으라.』

『명!』

마현은 마력을 끌어올렸다. 동시에 음파차단 마법을 광범위하게 펼쳤다.

결국 자신들의 진로가 드러나게 되겠지만 무림맹 수뇌부에게 알려지는 시간을 최대한 늦추기 위함이었다.

마현은 허공으로 날아오르며 마력을 끌어올린 후 더욱 강한 위력을 내뿜기 위해 마법을 중첩시켰다.

"윈드 커터, 리터레이트!"

휘이이잉―

마현이 떠 있는 허공 주위로 거센 바람이 휘몰아쳤다. 바람은 마현에게 모여들수록 점차 광포한 기세로 돌변하며 그 세력 범위를 넓혀갔다.

　　　　　＊　　　＊　　　＊

　난데없이 바람이 거세게 휘몰아치자 소림사 무승들과 종남파 무인들은 이상하게 생각하며 고개를 들어 마현이 떠 있는 허공을 올려다보았다.
　하지만 그들의 눈에 비친 것은 날이 점점 밝아오며 내비치는 여명뿐이었다. 그런데도 바람은 흉포한 기세로 휘몰아쳐 오고 있었다.
　마현의 서클 단전에서 들끓던 마력이 폭발하듯 분출되었다. 거기에 맞춰 금방 폭발할 듯 팽팽하게 한곳에 모여 있던 바람이 귀곡성을 지르며 사방으로 비산했다.
　끼이이익!
　마치 해일처럼 삽시간에 쏟아져 나온 바람이 무램맹 무인들에게 휘몰아쳤다.
　소림사 무승들을 이끌고 있던 무승각주 무무는 바람의 기세가 심상치 않았지만, 그저 날씨가 곧 궂어질 모양이라고 대수롭지 않게 생각했다. 하지만 그 순간 뒤에서 들려오는 비명소리에 낯이 하얗게 변했다.
　"으아악!"
　"크악!"
　비명이 들린 직후 그때서야 자신을 훑고 지나간 바람에서 무무는 예기(銳氣)와 살기를 느꼈다. 정신을 차리고 몸을 내려다보니 바람이 스치고 지나간 곳에는 여지없이 피가 흐르고 있었다.

쐐애애액!

그리고 또다시 들려온 허공이 갈가리 찢어지는 듯한 괴음.

무무는 재빨리 뒤로 한 걸음 물러나며 내력을 끌어올려 주먹에 실었다.

콰광!

권강은 그의 주먹에서 일 장도 채 나아가지 못하고 허공에서 터졌다.

자연의 바람이 아니라는 뜻이다.

무무는 최대한 내력을 끌어올리며 기감을 열어 허공을 주시했다. 하지만 아무것도 느껴지지 않았다. 그러나 분명 자신이 느끼지 못하는 그 무언가가 있을 거라 여겼다.

그렇게 한참 동안 허공을 주시하던 무무는 예기와 살기를 담은 요상한 바람이 어느 한 지점에서 시작된다는 것을 알아차렸다.

무무는 입술을 앙다물며 그 지점으로 주먹을 내질렀다.

쾅!

강한 진각에 무무의 주위로 먼지가 피어올랐다. 자욱하게 피어오른 먼지는 권강에 휘말려 허공으로 비산했다.

권강이 허공을 가르자, 사방에서 몰아치던 바람이 뚝 멈췄다. 그리고 희미하게 공간이 일렁이는 기척이 느껴졌다.

무무의 눈이 반짝였다.

'있다! 분명 저 허공에, 보이지는 않지만 누군가가 있다.'

무무는 그것이 누군지 단번에 알아차렸다. 자신이 뒤쫓고 있는 자, 사술 같은 마공을 보여준 자, 필시 마교 대공자 흑풍마군 마현일 것이다.

'역시 천하의 소림사란 말인가!'

마현은 기감만으로 자신에게 권강을 날린 무무를 내려다보며 눈을 가늘게 떴다.

『오로지 앞만 베며 최대한 빨리 빠져나가라!』

그 명에 흑풍대가 먼저 앞으로 튀어나갔다.

마현의 매직마우스가 흑풍대에게만 전해진 것이 아닌 듯 뒤를 따르는 설영대 역시 빠른 속도로 앞으로 나아갔다.

"으악!"

"크아악!"

잠시 그쳤던 비명이 다시 터져 나왔다.

그리고 피가 튀었다.

하지만 피가 튀고 비명이 난무하는 곳에는 소림사 무승들과 종남과 제자들밖에 없었다. 무무는 입술을 질끈 깨물며 고개를 들어 허공을 잠시 노려보았다.

격하게 치밀어 오르는 분노를 애써 눌렀다. 부릅뜬 그의 눈에서 굵은 눈물이 흘러내렸다.

하지만 이유도 모른 채 턱턱 죽어나가는 소림의 무승들을 보면서도 그는 움직이지 않고 전장을 보고, 또 봤다.

그러자 무무의 눈에 일관된 흐름이 보이기 시작했다.

피를 흘리며 홀로 죽어나가는 무승들의 주검이 한 줄로 길게 이어지고 있는 것이었다.

'사람의 모습이 보이지 않는 사술일 것이다!'

무무는 그리 짐작하자마자 흑풍대의 동선을 예상하고는 그 지점으로 몸을 날렸다. 그리고는 빈 허공으로 최대한 내력을 끌어올려 주먹을 앞으로 내질렀다.

파방!

강맹한 권강이 그의 주먹에서 폭발하듯 내뿜어졌다.

콰과과광!

권강은 무무의 예상대로 일 장 앞 허공에서 마치 무엇에 가로막힌 듯 터졌다.

무무는 재빨리 시선을 내려 바닥을 유심히 살폈다. 역시나 바닥에는 권강이 터진 곳에서부터 시작해 뒤로 두 줄기의 흔적이 길게 만들어지고 있었다.

그것은 사람의 발이 강제로 뒤로 밀리며 만든 흔적이 분명했다.

"마교 놈들이다! 폭죽을 터트려라, 어서 폭죽을 터트려!"

무무는 목소리에 내력을 담아 소리쳤다.

그 목소리를 듣고 후방에 위치한 소림사 무승 몇몇이 품에서 폭죽을 꺼내들었다.

무무가 그처럼 쉽게 흑풍대와 설영대의 길을 막을 줄 마현은 미처 몰랐다. 하지만 그로 인해 길이 막혔으니 뚫어야 했다.

　마현은 급히 무무를 향해 내려가다가 '폭죽을 터트리라' 는 소리를 듣고 깜짝 놀라며 다시 허공으로 신형을 띄웠다. 그리고 폭죽을 꺼내든 소림사 무승을 본 순간 그들 머리 위로 순간 이동하며 윈드 커터를 날렸다.

　쐐애액!

　서걱!

　바람의 칼날은 여지없이 무승들이 들고 있던 폭죽을 잘라 버렸다. 동시에 고통에 찬 비명이 그들 속에서 터져 나왔다.

　펑! 퍼엉!

　그때 마현의 등 뒤로 폭죽 하나가 터지며 하늘로 솟아올랐다. 마현이 급히 고개를 돌려보니 무무가 어느새 폭죽을 터트린 것이다.

　'이런!'

　설마 무무가 폭죽을 터트릴 것이라곤 생각지 못한 마현의 얼굴이 굳어졌다. 그렇게 마현이 잠시 머뭇거리는 동안 몇 군데서 다시 폭죽이 터졌다.

　한순간의 방심이 일을 크게 만들어 버렸다.

　가능하면 조용히 일을 처리하기 위해 가장 눈에 띄지 않는 바람 계열의 마법을 썼건만, 그마저도 무무의 냉철한 판단과 무력, 그리고 폭죽으로 인해 이제는 허사가 되어 버렸다.

마현은 급히 몸을 돌렸다. 멀리 떨어진 곳에서 무림맹 무인들이 우르르 이곳으로 몰려오는 것이 보였다.

아무래도 소림사 무승각주가 있는 곳에서 터진 폭죽이라 그런지 무인들이 상당히 빠른 속도로 달려오고 있었다.

"안 되겠다."

마현은 막힌 길을 다시 뚫기 위해 마력을 끌어올렸다.

"파이어 재벌린, 리터레이트!"

마현의 주위로 이글거리는 불덩이들이 만들어졌다. 그것은 곧 길게 늘어나더니 붉은 창으로 변했다.

마현은 화창들을 무무를 향해 일제히 날렸다.

무무는 자신을 향해 날아드는 긴 불덩이, 화창을 보자 재빨리 뒤로 물러났다.

콰광!

무무가 있던 자리에 마치 벽력탄이 터진 것처럼 큰 폭발이 일어났다. 하지만 그게 끝이 아님을 잘 알고 있는 무무는 연신 뒤로 물러났다.

콰과과광!

그가 뒤로 물러난 자리에는 여지없이 화창이 내리꽂혔고, 폭발과 함께 흙먼지와 부서진 돌 파편이 날아올랐다.

하지만 그것을 모두 피할 수 없었던 무무는 합장하며 모든 내력을 끌어올렸다. 그러자 그의 몸에서 은은한 황금색 빛이 흘러나왔다.

 빛은 그의 몸을 완전히 에워싸며 호신강기로 변했다.

 금강부동심법(金剛不動心法)을 펼친 것이다.

 황금색으로 둘러싸인 무무에게 대여섯 개의 화창이 내리꽂혔다.

 콰콰콰광!

 무무의 몸이 한순간 불길에 휩싸였다.

 잠시 후 불길이 사라지고 무무의 모습이 다시 나타났다. 여전히 합장을 한 모습 그대로였다.

 무무는 불길이 사라진 것을 느끼며 조용히 눈을 떴다. 그에게서 더는 특유의 온화함과 부드러움은 보이지 않았다. 그의 눈빛은 악귀를 때려죽이는 사천왕처럼 무시무시하고 흉맹했다.

 기세가 흉흉하게 변한 무무 앞에 여전히 투명화 마법으로 모습을 감춘 마현이 나타났다.

 하지만 무무는 마현이 서 있는 곳에서 미미하게 공간이 일렁거리는 기척을 감지했다.

 무무는 합장을 풀며 목소리를 높였다.

 "소림사 무승들은 들으라, 나를 중심으로 백팔나한진(百八羅漢陣)을 펼쳐라, 그리고 살계를 허락한다!"

 무무의 행동으로 어렴풋이 현 상황을 짐작한 소림사 무승들은 재빨리 무무를 둥글게 에워싸며 백팔나한진을 만들어가기 시작했다. 아직 포위망을 뚫지 못한 흑풍대와 설영대 역시 백팔나한진에 갇히고 말았다.

『주군, 흑풍대는 상관없으나 설영대의 투명화 마법이 곧 깨어질 것 같습니다.』

마현의 등 뒤에서 왕귀진의 전음이 들렸다.

'벌써 그렇게 시간이 흘렀나?'

예상치 못했던 무무의 뛰어난 무공과 소림사 무승들이 눈에 보이지 않은데도 흑풍대의 진로를 가로막는 바람에 어느덧 제법 많은 시간이 흘러버린 것이다.

『다크스티드를 소환하라, 그들을 타고 길을 뚫는다!』

마현은 어느새 백팔나한진을 거의 다 완성해가는 소림사 무승들을 보며 서둘러 명을 내렸다.

그와 동시에 재빨리 마력을 땅속으로 흘려보냈다.

푸학!

땅거죽이 불쑥 솟아오르며 헤집어지더니 검은 말 한 마리가 그 속에서 튀어나왔다.

마현의 다크스티드인 풍이었다.

푸히이잉!

검은 기운을 뿜어내는 풍이 주위에서 느껴지는 살기에 거칠게 투레질을 하며 울음을 터트렸다.

『설 소궁주와 냉 소협, 타시오. 어서!』

마현의 매직마우스가 설린과 냉천휘에게 들려올 때 백팔나한진 안 곳곳에서 땅거죽이 뒤집어지며 말들이 튀어나왔다.

흑풍대는 저마다 자신의 다크시티드에 올라타며 각자 등 뒤에 한 명씩의 설영대원을 태웠다.

『이장로, 그대는 수고스럽겠지만 발로 뛰어야겠다.』

『걱정하지 마십시오, 주군. 몸은 이래도 제법 잘 달립니다.』

회회혈마는 헉헉대며 구슬땀을 흘리면서도 입가에 미소를 지었다.

『길은 본인이 뚫겠다!』

마현은 마력을 끌어올리며 양손을 바닥으로 내려붙였다.

"어둠의 마나로 대지의 근원을 흔든다, 필드 쇼크, 리터레이트!"

마현의 손에서 뻗어나간 마력은 바닥을 뒤흔들며 무무가 있는 곳으로 뻗어나갔다.

콰콱 콰콰콱!

지진이 난 것처럼 땅이 갈라지고, 뒤집어졌다.

땅이 요동치니 당연히 그 땅을 디디고 서 있는 이들 역시 몸의 중심을 가누지 못하고 휘청거렸다. 그건 무무도 비켜갈 수 없었다. 다만 다른 이들보다 몸의 균형을 빨리 잡았다는 게 조금 다를 뿐이었다.

무무는 뒤틀리고 갈라지는 땅 한가운데에 그냥 서 있지만은 않았다. 오히려 튀어 오르는 흙 조각들을 밟고 마현을 향해 몸을 날렸다.

하지만 한 걸음도 나아가지 못하고 붙들리고 말았다. 아니 단지 붙들린 것으로 끝나지 않고 균형을 잃고 쓰러지며 코를 바닥에 처박았다.

그런 무무의 발목을 하얀 뼈로 이루어진 손이 잡고 있었다.

『주군, 저희도 돕겠습니다.』

왕귀진의 말이 끝나기가 무섭게 소림사 무승들과 종남파 무인들이 갈라진 땅속으로 무릎까지 푹푹 빠져 들어갔다.

그렇게 백팔나한진과 그 외부를 둘러싸던 종남파 제자들의 신형이 일제히 무너지자 다크시티드들이 야수와도 같은 울음소리를 터트리며 앞발을 번쩍 들어올렸다.

쿵!

지축이 울릴 정도로 땅을 내찬 다크시티드들은 앞으로 튀어나갔다. 다크스티드의 거대한 앞발은 앞을 가로막는 것들을 가차 없이 짓뭉개며 달려 나가기 시작했다.

두두두두두두!

그로 인해 피어오른 흙먼지 뒤로 쏜살같이 달려 나가는 다크스티드 위에 올라탄 설영대원과 설린, 그리고 냉천휘의 모습이 서서히 드러나기 시작했다.

벌써 반 시진이 흐르며 투명화 마법이 풀린 것이다.

마현은 그사이 자리에서 일어서는 무무를 잠시 노려보다 다시 허공으로 몸을 날렸다.

플라이 마법으로 허공에 오른 마현은 흑풍대가 달려 나가는 곳으로 순간이동하며 그들을 따라잡았다.

하지만 소화산을 벗어난 지 일각이 채 되지 않아 마현은 다시 달리기를 멈춰야 했다.

왜냐하면 그들 앞으로 수백의 종남파 제자들이 길목을 막아선 까닭이다.

어쩐지 조금 전 길목에서 종남파 제자들이 힘을 쓰지 못한다 싶었다. 알고 보니 종남파의 고수들은 그 뒤 상당히 넓은 평원에서 삼진(三陣)을 구축하고 있었던 것이다.

따지고 보면 무무가 터트린 폭죽은 저 멀리 떨어진 무림맹 수뇌들과 천라지망을 펼친 일진에게 알리기 위해서이기도 했지만 실상은 바로 후미에서 대기하고 있던 삼진에게 신호를 보낸 것이었다.

마현이 흑풍대와 설영대를 가로막은 삼진을 향해 마력을 끌어올릴 때였다.

쑤아아앙!

한 줄기 날카로운 파음이 허공에 떠 있는 마현의 등골을 오싹하게 만들었다. 곧이어 서늘한 예기가 파고들자 마현은 허리를 젖혀 몸을 웅크렸다.

사각!

한 자루의 검이 날아와 마현의 소매 끝을 잘랐다.

검이 날아온 방향으로 고개를 돌려 내려다보니 그곳에는 무무가 서 있었다. 시퍼런 안광을 내뿜으며 마현을 노려보는 무무 뒤로 흙먼지를 뒤집어쓴 소림사 무승들과 종남파 제자들이 어느새 몰려와 있었다.

그들은 후방에서 삼진을 구축하고 있던 종남파 제자들과 합세해 흑풍대와 설영대를 완전히 에워싸 버린 후였다.

"결국 이곳으로 올 줄 알았다."

삼진을 이루는 종남파 무리 구석에서 한 장년인이 걸어 나왔다.

바로 곡상천이었다.

종남파 장문인인 그가 무림맹 수뇌들과 함께 있을 거라 여겼는데, 아니었다.

곡상천은 득의양양한 표정을 지으며 품에서 폭죽을 꺼내 하늘을 향해 터트렸다. 그러자 조금 전과는 다른 푸른 불꽃이 하늘로 치솟으며 밤하늘을 환히 밝혔다.

잠시 후 수를 헤아릴 수 없을 만큼 많은 무림맹 무인들이 모습을 드러내며 마현과 흑풍대, 그리고 북해빙궁과 설린, 냉천휘를 철통같이 가둬 버렸다.

"역시 제갈 가주의 혜안은 대단하오."

곡상천은 무림맹 무인들이 갈라지며 그 사이로 모습을 드러내는 무림맹 수뇌들 중 제갈세가의 가주 제갈묘를 향해 포권을 취했다.

"그러게 말입니다, 지금 보니 신기수사(神機秀士)란 별호가 오히려 부족한 듯하오."

"하하하하."

"푸하하하하."

 무림맹 수뇌들의 웃음소리가 울려 퍼지는 가운데 담기량만은 잔뜩 굳어진 얼굴로 마현 앞으로 뚜벅뚜벅 걸어 나왔다.

"화산파와 무림맹의 치욕을 그대의 목숨으로 받을 생각이다."

 담기량의 냉랭한 목소리에 거의 이천 명에 달하는 무림맹 무인들의 몸에서 일제히 살기가 피어올랐다.

 그 살기는 흑풍대와 설영대를 넘어 하늘까지 뒤덮었다.

강행돌파

 탁자에 앉아 서책을 내려다보는 사내의 코로 새하얀 콧김이 규칙적으로 뿜어져 나왔다. 사내가 연초를 피워서가 아니다. 운기조식에 의해 유형화된 내력이 내비친 것도 아니었다.
 이유는 단 하나.
 살을 에는 듯한 추위가 그리 만들고 있는 것이다.
 보통 사람이라면 추워서 앉아 있기에도 힘들 듯한데 사내는 아무렇지 않은 듯 평온한 표정으로 서책을 읽고 있었다.
 근 한 시진이나 미동조차 하지 않은 채 꼬박 책을 읽고 있던 사내는 결국 마지막 장을 덮고 나서야 고개를 들었다.
 장시간 고개를 숙이고 책을 봐서인지 사내는 뻐근해진 목을 툭툭 두드리며 자리에서 일어났다. 그리고 허리를 살짝 옆으로 비틀어 가볍게 몸을 푼 후 창문으로 다가가 활짝 열었다.

휘이이잉—

매서운 바람이 창문을 통해 들어와 사내의 얼굴을 마구 할퀴었다.

그 바람에 몸이 움츠러들 법도 하건만 사내는 눈을 반개하며 흡족한 표정을 지었다.

"날이 많이 풀렸군."

중원의 한겨울 바람보다 더 혹독한 영하의 바람인데도 푸근함을 느낀다고?

사내가 그리 말할 수 있는 것은 이곳이 바로 한여름에도 얼음으로 뒤덮여 있다는 북해이기 때문이다. 그리고 그는 북해의 제왕인 북해빙궁주 설관악이었다.

3층 창문 너머 드넓은 눈밭을 바라보는 설관악의 눈에 뜰을 걷고 있는 한 여인이 보였다. 그녀는 한한파파였다.

설관악은 한한파파를 보며 무림맹이 있는 화산파로 떠난 설린을 떠올렸다.

'한한파파를 함께 보냈어야 했나?'

설관악은 한한파파를 보자 홀로 무림맹으로 떠나보낸 설린이 걱정되었다. 물론 냉천휘와 설영대가 함께 갔다지만 그건 다른 문제였다.

어릴 적부터 설린은 한한파파와 거의 떨어져 지낸 적이 없었다.
 그렇기에 이번에도 둘을 함께 내보내려 했다. 하지만 한한파파가 어느 날 찾아와 설린을 홀로 보내고 싶다고 간곡히 청했다.
 그 이유는 언제까지 자신이 설린을 돌볼 수 없다는 것이었다. 그런 생각이 든 것은 설린이 마현에게서 특별한 감정을 느낀 때부터라고 했다.
 그것을 알게 되자 한한파파에게 있어 설린은 이제 더는 자신의 손길이 필요한 어린 여자아이가 아니었다. 어느새 사랑을 아는 성숙한 여인이 되었음을 깨달은 것이다.
 한한파파는 설관악에게 설린을 떠나보낼 마음의 여유가 필요하다고 간곡하게 말했다.
 그것은 설관악에게 조금, 아니 상당히 뜻밖의 이야기였지만 솔직히 아버지인 자신보다 한한파파가 설린에 대해 더 많은 것을 알고 있었기에 그녀의 청을 받아들였다.
 설관악은 왠지 처량한 모습으로 홀로 뜰을 걷고 있는 한한파파를 보자 문득 후회가 들었다.
 설린을 중원에 보내지 말 것을, 보내더라도 한한파파와 함께 보낼 것을. 그런 후회를 떨쳐버릴 수 없는 건 설관악에게 있어 설린은 여전히 어린 딸인 까닭이었다.
 '마교 대공자의 이름이 마현이라고 했던가?'
 설관악은 창문을 닫으며 탁자로 돌아가 앉았다.

단지 이름뿐이었다. 얼굴도 성정도 그저 한한파파를 통해 간략하게만 들었을 뿐 그에 대해 아는 것이 전혀 없었다.

'냉천휘, 그 녀석이 와보면 알게 되겠지.'

설관악은 무림맹으로 떠나면서 냉천휘에게 은밀히 두 가지 명을 내렸다.

하나는 설린을 잘 보호하는 것이고, 다른 하나는 마현이 어떤 인물인지 좀 더 주위 깊게 살펴보란 것이었다.

"궁주님."

휘휘 머리를 흔들며 설관악이 다시 책을 펴들려고 할 때 문 밖에서 인기척이 들렸다.

"부궁주인가?"

"그렇습니다."

"들어오게."

설관악은 자리에서 일어나 응접용으로 쓰이는 원형탁자로 걸어갔다.

부궁주 냉하상은 평소의 그답지 않게 빠른 걸음으로 급히 설관악 앞으로 다가왔다.

아직 의자에 앉기도 전인지라 설관악은 의아스러운 얼굴로 물었다.

"무슨 일 있는 겐가?"

"정체 모를 서한이 날아왔습니다."

"정체 모를 서한? 어디서 보낸 거라는 것은 없고?"

"그저 림(林)이라고만 밝히고 있습니다. 하지만 그보다 서한의 내용이……."

냉하상은 말끝을 흐리며 서한을 내밀었다.

> 북해빙궁주 전(前).
>
> 마교와 무림맹 사이의 충돌을 이용해 남해태양궁 양곽원 소궁주가 양위도 궁주의 묵인 하에 북해빙궁 설린 소궁주를 향해 음심을 드러냄.
> 차후 설린 소궁주를 납치, 강제 결혼을 통해 북해를 노릴 것으로 판단됨.
>
> 림(林) 배상(拜上).

서한을 읽어 내려가는 설관악의 표정이 점점 딱딱하게 굳어져갔다. 평소 얼음조각처럼 희고 투명하던 그의 얼굴은 서서히 붉어졌고, 이윽고 양 뺨이 부들부들 떨렸다.

꽈직.

설관악은 서한을 양손으로 구겼다. 그러고도 한참 동안 석상처럼 굳은 채 몸만 떨어댔다.

"이 서한이 사실인가?"

"현재 진위를 파악 중입니다."

냉하상은 그저 허리만 숙일 뿐이었다.

사실 북해빙궁은 북해 밖의 일에는 거의 신경을 쓰지 않았다. 그래서 새외삼궁 중 한 곳임에도 불구하고 중원에 대한 정보수집 능력은 어지간한 중소문파보다 못했다. 아니 못한 것이라기보다 애초에 관심이 없다고 하는 것이 정확한 표현일 것이다.

"부궁주님."

은은한 노기와 살기가 감도는 궁주실 안으로 한 중년인이 뛰어 들어왔다.

"어찌 되었나?"

냉하상 역시 아들인 냉천휘가 설린과 함께 무림에 나가 있었기에 초조함을 감추지 못하고 다급히 물었다.

"현재 남해태양궁이 무림맹과 함께 마교의 대공자와 본궁을 뒤쫓고 있다고 합니다."

쾅!

그 보고가 끝나기도 전에 설관악이 탁자를 거칠게 내리쳤다.

콰직, 우당탕탕!

단단한 회양목으로 만들어진 탁자가 반으로 쪼개졌다.

"남해태양궁의 오만이 도를 지나치는구나! 감히 북해에 도전을 한단 말인가?"

설관악의 눈에서 얼음장처럼 차가운 기운이 폭사되었다.

"자칫 무림맹과 마교의 충돌 사이에서 소궁주가 화를 입지 않을까 걱정이 됩니다, 궁주님."

그 말에 설관악이 자리에서 벌떡 일어났다.

"부궁주."

"하명하십시오."

"지금 당장 한풍대와 설빙대를 준비시키라."

깊게 허리를 숙이는 냉하상을 향해 설관악이 굳은 의지가 담긴 냉엄한 목소리로 다시 명을 내렸다.

"그리고 천종백랑(天從白狼)을 데리고 본좌가 직접 중원으로 갈 것이다."

천종백랑, 그것은 귀신마저 쫓을 수 있다는 하얀 늑대개이며, 북해의 영물이다.

후각이 그리 뛰어나다는 사냥개 역시 천종백랑의 후각에 비하면 태양 아래 반딧불이라고 해도 과언이 아닐 정도다.

북해빙궁에서도 두 마리밖에 없는 귀한 영물을 데려간다는 말에 냉하상이 숙였던 머리를 번쩍 들며 설관악을 올려다보았다.

"거기엔 소궁주뿐만 아니라 나의 제자도 있지 않나."

설관악은 설린뿐 아니라 냉천휘 역시 자신에게 중요한 사람이라는 것을 넌지시 내비쳤다. 그 말에 냉하상은 서둘러 고개를 다시 숙였다.

"궁주님의 뜻에 그저 감사할 따름입니다."

"서두르라."

"명."

냉하상은 설관악의 명을 받고 서둘러 궁주실을 빠져나갔다.

"남해태양궁, 감히 북해를 업신여겨? 내 기필코 남해의 태양을 얼려 버리겠노라!"

설관악의 눈에서 시퍼런 한광이 뿜어져 나왔다.

* * *

소화산 자락 아래 펼쳐진 제법 넓은 평원으로 들어서는 초입 부근.

마현과 흑풍대, 그리고 북해의 인물들을 에워싸는 무림맹 무인들의 수가 기하급수적으로 늘어갔다. 그러는 와중에도 폭죽이 사방에서 터지고 있었다.

대략 눈에 보이는 수만 해도 어림잡아 삼사 천은 훌쩍 넘어서고 있었다.

그 면면을 살펴보면 무림맹의 주축인 오파일방과 육대세가 외에도 섬서성과 인근 성들에서 힘깨나 쓴다는 중소문파까지 동원된 듯 보였다.

그 짧은 시간 동안 오파일방과 육대세가만으로 이 많은 수를 모으기는 어려웠을 것이다.

그들 개개인의 무력이 어찌되었든 그 수만으로도 마현은 상당한 압박을 느껴야 했다.

마현은 그답지 않게 갈등하며 아랫입술을 지그시 깨물었다.

여기서 더 지체하다가는 쉴 새 없이 몰려들며 계속 두터워져 가는 사람의 장막을 도저히 뚫을 수 없을 터였다.

'어쩔 수 없지. 강행돌파를 할 수밖에.'

"흑풍대는 모든 힘을 개방하라."

마현은 흑풍대에게 명을 내리며 그 역시 서클 단전에서 맴도는 모든 마력을 개방했다.

그러자 흑풍대는 능수능란하게 설영대와 설린, 냉천휘를 감싸며 원진을 구성했다. 그리고 마력을 끌어올렸다.

-키키키키!

-키르르르!

보름달이 뜬 무덤가에서 들려오는 귀기가 이럴까.

뒷골에 오한이 느껴지게 만드는 음산한 웃음소리가 울려 퍼졌다.

"강시다!"

바닥을 뚫고 모습을 드러내는 스켈레톤을 본 한 화산파 제자가 소리쳤다.

"우허어엉!"

강시들의 웃음소리를 제압하기 위해 소림사 무승각주 무무가 앞으로 뛰어들며 사자후(獅子吼)를 터트렸다.

그의 입에서 터져나간 항마의 음공이 거센 태풍처럼 스켈레톤을 휩쓸고 지나갔다. 그러자 스켈레톤도 어느 정도 타격을 받았는지 휘청거렸다.

스켈레톤이 사자후에 영향을 받자 무무는 목소리에 내력을 담아 외쳤다.

"소림사 무승들은 백팔나한진을 펼치고, 반야심경에 항마의 공력을 담으라!"

조금 전 마현과 흑풍대에 당한 원한을 잊지 않고 있던 무승들이 재빨리 몸을 날려 흑풍대와 마현, 그리고 북해빙궁을 에워쌌다. 그들은 백팔나한진을 펼치는 동시에 일제히 내공을 실어 반야심경을 낭송했다.

"마하반야바라밀다심경 관자재보살 행심반야바라밀다시 조견오온개공 도일체고액 사리자 색불이공 공불이색 색즉시공 공즉시색 수상행식……."

백팔나한진을 펼친 무승들의 입에서 흘러나온 독경소리가 공기와 공명했다. 마치 거대한 종소리가 울려 퍼지는 듯한 그 소리는 백팔나한진 안을 한순간 지배했다.

—크, 크큭, 크.

—키, 키킥, 키.

마치 태엽이 끊어진 인형처럼 스켈레톤들의 움직임이 툭툭 끊겼다. 그리고 행동도 느려졌다.

"크으으……."

"으으으……."

게다가 스켈레톤이 받는 타격은 고스란히 흑풍대에게로 전해졌다.

흑풍대원들의 얼굴이 일그러지며 스켈레톤이 느끼지 못하는 고통을 대신 받는 모습이었다.

 마현 역시 그 엄청난 항마의 기운에 낯을 찌푸렸다. 온몸을 사슬로 옥죄는 듯한 느낌은 마현의 신경다발을 긁어대는 듯했다. 전형적으로 흑마법사와 상극인 빛의 기운이 나한진 안에 가득하니, 정신이 아찔할 지경이었다.

 '진법은 유기적으로 맞물리는 거대한 톱니바퀴와도 같은 것.'

 마현은 혈맥이 뒤틀리는 고통 속에서 마력을 끌어올렸다.

 '한 축을 부숴 버리면 제아무리 거대한 톱니바퀴라도 멈출 수밖에 없을 것이다!'

 "나의 피로 지옥으로 향하는 길보다 더 고통스러운 길을 만들지어다, 시트 오브 플레임즈!"

 마현의 손에서 뿜어져나간 마력은 땅으로 스며들었다.

 그로 인해 땅이 검게 물든다 싶더니 붉게 달아올랐다.

 화르르륵!

 붉게 달아오른 땅 위에 용암과도 같은 뜨거운 불이 솟구쳤다. 그 불은 마현에게서 멀어질수록, 앞으로 나아갈수록 오히려 더욱 맹렬하게 타올랐다. 그 어떤 것도 집어삼킬 듯 거세게 나아간 불길은 순식간에 백팔나한진을 꿰뚫었다.

 화산에서도 이 같은 마현의 마법을 한 번 경험했기에 무승들은 재빨리 신형을 틀어 몸을 피했다.

그러자 흑풍대를 압박하던 항마의 기운이 옅어졌다. 특히 불길이 훑고 지나간 앞부분에서 항마의 기운이 많이 사라지자 그동안 억눌렸던 스켈레톤들이 귀광을 뿌리며 불길 속으로 뛰어 들어갔다.

그 스켈레톤들은 불길을 피해 신형을 뒤트는 무승들을 향해 검을 휘둘렀다.

쑤아악!

쐐애애액!

그러자 어긋난 백팔나한진의 빈틈이 더욱 크게 벌어졌다. 무승들이 서둘러 막아섰지만 백팔나한진이 조금씩 깨질수록 반대로 스켈레톤들의 힘은 더욱 커져갔다.

항마력이 깃든 독경만으로는 스켈레톤을 완전히 제압할 수 없음을 깨달은 무승들은 진정한 백팔나한진의 위력이 깃든 무력을 사용하기 시작했다. 하지만 무력을 사용하며 항마력이 깃든 독경을 낭송하기란 그리 쉬운 일이 아니었다.

자연히 손발이 어지러워지고 반야심경의 독경은 뚝뚝 끊겼다.

그렇게 되자 한 곳에서 시작된 백팔나한진의 틈이 곳곳에서 생겨나기 시작했다. 백팔나한진이 깨지는 것은 이제 시간문제였다.

"무승들은 독경을 멈추고 백팔나한진을 개진하라."

무무 역시 그 사실을 알았기에 서둘러 무력을 개방시키려

했다. 하지만 이미 늦어버린 후였다.

 백팔나한진을 펼치기 위해서는, 그리고 진정한 위력을 드러내기 위해서는 반드시 선점해야 할 지점이 있다. 하지만 그 지점에는 이미 스켈레톤들이 차지하고 있었다.

 흑풍대나 마현이 백팔나한진의 요결을 알고 미리 선점한 것은 아니었다.

 스켈레톤의 수는 삼백 구였다.

 삼백이라는 엄청난 수가 안에서 끈임 없이 밀려나오니 자연스레 그리 된 것이다.

 백팔나한진이 조금씩 무너져갔다.

 원래 백팔나한진의 무서움은 소림사 무승 백팔 명이 힘을 하나로 모은다는 데 있다. 그리고 백팔나한진은 애초에 소수의 강한 적을 상대하기 위해 만들어진 진이었다.

 그러나 지금 백팔나한진이 상대하고 있는 흑풍대는 서른 명이었지만, 그 서른 명은 단순한 서른 명이 아니었다. 무승들은 흑풍대가 이끄는 스켈레톤들까지 가세한 삼백서른 명의 적을 상대하고 있는 것이다.

 진을 구성하는 무승들보다 더 많은 수가 밀려나오니 두툼하고 견고해져야 힘을 발휘하는 진이 얇아지고 허술해지는 것은 어쩔 수 없는 노릇이다.

 거기에 독경마저 멈추니 스켈레톤의 귀기 어린 공격은 더욱 음산해졌다.

또한 어떤 진이든 마찬가지겠지만, 진은 오로지 땅 위에서 마주한 적을 상대하도록 되어 있다. 그런데 스켈레톤은 아니었다. 지상과 지하를 자유롭게 오가면 무승들을 공격하고 있었던 것이다.

이쯤 되자 소림사 무승들이 흑풍대를 가두고 공격하는 것이 아니고 오히려 그들에게 포위되어 농락당하고 있는 형국으로 상황이 역전됐다.

그것뿐이라면 그나마 다행이었을 것이다.

콰과과과광!

백팔나한진 한쪽에서 굉음과 함께 폭발이 일어났다.

마현, 마교 대공자 흑풍마군이었다.

듣지도 보지도 못한 괴이한 마공에 마치 벽력탄이라도 사용한 것처럼 불길이 곳곳에서 솟구친 것이다.

"크으!"

무무는 입술이 피가 나도록 깨물었다.

"물리게."

그사이 소림사 방장 혜공대사가 침울한 표정을 지으며 다가섰다.

"하오나……."

"이대로는 아까운 제자들만 죽일 뿐이네."

그 말에 무무는 고개를 떨어뜨리며 주먹이 으스러지도록 꽉 말아 쥐었다.

"뒤로 물리고, 백팔나한진을 갖추지는 못해도 제자들에게 독경을 외우도록 시키게."

"아, 알겠습니다."

"아미타불."

무무가 어렵게 명을 받들자 혜공대사는 조용히 불호를 읊었다.

*   *   *

백팔나한진을 이루었던 무승들이 급히 뒤로 물러나고 잠시지만 소강상태가 만들어졌다.

그 빈자리를 화산파와 종남파가 주축이 되어 재빨리 채웠다.

뒤로 물러난 소림사 무승들은 무무의 명에 의해 다시 목소리에 항마의 기운을 가진 내력을 담아 독경을 외우기 시작했다.

하지만 백팔나한진처럼 하나의 목소리로 공명을 일으킨 것은 아니었기에 전처럼 강력한 힘을 발휘하지는 못했다.

"가라!"

"쳐라!"

소강상태를 먼저 깨트린 것은 무림맹이었다.

그리고 그 명에 가장 먼저 몸을 날린 것은 화산파 제자들이었다. 며칠 전 자파의 제자들이 죽거나 다치며 쌓이고 쌓였던 원한을 되갚아 주기라도 하려는 듯 그들이 가장 적극적으로 나섰다.

"우리도 돕겠어요."

설린이 냉천휘와 시선을 주고받은 후 마현에게 그리 말하고는 설영대에게 흑풍대를 도우라고 지시했다.

콰과광!

마현의 화염계 마법으로 인해 불길이 치솟는 전장에 냉기가 휘몰아쳤다.

그러자 마현은 화염계 마법을 거둬들이고는 수빙(水氷)계 마법으로 공격 방식을 바꿨다. 설영대의 힘을 좀 더 극대화시키기 위함이었다.

"프리즌 필드(Frozen field)!"

쟈작 쟈자자자작!

마현이 서 있던 자리에서부터 새하얀 얼음이 땅을 뒤덮으며 퍼져나갔다. 마현을 중심으로 대략 20여 장 정도가 흡사 북해의 얼음땅을 보는 것처럼 땅바닥 위에 얼음이 깔렸다.

그런 환경이 조성되자 설영대는 더욱 과감하게 공세를 퍼붓기 시작했다. 하지만 마현은 그 정도만으로 끝내지 않았다.

"아쿠아 볼!"

마현은 비교적 가벼운 공격 마법인 수구(水球)를 만들어 사방으로 날렸다.

퍼벙 펑 펑 펑!

거기에 북해빙궁의 빙장이 더해졌다.

콰과광!

그러자 금세 전장은 바닥뿐만 아니라 공기마저 냉기로 가득 찼다.

그렇게 전장을 지배하는 피의 시간이 흘렀다.

'흐음!'

동분서주하는 마현의 미간에 깊은 주름이 잡혔다.

다행히 아직까지 큰 피해는 없었지만, 시간이 흐를수록 흑풍대와 설영대의 힘이 빠지고 있었다. 끝없이 몰려오는 적들을 상대할 때마다 흑풍대와 설영대의 몸에 자잘한 검상들이 하나 둘씩 늘어나기 시작한 것이다.

그도 그럴 것이, 속가제자나 중소문파의 인물들은 별개로 치더라도, 흑풍대와 설영대가 상대하는 무림맹 소속 각 문파의 정예 무인들의 수만 해도 족히 천오백이 훌쩍 넘어선다.

제아무리 스켈레톤이 삼백 구라고 해도 근 다섯 배가 넘는 수다. 더욱이 항마의 기운이 적어졌다고 하지만 소림사 무승들이 낭송하는 독경 소리에 스켈레톤들이 주춤거릴 때가 잦았다.

그중 흑풍대를 가장 곤란하게 만드는 것은 무림맹 무사들의 검에 부서진 스켈레톤이 다시 복원되는데 걸리는 시간이 점차 길어진다는 것이었다.

보통 때는 단박에 다시 복원되던 것이 지금은 그 두세 배에 해당하는 시간이 걸리고 있었다. 순차적으로 돌아가며 공격해

오는 무림맹 무인들과 달리 흑풍대는 쉼 없이 싸우고 있었기 때문이다.

더 심각한 것은 흑풍대뿐만 아니라 새로 힘을 실어주고 있는 설영대까지 점점 내력이 바닥나고 있다는 점이었다.

얼굴에 흐르는 굵은 땀방울과 거친 호흡, 몸에 검상이 하나씩 더 늘어날 때마다 피로 붉게 물들어가는 의복이 지금 그들의 위태로운 상태를 여실히 보여주고 있었다.

게다가 정도의 차이가 있을 뿐 설린과 냉천휘 역시 서서히 지쳐가고 있었다.

이렇게 대치하며 싸운다면 백전백패가 자명한 일.

'이대로는 안 된다!'

마지막까지 숨기고 싶었지만, 장내를 살핀 마현은 마침내 그들을 불러내기로 마음을 먹었다.

마현의 눈에서 마기가 폭사되었다.

"카칸의 이름으로 전장을 지배하는 어둠, 그대들 흑사신을 소환하노라!"

마현의 눈에서 폭사되기 시작한 마기가 한순간 몸을 휘감았다.

서서히 유형화되며 마현의 몸을 완전히 뒤덮은 흑무는 그 범위를 넓혀 갔다.

도검을 휘두르며 혈전을 벌이고 있는 전장이 차츰 고요속에 파묻혔다.

이제껏 접해 보지 못한 엄청난 마기에 무림맹 무인들이 흠칫하며 먼저 뒤로 물러났다. 그로 인해 전장은 다시 소강상태에 빠져 들었다.

무림맹 무인들은 긴장된 눈으로 서서히 넓게 퍼져가는 흑무를 쳐다보았다.

"꿀꺽!"

고요 속에서 누군가 침을 삼키는 소리가 유독 크게 들렸다.

"크하하하하!"

"크크크크!"

"이제 본좌가 나설 때가 된 것인가?"

"후후."

짙은 마기가 담긴 목소리가 고요한 전장을 뒤흔들었다.

* * *

이제는 흑풍대와 북해빙궁의 모습마저 보이지 않을 정도로 짙어진 흑무 속에서 광오한 홍소가 터져 나왔다. 그 홍소는 단순히 흉흉한 웃음이 아니었다.

지극히 순수한 마기가 담긴 웃음!

사람의 마음을 뒤흔드는 기이한 마력이 순식간에 장내를 장악했다.

"크으윽!"

"컥!"

내력이 약한 중소문파의 제자들은 그 마소(魔笑)에 충격을 받고 휘청거렸다. 직접적으로 단전에 충격을 받아서인지 그들의 얼굴은 새하얗게 탈색되었고, 몇몇은 입과 코에서 실낱같은 피를 흘렸다.

그리고 짙은 흑무가 다시 뭉치기 시작했다.

하지만 그 지점은 애초에 마기가 시작되었던 중심, 마현이 아니었다.

흑무는 마현을 중심으로 동서남북, 네 방위로 모여들었다.

그렇게 네 곳으로 모여든 흑무는 어느새 모습을 드러낸 흑사신에게 흡수되었다. 흑사신들은 장내에 퍼진 흑무를 남김없이 흡수하자 눈을 부릅떴다.

그들의 눈에서 순수한 마기를 담은 안광이 찰나지간 폭사되었다가 갈무리되었다.

『만족스럽지는 않겠지만, 최대한 그대들의 힘을 개방시켰다. 그 시간은 한식경이다. 길을 뚫어라!』

매직마우스로 흑사신을 향해 뜻을 전하는 마현의 몸은 온통 땀으로 흠뻑 젖어 있었다.

서클 단전에 남아 있던 마력의 태반을 흑사신에게 나눠줬기 때문이다.

이제 마현이 가진 마력은 얼추 3할 정도였다.

"흐읍!"

흑도는 흡사 코로 숨을 깊게 들이마시는 듯한 동작을 취했다.

"크크크크크."

흑도 특유의 경망스러운 웃음이 튀어나왔다.

몸에서, 그리고 마정석으로 이뤄진 단전에서 느껴지는 풍부한 마력을 음미하고 있었던 것이다.

사실 평소 흑사신이 보여준 무력이 대단한 것임에는 틀림없으나, 과거 그들이 살아 있을 때와 비교한다면 5할을 간신히 넘기는 수준이었다.

그것만으로도 충분히 강했지만 평생 무인으로 살다 죽었던 그들은 만족하지 못했다. 아니 만족할 수가 없었다.

그 원인은 그들에게 있는 것이 아니라 바로 마현에게 있었다.

그들이 생전의 힘을 온전히 찾기 위해서는 마현의 힘이 필요했다. 즉, 마현의 서클이 그들의 힘을 제한하고 있었던 것이다. 그 때문에 흑권이 마현을 여전히 주군으로 섬기지 않고 있었던 것이다.

하지만 지금은 흑권도 흡족한 얼굴로 미소를 짓고 있었다.

마현이 마력을 그들에게 몰아준 덕분에 근 7할에 가까운 힘을 느끼고 있었던 까닭이다.

"갈! 정파 무림인들의 기개가 땅에 떨어졌구나!"

청성파의 옥허자가 흑사신의 기이한 등장에 선뜻 다시 검을 들지 못하는 무림맹 무인들을 보며 노기 어린 호통을 터트렸다. 그리고는 검을 뽑아 들며 앞으로 몸을 날렸다.

"우습구나!"

흑권이 몸을 날린 옥허자를 향해 크게 진각을 밟으며 주먹을 내질렀다.

쾅광!

검과 주먹이 부딪히며 폭음이 터졌다.

하지만 그 폭음이 끝나기도 전에 흑권은 다시 한 번 검을 향해 주먹을 날렸다.

후우우우웅!

그의 주먹에는 검은 강기가 맺혀 있었다.

파황마권(破荒魔拳)! 그는 살아 있을 당시 그것 하나만으로도 천하를 두려움에 떨게 했던 본신절기를 마음껏 펼친 것이다.

와장창창창!

흑권의 주먹에 맺힌 묵강(墨罡)은 여지없이 옥허자의 검을 부숴 버렸다.

쾅광!

그의 주먹은 거기서 그치지 않고 옥허자의 가슴에 그대로 꽂혔다.

푸학!

"크아아악!"

옥허자는 입에서 피를 뿜으며 끈 끊어진 연처럼 힘없이 뒤로 날아갔다.

그의 몸이 땅바닥으로 처박히며 나뒹굴려는 찰나, 청성파 장문인인 청허자가 재빨리 몸을 날려 옥허자의 몸을 받아들었다.

"사제, 정신 차리게. 사제!"

청허자가 새하얗게 질린 얼굴로 옥허자의 몸을 흔들었다.

충격에 정신을 잃은 와중에도 옥허자의 몸은 세차게 떨리고 있었다.

또한 입가에 흐르는 피에는 잘게 부서진 내장 조각이 섞여 있었다. 회복불능의 중한 내상을 입은 것이 분명했다.

"이놈!"

청허자는 핏발이 선 눈동자로 흑권을 쳐다보며 노기 어린 목소리를 터트렸다. 그는 옥허자를 땅에 내려놓으며 흑권을 향해 달려 나가려 했다.

하지만 그보다 무무가 먼저 흑권을 향해 신형을 날렸다.

군대의 전장이든, 무림인들 간의 싸움이든 가장 중요한 것은 사기다.

자칫 꺾일지도 모르는 아군의 사기를 다시 하늘 높이 세우기 위해 무무가 몸을 날린 것이다.

"어둠은 빛을 이기지 못하는 법이다."

무무는 소림 특유의 항마력이 깃든 내력을 주먹에 담아 흑권을 향해 내질렀다.

소림사 절예 중에서도 이름 높은 백보신권이었다.

"흥!"

밀려오는 권강에 흑권은 코웃음을 치며 무무의 주먹을 향해 그 역시 주먹을 내질렀다.

은은한 은빛 광채로 둘러싸인 주먹과 먹구름처럼 보이는 마기가 깃든 주먹이 부딪혔다.

콰과과광!

고막을 찢을 듯한 폭음과 함께 내력과 마력이 서로 부딪혀 폭발하며 기파가 사방으로 찢어지듯 휘날렸다.

"크으!"

그 속에서 짧은 신음이 터져 나왔다.

그 신음의 주인은 바로 무무였다.

놀랍게도 무무는 어느새 처음 자신이 서 있던 자리로 돌아가 있었다.

그의 두 발 앞에 마치 밭고랑처럼 깊게 두 줄기의 흔적이 난 걸로 보아 충돌에 의한 충격을 감당하지 못하고 강제로 뒤로 밀려난 것 같았다.

무무의 입가에 굵은 핏줄기가 주르륵 흘러내렸다.

하지만 정작 무무는 진탕된 내기에는 신경을 쓰지 못하는 눈치였다. 오로지 두어 걸음 뒤로 물러난 흑권을 뚫어져라 바라보고만 있었다.

그런 무무의 눈동자는 도무지 믿을 수 없다는 듯 몹시 요동

치고 있었다.

"파, 파황마권?"

무무는 그것을 입 밖으로 내뱉고도 자신의 말을 믿지 못했다. 그도 그럴 것이 파황마권은 과거 흑권이 개벽권마 맹우림으로 죽은 이후 실전된 마공인 까닭이다.

그나마 무무가 무승각주로서 무공에 대한 상당한 지식을 가지고 있었고, 특히나 권공이 전공이었기에 알아본 것이다. 그렇지 않다면 수백 년 전에 실전된 마공인지라 누구도 몰라봤을 것이 분명했다.

흑권은 그런 무무를 향해 의미 모를 미소를 살짝 짓고 있었다.

무무는 입술을 깨물며 다른 흑사신들에게 시선을 돌렸다. 그런 그의 눈에 유독 흑창이 눈에 들어왔다.

검은 마력을 옷처럼 두른 사내. 그리고 유난히 길고 검은 창이 보였다.

"나는 섬서 파창마가(破槍馬家)의 마독용이다."

이름을 날릴 수 있는 절호의 기회라 여겼을까.

섬서성 북부에서 창으로 명성이 자자한 파창마가의 가주 마독용이 호기롭게 자신을 밝히며 흑창 앞으로 나섰다.

선혈이 낭자한 이런 전장에서 가문과 이름을 대는 것 자체가 조금 우스운 일이었지만, 마독용은 굳이 자신을 소개하며 나갔다.

흑창은 과묵한 그답게 여전히 입을 꾹 다문 채 왼손을 들어 까딱거렸다.
 들어오라는 뜻이었다.
 원래 흑창이 말이 없다는 것을 마독용이 알 리 없다. 그 때문에 자신이 무시당했다고 여겼는지 금세 얼굴이 붉어지며 이가 갈리는 소리가 들렸다.
 "무례한 놈, 정파의 힘이 어떤 것인지 보여주마!"
 마독용은 머리 위로 창을 횡횡 돌리며 흑창을 향해 몸을 날렸다.
 마독용은 원호를 그리는 창대를 이용해 흑창의 하체를 노렸다. 하지만 흑창은 다리를 슬쩍 틀어 창을 피하더니 마독용의 가슴을 향해 창을 내질렀다.
 그냥 단순히, 마독용의 가슴을 향해 창을 툭 찌른 것뿐이었다.
 쇄에에엑!
 하지만 섬전과도 같은 빠른 속도에 마독용은 경악했다.
 "헙!"
 마독용은 헛바람을 들이마시며 최대한 몸을 틀어 허리를 젖혔다.
 찌직, 사각!
 하지만 온전히 흑창의 창을 피하지는 못했다.
 흑창의 날카로운 창날은 마독용의 가슴 섶을 자르며 피부를

얕게 벴다.

쿵!

뒤로 물러나는 마독용을 보며 흑창은 바닥에 창을 강하게 내려놓고 다시 반듯하게 허리를 폈다.

곧게 세워진 흑창의 창날에서 한 방울의 피가 또르르 흘러내렸다.

한 방울의 피에서 느껴지는 미세한 혈향이 흑창의 코끝을 간질였다. 그 혈향에 흑창의 코가 벌렁거리더니 콧잔등 위에 주름이 잡혔다.

그 때문일까? 언제나 무표정하던 흑창의 얼굴이 왠지 근엄하게 바뀌었다.

"흐으음……."

흑창의 입술이 살짝 벌어지며 듣기 좋은 중저음의 목소리가 흘러나왔다.

그런 흑창을 향해 마독용은 이를 악물고 다시 창을 찌르며 달려들었다.

후우웅, 탁!

흑창은 여유롭게 창을 회전시키며 마독용의 창을 막았다.

"감히 본좌 앞에서 창을 논하려 하는 게냐?"

흑창은 여전히 근엄한 얼굴로 마치 모두가 들으라는 듯이 목소리를 높였다.

창이란 이렇게 쓰는 것이다, 라는 표본을 보여주려는 듯 그는 가볍게 창을 들어 마독용의 허리를 창대로 후려갈겼다.
 퍽!
 충격에 마독용의 허리가 직각으로 꺾였다.
 그러자 흑창은 창을 반대로 회전시키며 마독용의 등을 창대로 재차 가격했다.
 퍼벅!
 흑창의 일갈이 터져 나왔다.
 "본좌로 말할 것 같으면……."
 흑창은 창을 머리 위로 번쩍 들어올렸다.
 훙 훙 훙 훙 훙!
 퍼버버벅!
 창이 수십, 수백의 원을 그리며 마독용의 몸 곳곳을 후려쳤다. 쉴 새 없이 마독용의 몸을 가격한 흑창은 엄숙한 얼굴로 뒤로 물러나며 창을 거뒀다.
 그리고 마치 홀로 수련이라도 하는 것처럼, 아니면 일생일대의 적을 앞에 두고 현란한 창술을 펼치는 것처럼 창술 몇 초식을 더 펼친 후 창을 거둬 바닥에 쿵, 찍으며 똑바로 섰다.
 그의 얼굴에는 보는 이로 하여금 민망할 정도의 흡족한 미소가 선명하게 새겨져 있었다.
 "진우주천상천하유아독존고금제일천하무쌍우내무적창(眞宇宙天上天下唯我獨尊古今第一天下無雙宇內無敵槍)이 바로 본좌다. 그 누가 본좌 앞에서 창을 논하겠는가? 창하면 본좌, 본좌하면

창. 창을 예술의 경지로까지 끌어올린 것이 바로 본좌다."

한 호흡?

스스로 말해 놓고도 낯 뜨거울 거창한 자화자찬을 단 한 호흡도 안 되는 시간 안에 모두 내뱉었다.

수다와 잡담의 무아지경에 빠진 여인네들이 봐도 놀랄 일이었다. 또한 속사포처럼 쏘아대는 이야기꾼도 이처럼 빠르게 말하지는 못할 것이다.

평소 아낀 말을 한꺼번에 폭발시키듯, 자화자찬을 늘어놓은 흑창은 아주 당연하다는 듯 더욱 진해진 미소를 머금으며 고개를 묵직하게 끄덕였다. 그리고는 희열에 찬 표정으로 몸을 부르르 떨었다.

"저거 똘아이 아냐!"

그런 흑창을 보며 흑도는 어이없다는 듯 말을 내뱉었다.

너무나도 달라진 흑창을 보며 마찬가지로 어이가 없어 입을 살짝 벌리고 있던 흑권과 흑검 역시 이번만은 흑도의 말에 동의하며 고개를 크게 끄덕였다.

그 말에 흑창의 귀가 꿈틀 움직였다. 그리고 그의 표정 역시 묘하게 일그러졌다.

"갈! 감히 본좌에게 그런 쌍스러운 말을 하다니, 정녕 네놈이 죽고 싶은 모양이구나. 내 손속에 사정을 두었건만, 아직까지 정신을 차리지 못한 것이로구나."

흑창은 고개를 내려 얼굴과 온몸이 퉁퉁 부은 마독용을 내려다보며 호통 쳤다.

"으아 아우……."

이빨이 모두 부서지고 혀가 반쯤 떨어져 나가 입 안이 엉망이 된 마독용은 제대로 된 말을 내뱉지 못했다. 그래서 고개가 떨어져라 열심히 좌우로 흔들며 부정했다.

그러면서 손가락을 들어 흑도를 가리켰다. 한껏 부릅떠진 마독용의 눈에는 보기 안쓰러울 정도의 간절함이 담겨 있었다.

"갈! 이 귀로 똑똑히 들었건만, 어디서 아니라고 부정을 하는 것이냐?"

흑창은 창을 번쩍 들어올렸다.

그리고는 다시 창으로 수십, 수백의 궤적을 만들며 마독용의 몸을 후려갈겼다.

"으아아아악!"

처참한 비명이 마독용의 입에서 다시 터져 나왔다.

그 모습에 흑도는 미간에 주름을 잡으며 한 음절씩 끊어가며 다시 말했다.

"똘.아.이! 미.친.놈!"

그러자 흑창의 창이 일순간 딱 멈췄다.

그는 이제껏 한 번도 보여준 적 없는 살기 어린 눈빛으로 고개를 돌렸다.

그가 고개를 돌린 방향은 흑도가 있는 곳과는 정반대편인,

무림맹 무인들이 있는 곳이었다.

"어느 놈이 이 진우주천상천하유아독존고금제일천하무쌍우내무적창인 본좌에게 그런 망발을 터트린 것이냐! 오냐, 이놈들! 모조리 죽여주마!"

흑창의 몸에서 찐득찐득한 살기와 함께 마기가 피어올랐다.

"흐아압!"

끝까지 근엄한 얼굴로 분노의 일갈을 터트린 흑창이 창을 들어 무림맹 무인들 속으로 뛰어들었다. 흡사 양 떼들에게 뛰어드는 한 마리의 사자처럼 거침이 없었다.

"내가 바로 창의 본좌다, 음화화화화홧! 어느 누가 본좌 앞에서 창을 논하리오!"

그런 흑창을 보며 흑도는 한순간 얼굴을 찌푸렸다. 그때서야 기억이 난 것이다.

흑창의 생전 별호가 무적창마 이외에 하나 더 있다는 것을.

그건 바로 혈취광창(血醉狂槍)이라는 것을.

무림맹 무인들 사이를 마구 휘젓고 다니는 흑창을 보던 흑도의 얼굴이 새빨갛게 달아올랐다. 그는 발을 구르며 다급하게 외쳤다.

"내 몫도 남겨 두란 말이다! 흑창, 이 새끼야!"

그 말이 채 끝나기도 전에 흑도는 흑창이 있는 곳으로 몸을 날리고 있었다.

　　　　　　　＊　　＊　　＊

 대략 전장에서 백오십여 장 떨어진 비교적 낮은 산봉우리에 양 소매에 검이 수놓인 무복을 입은 무인들 백여 명이 집결해 있었다. 그들은 전장을 내려다보고 있었다.
 "상황은 어찌되었나?"
 그들 사이로 수염이 희끗희끗한 장년인 한 명이 홀연히 나타났다.
 그가 이들의 수장인 듯 좌검, 우검 호법을 제외한 검림의 무인들이 일제히 오체투지하며 그를 맞이했다.
 좌검, 우검 호법은 장년인을 향해 허리를 깊게 숙이며 한목소리로 말했다.
 "오셨습니까, 림주님."
 두 호법의 인사에 장년인, 검림주 진필성은 고개를 끄덕이며 답했다.
 "모두 일어나라."
 무인들을 일으켜 세우면서 검림주는 두 호법이 서 있는 곳으로 걸어가 전장을 내려다보았다.
 한참 동안 전장을 살피던 검림주의 입이 살짝 벌어졌다.
 "호오?"
 그는 무척 흥미로운 눈빛을 띠며 두 호법에게 물었다.

"자네들은 저 넷의 마공을 알아보겠나?"

두 호법은 검림주의 물음에 선뜻 대답하지 못했다. 하지만 뭔가 알고 있다는 듯한 눈빛이었다. 다만 확신이 서지 않아 대답을 주저하는 듯했다.

"대략 짐작하고 있는 듯하군."

검림주는 두 호법의 눈빛을 보고는 다시 전장으로 시선을 돌렸다.

"림주, 그렇다면 마교 마웅총의……?"

그나마 조금 더 성격이 급한 좌검 호법이 말끝을 흐리며 물었다.

"확실히 마웅총에 누워 있어야 할 네 마두의 마공이야."

"어찌?"

검림주의 확답에 좌검 호법의 얼굴에는 놀람이 번졌다.

"분명 절전되었다고 들었는데……."

우검 호법 역시 말끝을 흐렸다.

의혹을 느끼는 건 비단 그 둘뿐만이 아닐 것이다. 정마를 떠나 무림은 당시 마교 교주와 비등한 무력으로 한 시대를 풍미했던 네 마웅의 절기가 모두 후인에게 전수되지 못하고 실전됐다고 알려진 것이 정설이었다.

그렇기에 좌검, 우검 호법이 확신하지 못했던 것이다. 왜냐하면 그들 역시 그리 알고 있었기 때문이다.

"후인일까요?"

"후인이라······."

우검 호법의 질문에 검림주는 그저 그 질문을 다시 한 번 중얼거릴 뿐이었다.

"후후후······."

한동안 말없이 아래를 내려다보던 검림주가 입을 열었다.

"마교 대공자의 숨은 힘이 마웅총의 후인이라······. 덕분에 재미있게 되었어."

검림주의 입가에 짙은 미소가 걸렸다.

그의 눈은 전장으로 향해 있었다.

전장에는 네 마리의 사자가 늑대 무리에서 날뛰고 있었다. 그 네 마리의 사자는 바로 흑사신들이었다.

"머리와 몸이 따로 노니 호랑이가 늑대로 변할 수밖에."

검림주의 눈에 무림맹의 모습은 참으로 한심해 보였다.

"그보다도, 너무 성급했습니다."

좌검 호법의 말에 검림주는 고개를 끄덕이며 동의했다.

"아니면 자만했던가?"

검림주는 무림맹 한 귀퉁이가 서서히 무너지는 것을 보며 다시 히죽 웃었다.

"그래서 더 즐거운 것이 아니겠나?"

"다 본림의 복이 아니겠습니까?"

우검 호법이 허리를 살짝 숙이며 대답했다.

"슬슬 준비하라. 마교 대공자의 목으로 무림맹을 삼켜야지."

"북해빙궁은 어찌할까요?"

우검 호법은 남해태양궁과의 약속을 떠올렸다.

"새외는 차라리 없는 것이 본림에 이롭다. 사고로 위장해서 죽여라."

검림주의 말에 우검 호법의 눈이 반짝였다.

"허면…… 북해빙궁 소궁주의 죽음은 남해태양궁의 짓이 될 것입니다, 림주님."

그 말에 검림주가 더욱 차갑게 웃었다.

* * *

"막아라, 어서! 막으란 말이다!"

"그쪽이 아니다, 저기, 저기를 막으란 말이다!"

전장에서는 다급하고 짜증이 잔뜩 묻은 목소리가 여기저기서 터져 나왔다.

우왕좌왕하며 저리 엉키고 이리 엉키며 중구난방으로 흑풍대와 설영대를 공격하는 무림맹 무인들을 보며 담기량의 얼굴은 잔뜩 일그러졌다.

'성급했다, 너무 성급했어.'

담기량은 청성파와 종남파의 힘을 믿고 지금의 작전을 강행했다.

제갈묘의 의견을 받아들였어야 한다고 담기량은 자책했지만, 이미 상황은 걷잡을 수 없는 방향으로 흘러가고 있었다.

이왕 일을 시작하는 거, 혹시 자신들이 모르는 힘이 더 있을지 모르니 시간이 조금 더 걸리더라도 좀 더 체계적으로 준비하자고 제갈묘는 조언했었다.

일원화된 명령체계와 치밀한 전술적 접근이 필요하다고 거듭 강조했던 것이다. 하지만 담기량과 청허자, 그리고 곡상천이 그런 제갈묘의 의견을 무시해 버렸다.

종남파와 소림사, 그리고 본파인 화산파.

거기에 무림맹에 참가했던 다른 문파와 세가들의 정예.

또 숱한 일대의 중소문파들.

그 전력이면 충분하리라 여겼다.

물론 좋은 제안이라고 생각했지만 굳이 그렇게까지 시간을 허비해가며 일을 벌일 필요가 없다고 여겼다.

하지만 오판이었다.

차라리 중소문파를 제외했더라면 결과가 달라졌을지도 모른다.

흑풍대와 설영대를 에워싼 무림맹 무인들의 수는 도에 지나칠 정도로 많았다. 그렇기에 제대로 공격도 해보기 전에 이리 엉키고 저리 엉키고 있었던 것이다.

또한 육대세가의 움직임은 처음부터 끝까지 미온적이었다. 적당히 움직여주고 나중에 어부지리를 취하겠다는 눈치가 역력했다. 그리고 무당파 역시 왠지 공격이 겉돌고 있는 느낌이었다.

"분명 과거 흉맹을 떨친 네 마두의 마공이 틀림없습니다."

그때 무무의 목소리가 들려왔다.

'설마 그 후인들이 마교 대공자의 수신호위라니!'

검림이 그러했듯, 무림맹에서도 설마 지금 성난 사자들처럼 날뛰고 있는 흑사신이 마웅총에 잠든 네 마인이라고는 상상도 할 수 없는 일이었다.

담기량은 어금니를 꽉 깨물며 몸을 부들부들 떨었다.

무림맹은 엄청난 사상자를 낸 것도 모자라 결국 뚫리고 말았다. 하지만 그 뚫린 자리는 쉽사리 메워지지 않았다. 하나가 되어 일사분란하게 움직인다면 모를까, 중구난방으로 그 자리를 메우려 하니 오히려 다른 곳에서 틈이 벌어지기 일쑤였다.

결국 담기량은 직접 검을 뽑아 들었다. 이제 더는 다른 이들에게 맡겨둘 수 없다고 판단한 것이다. 자칫 잘못하면 천라지망이 완전히 뚫릴 판이었다.

"매화검수들은 따르라!"

담기량은 화산파 일대제자 중에서도 무공이 뛰어난 이들을 선별하여 뽑은 매화검수들을 데리고 흑사신이 있는 곳으로 몸을 날렸다. 하지만 이미 늦어 버렸다.

콰과과과광!

그들이 도착하기도 전에 흑사신이 흔들어 놓은 곳을 삼백의 골강시가 일사분란하게 무너트려 버린 것이었다.

한 번 무너지자 뒤이어 마교 대공자가 듣도 보도 못한 사술 같은 마공으로 그 일대를 완전히 초토화시키며 포위망이 갈가리 찢겼다.

'하필!'

길이 뚫린 곳은 중소문파가 집중적으로 모여 있는 곳이었다. 그 허점을 마교 대공자가 모를 리 없을 것이다.

"서둘러라! 그들을 놓쳐서는 안 된다!"

담기량은 더욱 다급해진 목소리로 뒤따라오는 매화검수들을 재촉했다.

그러나 담기량이 이미 도착했을 때는 어느새 마현이 흑풍대와 설영대를 이끌고 몸을 빼낸 후였다. 그쯤 되자 마현 일행을 다시 급하게 에워싸느라고 무림맹 진영은 더욱 우왕좌왕하며 큰 혼란 속으로 빠져들기 시작했다.

그 때문에 아군이 오히려 담기량과 매화검수들의 발걸음을 방해하는 촌극이 벌어지고 있었다. 담기량으로서는 피를 토하고 싶을 만큼 답답한 일이 아닐 수 없었다.

"중소문파는 뒤로 빠져 넓게 포진하라. 그리고 소림사는 우측으로 선회해 주시오."

담기량이 극심한 혼란에 빠져 말문을 잃고 있을 때 보다 못한 제갈묘가 나서며 장내를 수습했다. 그때서야 그나마 무림맹 무인들의 움직임이 조금 유기적으로 바뀌었다.

하지만 상황을 반전시키기엔 너무 늦은 감이 있었다.

믿고 싶지 않았지만, 그것을 확연히 깨달은 담기량이 입술이 찢어지도록 꽉 깨물었다.

흑풍대와 설영대 앞이 완전히 뚫리는데도 그들을 막아설 무림맹 무인들이 아무도 없었던 것이다.

무림맹 무인들은 단지 숫자만 믿고 무턱대고 원진 형태로 둘러싸기만 했기 때문에 그런 결과가 나온 것이었다.

육대세가를 견제한답시고 지모로 명성이 자자한 제갈세가의 의견까지 무시한 것이 이처럼 뼈아픈 결과를 가져올지 몰랐다. 하지만 후회를 해본들 이미 늦어 버린 일이다.

그렇다고 마냥 이렇게 손을 놓고만 있을 수는 없는 법.

'무슨 일이 있어도 잡고 말겠다!'

담기량이 낙담하면서도 의지를 불태우고 있을 때였다.

멀리 사라져 가는 흑풍대와 설영대를 빽빽한 그림자가 막아서고 있는 것이 보였다.

"정의로운 이 땅에 사악한 마인들이 활기치고 다니게 할 수는 없다! 일어나라, 검림의 제자들이여!"

"정기천세(正氣千歲), 멸마검림(滅魔劍林)!"

"정기천세(正氣千歲), 멸마검림(滅魔劍林)!"

한 장년인의 외침에 따라 중후한 내력이 담긴 구호가 울려퍼졌다.

챙 챙 챙 챙 챙!

그리고 검집에서 검이 뽑히는 소리가 들리며 갑자기 나타난 무사들이 흑풍대와 설영대 앞을 가로막았다.

담기량은 그들 중앙에 높이 세워진 문파의 깃발을 보았다.

좀 전에 그들이 외친 정기천세, 멸마검림의 글귀 아래 '검림'이라는 문파 명이 웅장한 필체로 쓰여 있었다.

　　　　　＊　　＊　　＊

사람이 살아가는 동안 놀랄 일을 여러 번 겪는다지만, 설린과 냉천휘, 설영대는 요 며칠 마현의 신기한 능력에 너무 놀라 더는 놀랄 일이 없을 거라 생각했다.

하지만 아니었다.

그들을 다시금 놀라게 만든 존재는 바로 흑사신들이었다.

며칠 마현과 다니면서도 그들은 흑사신의 존재를 전혀 몰랐다. 아니 모르는 정도가 아니라 그 어떤 기척도 느끼지 못했다.

그들은 처음 모습을 드러내는 것부터가 심상치 않았다. 그야말로 땅속에서 솟아났으니까. 하지만 더욱 놀라운 것은 그들의 무위였다.

"이거 정말 말이 안 나오는군요, 설 사저."

목숨조차 장담할 수 없는 위험한 전장 한가운데 있었지만, 냉천휘는 감탄사를 아니 터트릴 수가 없었다.

"그래."

그렇게 놀란 눈으로 냉천휘와 설린은 앞서 길을 뚫는 흑사신의 등을 넋을 놓고 바라보았다.

그리고 그들의 시선은 아무렇지 않게 머리 위에서 허공답보를 펼치며 엄청난 파괴력이 담긴 마공을 내뿜고 있는 마현을 보는 것으로 끝이 났다.

콰과과과광!

마현의 엄청난 화력에 마지막까지 버티고 있던 무림맹 한구석이 완벽히 무너졌다.

그러자 흑사신이 튀어나갔고, 그 뒤로 삼백 구의 스케레톤이 마치 파도처럼 쏟아져나갔다. 그 때문에 흑풍대와 설영대는 무림맹 무인들과 아무런 충돌 없이 무사히 빠져나갈 수 있었다.

"헉헉헉!"

흑풍대와 설영대의 입에서는 단내가 풀풀 풍겼다. 또한 온몸이 피와 땀으로 흠뻑 젖어 있었다. 다들 안색 또한 그리 좋지 않았다.

무리한 내력의 운용과 함께 장시간 쉬지 않고 마력을 끌어올린 탓이다.

그래도 마지막 포위망만 뚫으면 숨통이 트일 것이다. 전황은 그들의 바람처럼 그렇게 되는 듯했다.

하지만 포위망을 벗어나며 안도의 숨을 내쉬는 순간 정체를 알 수 없는 그림자들이 흑풍대와 설영대를 막아섰다.

'검림?'

마현은 그들 속에서 나부끼는 깃발을 보며 미간에 주름을 잡았다.

전혀 알 수 없는 문파였다.

잠시 설린, 냉천휘와 매직마우스와 전음으로 정보를 주고받았지만 그들 역시 모르는 문파였다.

"이 땅에서 사악한 마인들을 몰아내라!"

뒤쪽에 서 있는 수장인 듯한 장년인이 명을 내리자, 그를 따르는 무인들이 쏟아져 나오며 흑풍대와 설영대를 덮쳤다.

힘들어하는 흑풍대를 보던 설영대주가 흑풍대주 왕귀진을 향해 굳은 목소리로 말했다.

"이제는 설영대가 앞장서겠소."

대답도 듣지 않고 설영대주가 내력을 담아 소리치려고 할 때 왕귀진이 그의 어깨를 잡으며 고개를 흔들었다.

"흑풍대는 주군의 명을 따를 뿐이오. 그것이 죽음의 길일지라도!"

왕귀진의 얼굴은 창백하고 땀으로 얼룩져 있었지만 눈빛만은 활활 타오르고 있었다.

"흑풍대는 강하다!"

왕귀진의 우렁찬 목소리에 흑풍대 역시 목이 찢어져라 복창했다.

"흑풍대는 강하다!"

"흑풍대는 강하다!"

"검은 바람은 모든 것을 지운다!"

왕귀진의 이어진 목소리에 흑풍대는 여전히 목이 찢어져라 복창했다.

"검은 바람은 모든 것을 지운다!"

"검은 바람은 모든 것을 지운다!"

"흑풍대는 스켈레톤들을 이용해 막아서는 자들을 모조리 도륙하라!"

왕귀진이 검을 휘두르며 명을 내렸다.

"와아아아!"

"우리는 흑풍대다!"

함성을 지르며 흑풍대는 더욱 짙은 마기를 내뿜었다.

챙챙챙챙챙!

그들은 스켈레톤을 움직이느라 여태 허리에 차고만 있던 검을 일제히 뽑아들었다.

'마교 대공자의 진정한 힘은 본인의 마공이 아니라 수하들이군.'

설영대주는 고개를 들어 허공에 떠 있는 마현을 올려다보았다.

-캬캬캬캬캬!

강행돌파 229

―키키키키키!

삼백 구의 스켈레톤이 일제히 검림을 향해 달려 나갔다.

"와아아아!"

"사악함으로 만들어낸 강시들이다! 이 땅을 정화하라!"

백여 명의 검림 무인들 역시 몰려오는 스켈레톤을 향해 검을 들었다.

콰광!

두 집단이 굉음과 함께 부딪혔다.

그렇게 또 한 폭의 지옥도가 소화산 아래 평원에서 그려지고 있었다.

흑풍대를 따라 이동한 무림맹 무인들은 놀란 얼굴로 스켈레톤과 검림이라는 신비단체의 격돌을 지켜보고 있었다.

추풍낙엽(秋風落葉).

현 상황을 설명하는 데 있어 이보다 더 어울리는 말은 없을 것이다.

참으로 놀랍게도, 무림맹 무인들을 그토록 괴롭혔던 스켈레톤이 검림의 무인들 앞에서는 속수무책으로 무너지고 있었다. 검림의 무력은 질풍노도처럼 거침이 없었다. 그들은 개개인이 엄청난 무력을 보여주며 순식간에 스켈레톤의 태반을 무력화시켜 버린 것이다.

"대체 저들은 어디서?"

담기량은 너무 놀라 자신의 입술이 살짝 벌어진 것조차 인지하지 못하고 있었다. 그는 아무리 머릿속 모든 기억과 지식을 헤집어 봐도 검림이라는 두 글자가 떠오르지 않자 당혹스럽기만 했다.

그건 담기량뿐이 아니었다. 오파일방과 육대세가의 장문인과 가주들 역시 혼란스럽기는 매한가지였다.

그렇게 아무것도 하지 못하고 양측의 싸움을 지켜보는 담기량 옆으로 검림주 진필성과 좌검, 우검 호법이 함께 다가왔다.

"미약하나마 이렇게 정파 무림의 기둥인 무림맹에 도움을 줄 수 있어 참으로 기쁩니다."

진필성은 최대한 예를 갖추며 포권을 취했다.

검림이 등장했을 때 뒤편에서 명을 내리던 장년인이 갑작스럽게 다가와 인사를 건네니 담기량과 그 뒤에 서 있던 무림맹 수뇌들은 잠시 당황하며 바로 인사를 받지 못했다.

그나마 제갈묘가 재빨리 정신을 차리고 그 앞으로 걸어가 포권을 했다.

"이렇게 도움을 주시다니 무림맹 맹주님을 대신해 감사의 인사를 드립니다, 제갈가의 제갈묘입니다."

"아! 위명이 자자한 신기수사이시로군요. 본인은 그저 검림이라는 작은 단체를 이끌고 있는 진필성이라고 합니다. 부끄럽게도 아직 별호는 없습니다."

진필성은 제갈묘에게 자신을 소개하며 담기량에게도 다시

눈으로 인사를 건넸다.

"부끄럽게도 무림맹 맹주를 맡고 있는 담기량이라 하오."

담기량은 그제야 포권을 취하며 인사를 했다.

"이쪽은 본림의 호법을 맡은 우검 호법 후동관과 좌검 호법 요추광이라고 합니다."

진필성은 뒤로 한 걸음 비켜서며 뒤에 서 있는 두 호법을 소개했다.

"우검 호법입니다."

"좌검 호법이오."

두 호법 역시 포권을 취하며 자신들을 소개했지만 이름까지 밝히지는 않았다. 그 둘이 이름보다 검림이라는 단체에서 호법으로 불리기를 더 원하고 있음을 담기량을 비롯해 무림맹 수뇌들은 알아차렸다.

"무림맹의 힘만으로도 사악한 이들을 벌하는 것은 충분하겠지만 그저 자그만 손길이라 너그럽게 봐주시면 고맙겠습니다."

진필성은 무림맹 수뇌들을 은근히 띄워주었다.

그 말에 의혹의 눈초리는 여전했지만 무림맹 수뇌들은 어느 정도 경계심이 풀리는 눈치였다.

"아니오, 감사하오."

담기량은 그들을 향해 감사의 뜻으로 고개를 숙여 보였다.

"이왕지사 이리 되었으니, 무림맹의 영웅들께서는 못미덥더라도 본림이 한 팔을 거들어 뒤처리를 할 수 있게 허락해 주셨으면 좋겠습니다."

끝까지 겸양을 떨며 무림맹을 한껏 치켜세우고는 검림주 진필성은 몸을 돌렸다.

"사악한 마인들을 처단하지."

"예, 림주."

"명을 받드옵니다."

"그럼 정식 인사는 조금 늦추겠습니다."

진필성은 과하다 싶을 정도로 다시 예를 차린 후 두 호법과 함께 흑풍대와 설영대를 향해 몸을 날렸다.

"흠……."

담기량은 입 밖으로, 제갈묘는 속으로 나직하게 침음성을 머금었다.

쌔애애액!

날카로운 검이 스켈레톤의 흉부로 파고들었다.

퍼석!

—캬아아아!

스켈레톤은 무기력하게 부서졌다.

"크윽!"

여기저기서 스켈레톤들이 부서질 때마다 계속 충격을 받은 흑풍대원 몇이 쓰러지는 사태가 발생하기 시작했다.

결국 설영대까지 전면에 나섰지만 파죽지세로 몰고 들어오는 검림을 막을 수는 없었다.

마현은 어금니가 부서져라 깨물었다. 제아무리 마현이 마법사이지만 아직까지 고작 6서클이었다.

6서클의 힘 역시 무시할 수 없다지만 다수를 상대하기에는 무리가 있다.

강력한 대인공격과 광범위 살상 마법은 7서클에 올라서야 진정한 힘을 표출시킬 수 있기 때문이다.

『흑사신! 일단 무너지는 곳을 도우라, 어서!』

마현의 눈에 핏발이 섰다.

'아무도 죽이지 못한다. 내 수하의 죽음을 나 카칸, 마현은 용납할 수 없다!'

마현은 마력을 쥐어짜듯 서클 단전에서 끌어올렸다.

"덤벼라. 이 사악한 마인들아!"

그 순간 좌검 호법과 우검 호법이 흑풍대 안으로 뛰어들었다.

그 둘의 검날에 흑풍대원과 설영대원 몇이 피를 뿌리며 쓰러졌다.

마현은 더욱 짙어진 살기를 띠며 그 두 호법 앞으로 뛰어내렸다.

"내 검이 우선이다!"

그런 마현 앞으로 검림주 진필성이 다가와 검을 뽑아들었다.

그를 본 순간 마현은 찌릿한 느낌을 받았다.
겉보기에는 담담한 얼굴과 평범한 기세였지만 마현은 느낄 수 있었다.
'강자다! 스승님과 비견될 정도로…….'
마현은 미간에 주름을 깊게 만들며 주먹을 말아 쥐었다.
"크아악!"
마현이 잠시 놀라 주춤하는 사이에도 흑풍대원과 설영대원의 고통에 찬 비명이 들려왔다. 온몸이 피투성이가 된 채 검림의 좌검, 우검 호법과 고군분투하는 설린과 냉천휘의 모습도 눈에 들어왔다.
『흑사신은 저 둘을 맡아라, 어서!』
마현의 명에 흑사신들은 몸을 돌려 설린과 냉천휘를 보호하며 좌검, 우검 호법과 부딪혔다.
"그런 여유를 부릴 때가 아닌 것 같은데."
쑤아아앙!
강맹한 검강이 공기를 갈기갈기 찢어버리며 마현에게로 날아왔다.
마현은 재빨리 양손을 교차시키며 암 바클러를 중첩시켜 몇 겹의 방어막을 만들었다.
콰과광! 와장창창창!
하지만 검강은 암 바클러를 허무할 정도로 가볍게 부숴 버렸다.

사각!

그러고도 끝까지 기세가 죽지 않은 검강 가닥이 마현의 양 팔에 검상을 남기고 말았다.

검상에서 흘러나오는 피는 금세 팔뚝을 적시고 먼지가 피어오르는 땅바닥으로 뚝뚝 흘러내렸다.

고통에 찬 신음이 흘러나올 법도 하건만 마현의 눈매는 더욱 날카롭게 변하며 투기로 활활 타올랐다.

"내 너를 죽여 이 땅에서 마인을 모조리 지워갈 초석(礎石)을 세울 것이다."

진필성은 들고 있던 검을 발아래 땅바닥에 꽂았다.

'무슨?'

마현은 진필성의 기이한 행동에 의아해하면서도 뒷골이 서늘해지는 오한을 느꼈다.

아니나 다를까.

마현은 발아래에서 무시할 수 없는 엄청난 내력을 느꼈다.

"크!"

마현은 짧은 침음성을 삼키며 재빨리 허공으로 몸을 띄웠다.

콰과과과광!

마현이 서 있던 땅바닥에서 수십 줄기의 검강이 솟구쳤다. 조금이라도 늦었더라면 그 검강에 마현의 몸은 갈가리 찢어졌을 것이다. 등줄기가 서늘할 정도로 예상치 못한 매서운 공격이었다.

 하지만 마현은 그 와중에도 진필성이 서 있는 땅바닥에 필드 쇼크를 시전하는 것과 동시에 십여 개의 파이어 재벌린을 만들어 날렸다.

 우르르르!

 땅거죽이 뒤흔들렸다.

 콰과과과광!

 진필성이 서 있던 자리가 폭발하며 불기둥이 하늘로 치솟아 올랐다.

 "갈!"

 하지만 막대한 내공이 실린 진필성의 호통과 함께 불기둥은 한순간 연기가 되어 사라졌다.

 불기둥이 치솟았던 그 중심에 진필성이 오연하게 서 있었다. 그런 그의 몸 주위에서 투명한 막이 서서히 걷히는 것이 보였다.

 '거, 검막?'

 마현은 진필성의 놀라운 무위에 눈을 부릅떴다.

 하지만 놀랄 일은 그게 끝이 아닌 모양이었다.

 제자리에서 핑그르르 한 바퀴 검을 휘돌린 진필성은 마현을 향해 검을 빠르게 찔러왔다.

 쑤아아앙!

 '거, 검환?'

검에 활활 타오르던 시퍼런 검강이 극점으로 모이더니 마현을 향해 날아온 것이었다.

"브, 블링크!"

마현은 가까스로 바닥으로 순간이동했다.

하지만 검환은 하나가 아니었다.

바닥으로 이동한 마현의 가슴을 향해 검환 하나가 더 날아왔다.

"실드, 리터레이트!"

마현은 앞으로 실드를 겹겹이 만들었다.

순식간에 다섯 개의 실드가 만들어졌지만 검환은 조금 전의 암 바클러처럼 너무나도 손쉽게 부숴 버리며 힘을 잃지 않고 마현을 향해 그대로 날아왔다.

마현은 최대한 몸을 웅크리고 다시 양팔을 교차시켰다.

콰과광!

"크윽!"

마현은 검환의 힘을 이기지 못하고 입에서 피를 뿜으며 튕겨지듯 뒤로 날아갔다. 겨우 몸을 틀어 바닥에 내려섰지만 그 충격에 마현의 두 다리는 사시나무처럼 떨리고 있었다.

"쿨럭!"

마현은 사혈을 한 모금 토해냈다.

파리해진 안색은 마현의 상태를 고스란히 보여주었다. 내부는 검환의 충격으로 진탕됐고, 내력의 고갈로 추가 공격은 엄

두도 내지 못할 지경이었다.

그 와중에도 흑풍대의 고통에 찬 비명이 더욱 커졌다.

여전히 스켈레톤들이 앞을 가로막고 흑풍대와 설영대를 보호하고 있어 아직 죽은 이는 없었지만 아슬아슬할 정도로 내몰리고 있었다.

이대로는 한식경, 아니 일다경 이상 버티기 힘들어 보였다.

마현은 입술이 찢어지도록 깨물었다.

'일단 피해야 한다.'

여기서 죽음을 당할 수는 없었다.

분하지만 살아 있어야 자신을 이처럼 처참하게 몰고 간 검림에게 몇 배, 아니 몇 십 배 앙갚음을 할 수 있기 때문이다.

"후우······."

마현은 허리를 숙여 숨을 깊게 내쉬었다.

"나는 카칸이다."

마현은 허리를 꼿꼿하게 펴고 진필성을 직시하며 차갑게 말했다.

"누구도 나를 죽이지 못해."

마현의 몸에서 지독하리만큼 검은 마기가 뿜어져 나왔다.

"그리고 내 수하들도."

진필성을 바라보는 마현의 눈동자에서 흰자위가 사라지며 온통 짙은 묵색으로 변해갔다.

"기다려라, 네놈의 목은 본인이 직접 베어주마."

마현은 흑풍대와 설영대의 중앙으로 뛰어 들어갔다.

『흑사신, 무슨 일이 있어도! 강제로 소환되는 일이 있어도 저 셋을 막으라. 그 보답은 더욱 강한 힘이다!』

마현의 명에 흑사신은 굳은 얼굴로 두 호법과 진필성에게 달려들었다.

그들은 안다.

그 셋을 상대하는 것은 지금 무리라는 것을.

겨우 과거 힘의 7할을 회복한 상태다.

하지만 저 둘, 호법들은 그들이 살아 전성기를 누리던 당시와 비교하면 겨우 두어 수 아래다.

그리고 검림주라는 자는 그때의 자신들에 비해 한 수 내지 반 수 아래다. 지금으로선 도저히 이길 수 없는 싸움이었다.

큰 상처를 입고 어둠으로 강제 귀환될 것이 분명했다.

하지만 마현의 명을 따라야 했다. 마현이 죽으면 자신들 역시 없을 테니!

"흑풍대는 스켈레톤을 검막이로 이용해 주위를 차단하라!"
"명!"
"설영대는 본인을 중심으로 최대한 좁게 원진을 짜라!"

마현은 설영대에게도 짧게 명을 내렸다.

설린에게 사전 허락을 받을 수 없을 만큼 상황이 급박했다. 그걸 알기에 설영대 역시 군말 없이 마현을 중심으로 **빽빽**하게 둘러섰다.

"설 소궁주, 그리고 냉 소협. 가까이 오시오, 어서!"

마현의 재촉에 설린과 냉천휘는 피투성이가 된 모습으로 가까이 다가왔다.

그러자 흑풍대가 설영대을 촘촘하게 에워싸며 스켈레톤 삼백 구를 목책을 두르듯 세 겹으로 빽빽하게 배치시켰다.

"뭣들 하나? 무조건 베고 또 베라."

좌검 호법의 명에 검림의 무인들은 더욱 무자비하게 검을 휘둘렀다.

『흑풍대는 들으라.』

마현의 목소리는 분노에 가득 차 있었다.

『마법이 펼쳐지는 순간 땅속 깊숙이 스며들어 데쓰 스테이트(Death state)를 발동시켜라! 그리고 본인을 찾아오라! 살아서 반드시!』

데스 스테이트는 귀식대법과 비슷하다고 할 수 있는 어둠의 마법이었다. 귀식대법은 호흡을 줄이고 체온을 줄여 의도적으로 가사상태에 빠져드는 것이다.

데스 스테이트는 그런 귀식대법보다 한층 발전된 것이라 보면 이해하기 쉽다. 현상적인 측면에서 귀식대법이 죽은 척하는 것이라면, 데스 스테이트는 말 그대로 죽음을 받아들이는 것이다.

하지만 온전한 죽음이 아닌 일시적 죽음이다.

호흡이나 체온 같은 신체의 모든 활동을 정지시키고, 땅속 깊숙한 어둠 속에서 잠드는 것이다.

　귀식대법은 의술에 능한 자라면 알아챌 수도 있겠지만 데쓰 스테이트는 신성력이 없이는 절대로 알아낼 수 없는 어둠의 흑마법이었다. 신성력이 없는 중원에서는 어느 누구도 데쓰 스테이트와 시체를 구분할 수 없을 것이다.

　게다가 땅속 깊숙이 몸을 숨기기에 데쓰 스테이트로 잠든 흑풍대를 찾기란 사실 거의 불가능했다.

『충!』

　피투성이가 된 흑풍대원들은 일제히 허리를 숙였다.

『그래, 그렇게 분노하라. 분노는 장차 너희들과 나의 힘으로 돌아올 것이다!』

　마현은 치밀어 오르는 분노를 애써 억누르며 검림주 진필성을 노려보았다. 그러면서 설린과 냉천휘에게 말했다.

"모든 내력을 내 단전으로 주입시키시오."

　설린과 냉천휘는 깜짝 놀랐다.

　상식을 벗어난 말이었기 때문이다.

　게다가 그건 자칫 잘못했다가는 마현뿐만 아니라 설린과 냉천휘마저 폐인이 될 수도 있는 위험한 행동이었다.

"어서!"

　그것을 잘 알기에 주저하는 설린과 냉천휘를 향해 마현이 매섭게 소리쳤다.

　설린은 마른침을 꿀꺽 삼키더니 눈을 질끈 감고 마현의 단전 위로 손바닥을 포갰다. 그 모습에 냉천휘 역시 입술을 깨물며 마현의 등에 손바닥을 댔다.

두 사람은 모든 내력을 쥐어짜 마현의 단전으로 밀어 넣었다. 빙공 특유의 차가운 냉기가 한순간 마현의 몸 안을 휘저었다.

감당하기 벅찬 그 냉기에 마현의 체온은 한순간 내려갔다. 그로 인해 마현의 턱이 부들부들 떨리며 딱딱딱, 이빨 부딪히는 소리가 쉴 새 없이 들려왔다. 하지만 눈빛만은 용암처럼 뜨겁게 타오르고 있었다.

마현은 그 분노에 찬 눈빛으로 검림주 진필성을 노려보며 입술을 깨물었다.

'나는 카칸이다! 이미 죽음도 넘어섰던 카칸이란 말이다!'

마현은 서클 단전으로 들어온 설린과 냉천휘의 내력에 자신의 마력을 섞으며 끌어올렸다.

서로 어울리지 않은 내력과 마력이 뒤엉키자 폭주하기 시작했다. 하지만 마현은 그 폭주를 제어하지 않았다. 오히려 내력과 마력의 폭주를 더욱 부채질했다.

그러자 모든 혈관들이 터질 듯 튀어나오더니, 잠시 후에는 몸이 서서히 부풀어 오르기 시작했다.

'이미 한 번 걸었던 길, 나는 죽지 않아! 나는 죽지 않는다!'

마현은 눈을 질끈 감으며 폭주하는 마력과 내력을 이용해 캐스팅을 시작했다.

"전지전능한 마력의 주인인 나 카칸의 힘으로 공간마저 뛰어넘으리라, 워프 네비게이션!"

구르르르!

마현을 중심으로 지축이 뒤흔들리기 시작했다.

쩍, 쩌적!

땅이 갈라지며 새카만 빛과 함께 차가운 냉기가 솟구쳤다.

구우우우우우우!

그리고 마력의 공명음이 사방으로 퍼져나갔다.

그 공명음은 전장에서 칼을 휘두르고 있던 무인들의 귀로 파고들며 뇌를 뒤흔들었다.

"큭!"

"컥!"

내력이 약한 자들은 그 충격에 몸이 휘청거렸다.

"내가 다시 돌아오는 날, 네놈들의 피로 이 분노를 달랠 것이다!"

마력이 담긴, 분노가 느껴지는 마현의 목소리가 전장에 울려 퍼졌다.

번쩍!

그리고 시커먼 빛이 하늘마저 꿰뚫을 것처럼 치솟아 올랐다. 그와 동시에 흑풍대를 휘감고 있던 흑무는 땅 아래로 푹 꺼졌다.

콰과과광!

마치 하늘이 노한 듯 마른하늘에서 벼락이 내리꽂혔다.

제8장
멸마광검 진필성

멸마광검 진필성

 벼락이 내리꽂힌 땅바닥에서는 서늘하리만큼 차가운 공기가 느껴졌다.
 "아, 아니?"
 "다, 다들 어디로 간 거야?"
 흑풍대와 설영대를 둘러싸고 있던 검림 무인들의 입에서 경악성이 터져 나왔다.
 그들의 흔들리는 눈동자에는 불신이 가득 들어앉아 있었다. 조금 전 매섭게 몰아붙이던 흑풍대와 설영대가 있던 자리에는 아무것도 없었다.
 단지 그 자리에는 얼음으로 만들어진 원형 도형(圖形)과, 그

안을 가득 채운 기괴한 문양들이 있을 뿐이었다. 그리고 그 기괴한 문양에서 검은 빛이 은은하게 흘러나오고 있었고, 동시에 살을 에는 듯한 냉기가 풀풀 풍기고 있었다.

당황한 것은 전장에서 마현 일행을 압박해 가던 검림뿐만이 아니었다.

그 싸움을 지켜보고 있던 무림맹 측도 어이없기는 마찬가지였다.

너무나도 황당하고, 상식적으로 이해가 되지 않는 광경에 그들은 그저 입만 끔뻑거릴 뿐이었다.

그때 장내를 무겁게 뒤덮은 정적을 흔드는 소리가 울려 퍼졌다.

"크크크크, 크하하하하!"

상처 입은 흑도가 광소를 터트렸다.

"큭!"

흑도는 그러다가 옆구리에 난 상처에 얼굴을 일그러트리며 외마디 신음을 터트렸다.

검상을 틀어막은 손가락 사이에서 검은 연기가 스멀스멀 빠져나가고 있었다.

마기였다. 그것은 데스 나이트인 흑사신에게 있어 피나 다름없었다.

"크크크크……."

지독한 고통에 흑도는 잔뜩 얼굴을 찌푸렸지만 웃음을 그치지 않았다. 흑도처럼 경망스럽게 웃지는 않았지만, 다른 세 흑사신의 얼굴에도 안도의 기색이 역력했다.

마현이 없이는 존재할 수 없는 흑사신이었다.

그런 자신들이 지금 사라지지 않고 있었다.

그건 마현이 살아 있다는 뜻이기도 했다.

흑도의 웃음소리를 듣고서야 비로소 정신을 차린 검림주 진필성의 얼굴이 험악하게 구겨졌다.

계획이 완전히 어긋나고 뒤틀린 것이다.

그는 반드시 마교 대공자를 죽여 무림에 이름을 높이는 것과 동시에, 북해빙궁의 소궁주를 죽여 북해빙궁과 남해태양궁이 공멸하도록 싸움을 붙일 계획이었다.

눈가에 경련을 일으키던 진필성은 검자루를 강하게 움켜잡았다. 북해빙궁과 마교 대공자를 놓쳤지만 애초 계획대로 무림맹 무인들이 보는 이 자리에서 엄청난 무공을 보여야 하기 때문이다.

'꿩 대신 닭이지만……'

진필성은 상처 입은 네 흑사신을 쳐다보았다.

'저만하면 그나마 꿩 축에는 끼겠군.'

엄청난 살기를 내뿜으며 다가오는 진필성을 보며 흑도는 도를 들어올렸다. 하지만 처음부터 사정을 두지 않고 공세를 퍼붓는 진필성의 검을 막을 수는 없었다.

차장창창창!

흑도의 도는 진필성의 검에 완전히 부서졌다. 하지만 그것만으로는 만족하지 못했는지 진필성은 흑도의 가슴을 깊숙이 베어버렸다.

"크으윽!"

휘청거리며 뒤로 물러나는 흑도의 얼굴에는 고통이 고스란히 묻어나왔다. 그런 흑도의 가슴에서 검은 연기가 쉴 새 없이 흘러나왔다.

"마, 마물?"

진필성은 피가 흐르지 않는 흑도를 보며 멈칫하더니 입꼬리를 살짝 말아 올렸다. 하지만 이내 그 비웃음은 얼굴에서 사라졌다.

"크크크."

흑도는 비틀거리는 와중에도 웃음을 멈추지 않았다.

"다른 놈들은 몰라도 본좌는 주인을 믿거든."

진필성의 눈썹이 꿈틀거렸다.

"다시 만나면 넌 본좌 손에……."

흑도는 손가락으로 목을 살짝 그었다.

"죽어!"

흑도는 짓궂게 눈을 찡긋하더니 한껏 조롱을 퍼부었다.

"마물 따위가!"

백여 년 이상 준비해 온 대계가 차질이 생겨 가뜩이나 심기가 뒤틀려 있던 진필성은 화를 참지 못했다. 그는 노기를 터트리며 흑도의 목을 베어 버렸다.

"컥!"

흑도의 목이 반쯤 잘리며 옆으로 넘어갔다.

이제 조용해질 거라 여겼던 진필성의 믿음을 깨는 소리가 그때 들려왔다.

반쯤 잘려나간 목이 어깨에 걸린 채로 흑도가 다시 입을 벌린 것이다.

"그때는 네놈의 모가지를 비틀어주지. 크하하하!"

그렇게 웃던 흑도의 목이 완전히 꺾이며 눈이 감겼다.

진필성은 황당해하면서도 조금은 홀가분한 얼굴이었다. 이제는 마물이 완전히 죽었다고 느낀 것이다.

한데 그 순간이었다.

퍽!

흑도의 몸이 터졌다.

그리고 터진 몸은 검은 연기가 되었다.

연기란 허공으로 흩어져야 정상이건만, 그 검은 연기는 마치 무엇에 빨려들 듯 땅속으로 스며들었다.

진필성은 고개를 돌려 좌검, 우검 호법이 상대하는 나머지 세 흑사신을 향해 달려가 검을 휘둘렀다.

퍽 퍽 퍽!

그들 역시 검은 연기로 변했고, 그 검은 연기들은 땅바닥으로 스며들었다.

진필성을 중심으로 네 개의 검은 자국이 땅바닥에 보였다. 흑사신들이 죽은 장소였다.

그들 모두를 일검에 죽였지만 진필성은 곤혹스러운 표정으로 얼굴을 찌푸렸다.

죽기 직전 그들이 보여준 눈빛 때문이었다.

게다가 다시 만날 것이라니, 도를 든 자가 검은 연기로 변해 사라지기 전 한 그 말이 마치 끈끈한 풀처럼 귀에 붙어서 떨어지지 않았다.

"림주님."

그렇게 찜찜함에 얼굴을 찌푸리고 있던 진필성 곁으로 두 호법이 다가왔다.

"왜 그러나?"

"무림맹 쪽을 보십시오."

진필성은 찜찜함을 애써 털어버리려는 듯 검을 허공에 몇 번 휘젓고는 검집에 착검시켰다.

그리고 두 호법의 말대로 무림맹이 집결해 있는 곳으로 고개를 돌렸다.

그때 함성이 울려 퍼졌다.

"와아아아아!"

"검림 만세, 검림 만세!"

"검림주 만세, 멸마광검(滅魔光劍) 만세!"

엄청난 환호가 산자락에서 평원까지 일대를 빽빽이 메운 무림맹 무사들 사이에서 터져 나왔다.

"멸마광검이라……."

진필성은 그 함성 속에서 들리는 별호를 음미하며 중얼거렸다.

"그리 나쁘지만은 않군."

진필성은 자신을 한껏 치켜세우는 함성에 만족하며 조금 전 느꼈던 의구심을 완전히 털어냈다.

애초의 계획에서 많이 틀어졌지만, 그들의 반응으로 볼 때 시작이 그리 나쁘지 않았다.

거기에 반해 무림맹 수뇌부들의 표정은 그다지 밝지 않았다.

새로운 강자가 나타났다는 뜻은 결국 자신들의 입지가 그만큼 작아진다는 것을 의미했기 때문이다. 하지만 그들은 애써 웃음을 보이며 검림과 진필성의 놀라운 무위을 치하하기 위해 앞으로 나서려 했다.

하지만 검림주 진필성의 우렁찬 목소리가 그들의 발목을 붙들었다.

"아직 승리를 자축할 때가 아니라고 이 진 모는 생각하오. 무림맹의 검이 무서워 기이한 사술로 도망친 마교를 찾아 반드시 정의의 이름으로 단죄를 해야 합니다. 필시 사술로 이목을 속여 도망간 것일 테니 멀리 가지는 못했을 것이오. 그러니 서둘러 그들을 찾아 다시는 이 땅에서 사악한 마인들이 활개

치는 일이 없도록 해야 합니다. 무림맹의 영웅들이여, 아니 그
렇소이까?"

 진필성은 무림맹 무인들의 감정이 고조되고 있음을 느꼈다.
이때 더 불을 질러야 그들의 기억 속에 자신과 검림이 뿌리 깊
게 각인되리라는 것을 그는 너무나도 잘 알고 있었다.

 챙!

 진필성은 검을 뽑아들며 호소력이 가득 담긴 목소리로 소리
쳤다.

 "비록 보잘 것 없는 촌부이지만, 그 일에 이 진 모가 앞장서
겠소이다!"

 "와아아아!"

 "멸마광검 만세!"

 "검림 만세, 검림 만세!"

 말이 끝나기가 무섭게 진필성이 기대하던 반응이 터져 나왔
다. 그 함성에 진필성의 입꼬리가 희미하게 말려 올라갔다.

 '차라리 잘된 것일지도. 이 기회를 이용해 중원 무림에 나
를 각인시키고 이들을 이용해 마교 대공자 놈을 반드시 죽여
야겠어.'

 계획이 틀어졌다고 낙담할 일만은 아니었다. 더구나 지금은
최악의 상황도 아니었고, 어찌 보면 오히려 호기일 수도 있었
다.

 무림맹 수뇌들이 있었지만 자신의 지휘로 마교 대공자를 찾

아 죽이게 되면 자연스레 이름과 지휘능력까지 만천하에 알리게 되지 않겠는가.

'크크크, 그리 되면 무림맹을 손 안에 둘 수 있게 되겠지.'

진필성은 몸을 돌리며 재빨리 무림맹 수뇌들의 얼굴을 면면히 살폈다.

앞장서서 걷는 진필성의 입술은 묘하게 비틀어져 있었다.

* * *

소화산에서 약 25리 정도 떨어진 어느 이름 없는 야산.

고요하던 대기에 급격한 파장이 만들어졌다. 그 느닷없는 이변에 산새들이 일제히 하늘로 날아올랐다. 또한 근처에서 한가롭게 풀을 뜯던 동물들 역시 놀라 펄쩍펄쩍 뛰며 달아났다.

파장의 중심에서 검은 기운이 번쩍였다.

파밧!

대기의 파장이 절정으로 치닫자 거센 돌풍이 그 일대를 한순간 휘몰아쳤다.

쏴아아아—

돌풍은 숲의 나무를 일제히 뒤흔들었고, 바닥에 뒹굴던 돌멩이들이 공중으로 치솟았다. 그 여파로 헤아릴 수 없는 수의 나뭇잎들이 우수수 떨어졌다.

그 돌풍 속에서 한 무리의 사람들도 툭툭 떨어졌다.

그들은 현기증을 느끼는지 다들 비틀거렸다.

하지만 현기증을 제대로 느낄 겨를도 없이 모두들 완전히 달라진 주변 환경에 놀라 눈을 부릅뜨며 입을 쩍 벌렸다.

그곳은 비릿한 피냄새도 없었고, 전장을 가득 채우던 살기도 없었다. 또한 자신들을 둘러쌌던 적들도 없었다.

냉천휘 역시 어리둥절한 얼굴로 주위를 살피면서 도저히 믿을 수 없다는 표정을 짓고 있었다. 하지만 자신의 눈앞에 펼쳐진 광경은 허상이 아니었다.

"컥!"

그때 무리의 중심에 서 있던 마현이 한 바가지나 될 듯한 검은 피를 토해내며 허물어졌다.

"마, 마 공자!"

설린은 갑자기 바뀐 주위 환경을 돌아볼 틈도 없이 쓰러지는 마현을 감싸 안았다.

품에 안긴 마현의 몸은 얼음장처럼 차가웠고, 오한 때문인지 쉴 새 없이 바들바들 떨리고 있었다.

설린은 최대한 조심스럽게 마현을 바닥에 뉘였다.

"컥, 컥!"

마현은 몸을 들썩거리며 피를 다시금 게워냈다. 그리고는 그대로 혼절해 버렸다.

"마 공자! 마 공자!"

설린은 안절부절못했지만 쉽사리 마현의 몸에 손을 대지는 못했다.

"설 사저, 일단 안전한 곳으로 피신하는 게 우선인 것 같습니다."

전장에서는 멀어진 듯 보였지만 이곳이 어딘지를 모르니 아직 안전하다고 할 수도 없었다. 냉천휘는 쓰러진 마현 앞에 쪼그려 앉은 설린에게 다가가며 말했다.

설린은 냉천휘가 염려하는 바를 곧 알아들었다.

그녀 역시 여기가 어디인지, 또 전장과는 얼마나 떨어졌는지, 그리고 과연 안전한지 현 상황에 대해 아는 것이라고는 하나도 없었다.

"근처에 물길이 있는 듯싶습니다."

"물길?"

주변을 급히 정찰하고 돌아온 설영대주의 말에 냉천휘는 내력을 끌어올려 청력을 높였다. 그러자 희미하지만 물 흐르는 소리가 들렸다.

냉천휘는 고개를 돌려 설영대원들을 쳐다보았다.

누구 하나 성한 사람이 없을 정도로 모두들 피에 절어 있었다.

흔적과 피 냄새를 제거하기에 물보다 좋은 것은 없었다. 그 사실을 알았기에 설영대주도 그런 보고를 올렸을 것이다.

"제가 업지요."

설린이 고개를 끄덕여 허락하자 냉천휘가 마현을 조심스럽게 등에 업었다. 냉천휘로서는 아무리 무림인들이라지만 남녀가 유별한데다, 북해빙궁의 소궁주에게 마현을 업게 할 수는 없었다. 그리고 이 사태의 원인이 누구에게 있든 마현은 자신들의 목숨을 살려준 은인이었다.

냉천휘는 마현을 업은 채 물소리가 들리는 곳으로 이동했다.

얼마 가지 않아 제법 물살이 거센 계곡이 나타났다. 다행이 물이 그리 깊지는 않았다.

냉천휘는 설린과 설영대를 이끌고 물로 들어가 흔적을 지운 후 물길을 따라 계곡 하류로 이동했다.

척후조로 먼저 길을 떠났던 설영대원 둘이 돌아와 보고했다.

"한 일각 정도 떨어진 하류에 제법 넓은 동굴이 있습니다. 눈에 잘 띄지 않아 한동안 은신하기 좋을 듯싶습니다."

일행은 다시 이동했다. 그리고 얼마 가지 않아 제법 큰 천연동굴을 발견할 수 있었다. 보고를 올렸던 설영대원의 말처럼 동굴은 계곡에 들어와서 보지 않는 한 좀처럼 눈에 띄지 않을 것 같았고, 제법 넓고 깊어 한동안 일행이 은신하기에 적당해 보였다. 더욱이 바람이 안으로 들어와 사라지는 걸로 봐서 불을 지펴도 연기가 동굴 밖으로 새어나갈 걱정도 없었다.

설린은 동굴에 들어서자마자 가장 평평한 곳을 찾았다. 거기에 자신이 입고 있던 두툼한 외투를 벗어 바닥에 깔았다. 그리고는 냉천휘가 업고 있던 마현을 조심스럽게 받아 눕혔다.

이동하는 사이 마현의 상태는 더 나빠진 듯했다. 그의 숨결이 점점 미약해지고 있다는 것을 알게 되자 설린의 얼굴은 더욱 어두워졌다.

설린은 조심스럽게 마현의 완맥에 손을 얹고 맥을 짚었다. 맥은 약하게 뛰고 있었고 그 간격도 매우 불규칙했다.

임시방편으로 손을 쓰기 위해 설린은 마현의 가슴 앞섶을 풀어 헤쳤다.

"헙!"

그 순간 설린은 너무 놀라 손을 들어 입을 막았다.

마현의 하복부를 기준으로 오른쪽은 검은색으로 물들어 있었고, 왼쪽은 푸르스름하게 변해 있었다. 문제는 대립되는 그 두 색이 미세하지만 조금씩 몸 전체로 번지고 있다는 것이었다.

설린은 마현의 몸 위에 손을 가져다 댔다.

검은색으로 물든 곳은 뜨거웠고, 푸르스름하게 변한 곳은 얼음장처럼 차가웠다.

마현의 단전을 중심으로 두 기운이 서로 부딪히고 있다는 것을 직감적으로 알 수 있었다. 하나는 마현 본인의 마기일 것이고, 또 다른 하나는 설린 자신과 냉천휘의 냉기임이 분명했다.

결국 자신이 할 수 있는 일은 아무것도 없다는 것을 알고 설린은 절망했다.

가장 좋은 방법은 뛰어난 영약으로 두 기운을 다스려 하나로 다시 취합하는 것인데 영약이라는 것이 하늘에서 뚝 떨어지는 것도 아니었고, 쉽게 구할 수 있는 것도 아니었다.

냉천휘 역시 그런 마현의 모습에 그저 답답할 뿐이었다.

북해빙궁으로 간다면 어쩌면 방법을 강구할 수도 있겠지만, 쫓기는 지금 처지에서 함부로 움직일 수도 없는 노릇이었다.

"어서 마른 장작을 좀 준비해 줘."

설린은 눈물이 어른거리는 얼굴을 감추기 위해 고개를 숙이며 명했다.

지금 자신이 할 수 있는 일이라곤 단지 그뿐이란 생각에 설린은 입술을 아프게 깨물었다. 마현의 마기가 몸에 침투한 이질적인 냉기를 다스릴 수 있게, 일단 불을 지펴 냉기에 점점 잠식당하고 있는 부분만이라도 따뜻하게 해줘야 했다.

* * *

아직은 어둠이 온전히 가시지 않은 이른 새벽.

서탁 위에 놓인 초 하나가 부족한 빛을 채워주고 있었다.

화직!

율기는 문사다운 부드러운 손으로 서탁 위에 올려놓은 종이를 구기며 움켜쥐었다. 한 번으로는 부족했던지 율기는 손바닥 안에서 종이를 몇 번 더 구겼다.

'그만큼 떡밥을 뿌려줬는데도 놓쳐?'

무림맹과 남해태양궁, 그리고 검림까지 합세를 했음에도 불구하고 마현을 놓쳤다는 보고에 노기가 치밀어 오른 것이었다. 섬뜩한 귀기가 흘러나오는 율기의 눈동자가 찰나지만 황금색으로 변했다가 다시 사라졌다.

율기는 양손을 들어 미간과 콧잔등을 문지르며 눈을 감았다. 미간에 굵게 패인 주름은 그가 얼마나 깊은 고심에 빠져 있는지 잘 보여주고 있었다.

하지만 새벽의 여명이 밝아 오며 창밖이 환해졌을 때 율기의 미간에 잡혔던 주름도 말끔히 사라졌다.

"마주전으로 가볼까?"

평소의 담담하던 얼굴로 돌아온 율기는 자리에서 일어났다.

콰당!

율기가 막 나서려는 순간 방문이 거칠게 열렸다. 그리고 도종극이 안으로 들어왔다.

"율 군사! 도대체 일을 어떻게 처리한 것인가?"

도종극은 노기가 가득 찬 목소리로 율기를 채근했다.

"보는 눈이 많습니다."

율기는 눈을 돌려 활짝 열린 문밖을 쳐다보았다. 다행히 자신의 심복들만이 자리를 지키고 있음을 확인하며 안도의 한숨을 내쉬었다.

 율기가 심복들을 향해 손을 까딱거리자 활짝 열렸던 문이 다시 닫혔다.

 "크흠."

 율기의 말이 틀리지 않았기에 도종극은 무안한 얼굴로 낮은 헛기침을 내뱉었다.

 "일단 자리에 앉으시지요. 안 그래도 찾아뵈려 했었습니다."

 율기는 여전히 불만에 가득 찬 도종극을 이끌고 탁자로 향했다.

 "일을 어떻게 처리를 했기에 그놈이 버젓이 살아서 도망을 쳤단 말인가?"

 도종극은 조금 전 일이 있어서인지 목소리가 조금 누그러져 있었다. 하지만 율기를 질책하는 모습은 여전했다.

 "심려를 끼쳐 죄송합니다, 소림주."

 율기는 고개를 살짝 숙였다.

 "설마 검림이 그렇게 허무할 정도로 쉽게 놓칠 줄 몰랐습니다."

 도종극 역시 율기가 어찌할 수 있는 일이 아님을 알았기에 그저 못마땅한 표정만 지을 뿐 더 이상 추궁하지는 않았다.

 "대계에 차질이 생겼으니 이 일을 어찌하면 좋단 말이냐."

 "그래서 계획을 좀 달리할 생각입니다."

"뾰족한 수라도 있는 것인가?"

"인생사 새옹지마라고 했습니다."

율기의 눈에서 살심 어린 귀기가 흘러나왔다. 그리고 득의에 찬 웃음을 지어 보였다.

그 모습에 도종극의 눈동자가 반짝였다.

어지간해서 율기가 저런 웃음을 짓지 않음을 잘 알고 있었던 까닭이다.

"좋은 계책이 있는 것인가?"

도종극의 목소리가 낮게 깔리며 은밀해졌다. 또한 그 목소리에 은근한 기대감이 묻어 있었다.

"마교 장악 계획을 좀 더 앞당길까 합니다."

"계획을 앞당겨?"

도종극은 살짝 놀란 표정을 지었다.

"마현이 죽지 않았기에 오히려 일이 쉬워질 듯합니다."

"……?"

"또한 본림의 대계를 방해하며 감히 밥숟가락을 올린 검림에게도 한방 날릴 수도 있습니다."

도종극은 음산하게 웃음을 지어 보였다.

"답답하다, 빨리 말해보라."

율기가 여유를 부리며 말을 돌리고만 있자 도종극은 약간 짜증 어린 목소리로 재촉했다.

"사실 마교 장악에 가장 걸림돌이 부교주입니다."

도종극은 율기의 설명을 들으며 고개를 주억거렸다.
"그를 마교 밖으로 내보낼 생각입니다. 그리고 교주를 단숨에 중독시켜 버리면 됩니다."
"하지만 부교주를 어떻게 밖으로……."
말을 내뱉던 도종극의 눈빛이 반짝거렸다.
율기가 무슨 계책을 세운 것인지 알아차린 것이었다.
"마현?"
"그렇습니다."
도종극의 짐작이 맞았다.
"아마 지금쯤 검림은 무림맹을 차근차근 접수해나가고 있을 겁니다. 그들의 주요 거점에 마현이 잡혀 있다는 거짓 정보를 허진에게 주는 것이지요. 제자의 일이라면 불길에 섶을 지고서라도 뛰어들 위인이니……."
"그리되면 마교는 무주공산이 되는 것이군."
도종극은 눈동자를 빠르게 굴리며 율기의 계획을 머릿속으로 그렸다.
"허나, 마교가 무주공산이라지만……, 가장 중요한 일은 소림주께서 하셔야 합니다."
"본인이?"
"그렇습니다."
율기는 도종극의 눈을 직시하며 고개를 끄덕였다.
"무언가?"

"사공찬!"

율기의 말에 도종극이 히죽 웃으며 입가를 실룩였다.

"그렇다면 마교는 표면적으로 소림주의 것이 됩니다."

자신감에 찬 웃음을 보이고 있는 도종극에게 율기가 말을 조금 더 덧붙였다.

도종극은 사공찬을 떠올리며 혀를 내밀어 입술을 핥았다.

"계획을 앞당기는 것 만큼 지원군이 필요하겠군. 사부님께는 본인이 서찰을 올리지."

"알겠습니다, 소림주."

도종극은 들어올 때와는 달리 아주 흡족한 미소를 지으며 자리에서 일어났다.

"일만 잘 된다면 그대의 노고를 내 잊지 않지."

"어차피 소림주와 저는 마교로 오며 이미 한 몸이나 매한가지였습니다. 허나 장차 돌아올 모든 영광은 소림주의 것이겠지요."

도종극을 따라 일어선 율기가 그를 향해 몸을 숙였다.

"이래서 내가 그대를 좋아할 수밖에 없어."

도종극의 치하에 율기는 반쯤 숙였던 허리를 더욱 깊게 숙였다.

"그럼 수고하게."

도종극은 더욱 흡족한 미소를 지으며 방을 나갔다. 그가 나가는 소리를 들은 후에야 율기는 숙였던 허리를 다시 폈다.

"후후후."

활짝 열린 문 너머로 멀어져 가는 도종극의 뒷모습을 쳐다보는 율기의 눈동자에서 황금색 귀기가 떠올랐다가 이내 사라졌다.

* * *

화산파 객당 귀빈실 안을 이리저리 서성이던 검림주 진필성이 방 중앙으로 고개를 홱 돌렸다.

"아직인가?"

그 목소리에는 짜증이 가득 묻어 있었다.

"죄송합니다, 림주님."

진필성의 앞에 시립에 있는 우검 호법과 좌검 호법 역시 답답하긴 매한가지였다.

아무리 기상천외한 마공을 보였다고 하지만, 인간인 이상 하늘로 솟아오르거나 땅 아래로 꺼질 수는 없는 것이다. 그런데 그 일대를 뒤지고 또 뒤졌지만 감쪽같이 사라진 마현 일행을 며칠이 지났는데도 찾지 못하고 있었다.

"크흠!"

입을 꾹 다물고 있는 두 호법을 본 진필성은 마땅찮은 듯 헛기침을 토해내며 근처 의자에 털썩 주저앉았다.

"이래서야 어디 무림맹을 집어삼킬 수 있을지 모르겠군."

진필성은 미간을 찌푸리며 주먹을 꽉 움켜쥐었다.
"림주님."
우검 호법이 조심스럽게 진필성 앞으로 한 걸음 다가갔다.
"조금 손해를 보더라도 먼저 제갈세가를 포섭하는 건 어떻겠습니까?"
그 말에 진필성은 고개를 들어 우검 호법을 올려다보았다.
"제갈세가를?"
"지금 무림맹 내에서 오파일방과 육대세가의 반목이 있다는 것은 공공연한 비밀입니다."
이미 알고 있는 이야기를 다시 꺼내자 진필성은 탐탁지 않은 표정을 지었다.
"필시 지금쯤 오파일방에서는 육대세가에게 패권을 빼앗기지 않기 위해 노심초사할 것이 분명합니다. 그러나 그들이 아무리 머리를 짜낸다고 해도 그다지 뾰족한 묘수는 없을 것입니다."
"묘수가 없다?"
"단 한 가지만 빼고요."
"……?"
"바로 림주님이십니다."
우검 호법의 말뜻을 진필성은 금세 알아차렸다.
"그들이 나를 꼭두각시로 삼으려 할 것이다?"
"그렇습니다, 림주님."

진필성이 흥미로운 표정을 짓자 우검 호법 역시 잔잔한 미소를 지었다.

"왜냐하면 비록 정예지만 그들의 눈에는 본림이 고작 백여 명밖에 안 되는 작은 조직으로 보일 테니까요."

"그러니까 오파일방은 우리를 꼭두각시로 삼으려 할 것이고, 당연히 육대세가는 반대를 한다. 하지만 제갈세가가 본림에 붙는다면 달라질 것이다?"

"그렇습니다. 애초의 계획은 마교 대공자를 죽여 큰 위명을 얻고, 그 위명으로 무림맹 맹주가 되는 것이었지만, 어차피 림주님께서는 이미 큰 위명을 얻으셨습니다. 그리고 지금 마교 대공자를 찾지 못한 것은 검림이 아니라 무림맹에서 찾지 못한 것입니다. 어차피 이쯤 되면 분위기가 무르익었다고 봐도 될 것입니다. 본림으로서는 모로 가나 바로 가나 목적지에만 가면 그만인 것 아닙니까."

우검 호법은 말을 마치고 뒤로 한 걸음 물러났다.

"일리가 있어. 좋은 묘수야."

"감사합니다, 림주님."

진필성은 눈을 빛냈지만 표정은 그리 밝지 않았다.

"하지만 찜찜해."

진필성은 눈가를 살짝 찌푸렸다. 그의 염려를 짐작한 우검 호법이 넌지시 말했다.

"어차피 그들은 마교로 돌아갈 것입니다. 그럼 자연스레 귀림의 손에 의해 사라지겠지요."

"일단 그래도 수색은 계속하도록."

"알겠습니다, 림주님."

그들이 그렇게 말을 막 마친 때였다.

쾅당!

밖이 조금 소란스럽더니 문이 벌컥 열렸다. 그리고는 한 무리의 사내들이 우르르 들어왔다.

바로 양곽원을 위시한 남해태양궁 무인들이었다.

진필성은 그 무례한 행동에 얼굴을 살짝 찌푸리며 손을 저어 방문을 닫게 했다. 문이 닫히자 진필성은 얼굴을 펴며 자리에서 일어났다.

"어쩐 일이시오, 양 소궁주."

"흥, 얼굴조차 보이지 않으며 잘난 척이라는 잘난 척은 다 하더니 고작 계집 하나 잡지 못하는 것이오?"

양곽원은 진필성을 향해 비아냥거리더니 그가 앉아 있는 탁자 맞은편 의자로 걸어가 털썩 주저앉았다.

"이런 무례한……"

좌검 호법이 그 모습에 발끈했지만 진필성이 손을 슬쩍 들어 그를 말렸다. 좌검 호법은 양곽원에게 눈을 부라리며 뒤로 물러났다.

"입이 열 개라도 할 말이 없소이다, 양 소궁주."

진필성은 담담하게 사과했다.

"하지만 내 약조대로 북해빙궁 소궁주를 잡아다가 양 소궁주에게 바치겠소."

"그닥 믿음은 안 가나, 내 한 번 더 진 림주를 믿어보겠소."

양곽원의 거들먹거리는 목소리에 진필성의 표정이 살짝 굳어졌다.

"어찌되었든 앞으로 검림과의 좋은 관계를 위해 아버지, 아니 궁주님께는 잘 말씀을 드리겠소."

양곽원은 제 할 말만 다 하고는 자리에서 일어났다.

"멀리 배웅은 안 하겠습니다."

비록 괘씸했지만 양곽원을 향해 진필성은 포권을 취하며 인사를 건넸다.

그런 진필성을 향해 양곽원은 그저 고개를 끄덕이는 것으로 인사를 대신하며 방을 휙 나가 버렸다.

진필성의 눈에서 살기가 뿜어져 나왔다.

"좌검 호법."

하지만 냉랭한 얼굴과는 달리 그의 목소리는 차분하고 나직했다.

"예, 림주님."

"검살단을 준비시키라."

"검살단을 말씀이십니까?"

"마침 북해빙궁주가 북해를 떠났다니⋯⋯ 저 어린놈의 목은 북해빙궁주가 취할 것이다."

살심 어린 진필성의 목소리에 좌검 호법 역시 화를 삼키는 듯 입술을 비틀며 허리를 숙였다.

"알겠습니다, 림주님."

"그리고 우검 호법은 지금 남들 이목에 띄지 않게 제갈묘에게 기별을 넣으라."

"예."

그렇게 좌검 호법과 우검 호법이 방을 나가자 진필성은 차가운 미소를 지으며 탁자로 걸어가 앉았다.

'안 그래도 남해태양궁과 북해빙궁의 일로 골머리를 썩었는데 잘 되었군.'

진필성은 붓을 들고 어디론가 보낼 서찰을 적어 내려갔다.

북해로

 화산파 장문인실에 오파일방의 장문인들이 침통한 표정으로 모여 있었다. 특히나 맹주이자 화산파 장문인 담기량의 얼굴은 더욱 어두웠다.
 화산파는 이번 사태로 많은 것을 잃은 셈이었다. 게다가 오파일방은 맹주 자리까지 내놓게 되었다. 그 어떤 것도 얻지 못하고 말이다.
 그러니 담기량을 바라보는 오파일방 장문인들의 표정이 밝을 리 없었다. 더욱이 이럴 때 일수록 담기량을 거들어줘야 하건만 종남파 장문인 곡상천과 청성파 장문인 청허자는 뒤로 쏙 빠져 버린 것이다.

"여기도 검림, 저기도 검림. 이거 아예 밥을 지어 바친 꼴이 되었으니, 이잉······."

그리 말한 청허자는 그래도 찔리는 것이 있었던지 드러내놓고 담기량에게 불편한 시선을 주지는 않았다.

그렇게 시선을 다른 곳으로 돌리던 청허자의 눈이 담담히 눈을 감고 아무 말 없이 앉아 있는 무당파 장문인 청하진인에게서 멈췄다.

"그러고 보니 무당파는 지금껏 당최 무얼 했었는지 궁금하외다."

천라지망으로 마현을 쫓았을 때 무당파가 한 것은 사실 아주 미미했다. 무당파에서는 무당 제일검이라는 청명진인도, 태극수검 학방도, 그리고 태극검룡 학성 등 무당파 주요 무인들이 모두 빠진 채 마지못해 끌려오는 인상이 강했다.

"듣자하니 무당의 태극검룡이 마교 대공자와 친우 사이라지요? 그래서 그런 것이오?"

청허자는 비아냥거리며 청하진인을 추궁했다. 그럼에도 불구하고 청하진인은 여전히 눈을 감은 채 담담한 표정을 흩트리지 않았다.

"어허, 청허 장문인. 해서 될 말이 있고, 하지 말아야 할 말이 있소이다."

말이 조금은 과하다고 느낀 것인지 개방 방주 불취개가 청허자의 독설을 가로막았다.

"흥, 빈도의 말이 틀렸다는 것이오?"

청허자는 불취개의 말에 코웃음을 치며 반문했다.

"그런 뜻이 아니지 않소이까!"

"자자, 다들 그만 하시지요. 지금 서로 누가 맞다 틀리다 반목할 때가 아니지 않소이까."

소림사 방장 혜공대사가 조금씩 억양이 높아지는 둘을 말렸다.

"지금 우리들끼리 이래봤자 육대세가에게 도움을 주는 꼴밖에 안 되지 않소이까."

혜공대사의 말이 틀리지 않았기에 청허자와 불취개는 입을 꾹 닫았다.

"차라리 이리된 거…… 이 방법은 어떻겠소?"

곡상천이었다.

"무슨 방법 말이오?"

"검림주에게 맹주 자리를 주는 것이오."

"어허! 그게 말이 되는 소리요?"

불취개가 곡상천을 타박했다.

"아니오, 아니외다. 그리 생각할 것만이 아닌 듯싶소."

그 말을 들은 혜공대사가 불취개의 반박에 고개를 저었다.

"역시 혜공대사와는 말이 통하는구려."

혜공대사가 맞장구를 쳐주자 곡상천은 목소리에 더욱 힘을 실어 말을 이어갔다.

"자, 다들 생각해 보시오."

그렇게 곡상천은 잠시 뜸을 들였다가 다시 입을 열었다.

"사실 본인 역시 검림의 존재가 놀라웠고, 그 검림의 제자들의 무위가 하나같이 높아 경계했던 건 사실이외다. 하지만 주목해야 할 것이 있소. 그들은 고작 백여 명이 다라는 것을."

곡상천의 말에 장문인들이 모두 눈을 빛내며 생각에 잠겼다.

"그리 해도 될 명분은 이미 생긴 셈이오. 그리고…… 크흠, 화산파 장문인실만 나가면 온통 검림과 검림주의 이야기밖에 없소이다. 우리가 육대세가에게 힘을 주고 난 뒤 고생할 것이 아니라 차라리 맹주직을 그에게 주면 더 낫지 않겠소? 우리가 밀어준다면 그 역시 우리를 무시하지 못할 것이고, 적절하게 당근과 채찍질을 한다면 우리에게 득이 되면 됐지 해가 될 것은 없다고 보오."

곡상천의 말이 일리가 있었기에 장문인들은 모두 고개를 끄덕였다.

"또 꼭 그를 맹주 자리에 앉혀야 할 이유가 하나 더 있소."

곡상천의 말에 다시 한 번 그에게로 시선이 모아졌다.

"삭초제근(朔草除根)."

곡상천은 상체를 살짝 숙이더니 은밀한 목소리로 말했다.

"삭초제근?"

"이대로 검림을 놔두면 어찌될 것 같소? 보나마나 지금의 명성을 이용해 단숨에 우리를 위협하는 대문파가 될 것이오. 차라리 무림맹에 가둬 철저히 관리하는 것이오."

"하지만 무림맹 맹주 자리를 이용해 힘을 기를 수도 있지 않겠소?"

"검림을 오로지 무림맹 소속 단체로 편입시키고, 주요 요직을 우리가 쥐고 있으면 그들이 세력을 확장시키고 싶어도 확장하지 못할 것이오."

곡상천의 말이 끝나자 한동안 침묵이 이어졌다. 각 장문인들은 곡상천의 말을 되씹으며 타당성을 검토하고 있었다.

"현재로서는 그게 가장 좋을 것 같소. 하지만 육대세가의 반발 역시 무시하지 못할 것 같소만?"

"하지만 명분이 우리에게 있지 않소이까?"

"명분?"

이미 곡상천은 그 부분도 생각한 바가 있는지 막힘없이 말을 술술 풀어냈다.

"그동안 알게 모르게 분명 중소문파들은 오파일방과 육대세가에 모든 힘이 집중되었다고 불만을 성토하고 있소. 그러니 우리가 앞장서서 이제는 멸마광검이라 불리는 검림주 진필성을 맹주로 추대한다면 중소문파들은 쌍수를 들고 환영할 것이 분명하며, 그리되면 육대세가들 역시 어찌하지 못할 것이오."

"중소문파들을 이용한다?"

"그렇소. 오히려 그들의 신뢰까지 얻을 수 있으니 지금보다 더 그들을 수족처럼 부릴 수 있다는 뜻도 되오."

곡상천은 모든 말을 마치고 득의양양한 표정으로 식은 차를 들어 마른 입술을 적셨다.

"아미타불, 곡 장문인의 의견에 이 소승은 찬성하는 바이오."

"나도 찬성하오, 무량수불."

모두들 곡상천의 의견에 찬성했다.

"찬성하오."

그동안 입을 꾹 다물고 있었던, 아니 말을 꺼낼 수가 없었던 담기량이 끝으로 곡상천의 말에 찬성했다.

"그럼 이 곡 모와 혜공대사가 함께 검림주를 찾아뵙지요."

"그러는 것이 좋을 듯하오."

"아미타불."

그렇게 오파일방 장문인들의 회의가 끝이 났다.

곡상천과 혜공대사는 검림주 진필성을 만나기 위해 바로 자리에서 일어났다. 그 둘이 일어나자 불취개와 청허자 역시 자리를 뜨고, 담기량과 청하진인 둘만이 남았다.

잠시 후 달리 할 말도 없어 어색해진 자리가 불편한지 청하진인마저 자리를 떴다.

모두가 나가고 홀로 방 안에 담기량만 적적하게 앉아 있었다.

그의 표정은 침울하게 바뀌었다.

오늘 담기량이 한 말이라곤 '찬성하오', 그 한 마디가 다였다.

무림맹 맹주인 자신이 오파일방의 회의에서 이런 처량한 신세가 될 줄 누가 알았겠는가?

"휴우."

깊은 나락과도 같은 한숨이 절로 흘러나왔다.

'어쩌다 이리 되었는지……'

담기량은 두 눈을 질끈 감으며 다시 한 번 한숨을 푹 내쉬었다.

     *   *   *

탁자를 사이에 두고 진필성과 제갈세가의 가주 제갈묘가 마주앉아 있었다.

"어쩐 일로 이 제갈 모를 초대한 것인지요?"

제갈묘는 내심 모종의 의심을 품고 있었지만 겉으로는 밝은 미소를 지으며 물었다.

"평소 이름이 높았던 신기수사를 뵙고 싶어 이리 청한 것입니다."

"어디 멸마광검만 하겠습니까?"

여전히 웃는 얼굴이었지만 날카로운 질문이 여지없이 파고들었다.

"어쩌다 보니 허명을 얻게 되었습니다."

하지만 진필성은 겸손한 얼굴로 고개를 숙였다.

"남들의 이목을 피해 왜 이 제갈 모를 보자고 했는지, 솔직히 의구심이 듭니다."

제갈묘는 낯빛을 굳히며 직설적으로 물었다. 그 물음에 진필성도 웃음을 거두며 진지한 표정을 지었다.

"제갈 가주를 보니 솔직히 모든 것을 드러내는 것이 나을 듯하오."

그 말에 제갈묘가 허리를 곧게 펴며 눈을 빛냈다.

"맹주가 되려 하오."

어느 정도 짐작은 했지만, 그 너무도 직설적인 말에 제갈묘의 표정이 굳어졌다. 제갈묘는 눈을 반개하며 진필성을 뚫어져라 쳐다보았다.

"그 전에 왜 검림이 오랜 은거에서 깨어나 뜬금없이 강호에 나왔는지부터 이야기해야겠군요."

진필성은 잠시 제갈묘의 시선을 피하며 찻잔을 들어 목을 축였다.

"혹 귀림이라고 들어보셨소이까?"

"귀림?"

처음 듣는 단체의 이름에 제갈묘의 눈썹이 살짝 꿈틀거렸다.

"귀림이 활동을 시작했소이다."

탁!

 잠시 동안 흐르는 적막을 탁자와 찻잔 사이에 만들어진 파음이 깨트렸다.

 "귀림은 인륜마저 거스르는 악의 집단이라오. 지금의 마교와는 비교할 수 없을 정도로 추악하고, 뼛속까지 타락한 악의 종자들이오. 그들이 자칫 천하를 거머쥔다면 어떤 문파도 온전하지 못할 것은 물론이고, 천하는 피에 젖을 것이외다."

 "믿을 수 없소이다."

 제갈묘는 불신에 가득 찬 목소리로 딱 잘라 말했다.

 "하긴, 제갈 가주의 마음도 이해하오. 하지만 본림을 생각해 보시오."

 진필성의 말에 제갈묘의 표정이 달라졌다.

 "검림도 있는데 귀림인들 없겠소이까?"

 "하지만 그것만으로는 설득력이 약하오."

 "인정하외다."

 진필성은 고개를 끄덕였다.

 "그럼 좀 더 속물적으로 이야기하겠소."

 "속물적?"

 "제갈세가 가주이시고, 신기수사이시니 현 정세 판단이 누구보다 빠를 것이라 여기오. 그럼 내 단도직입적으로 물으리다. 다음 맹주는 누가 될 것 같소?"

 제갈묘는 진필성의 질문에 쉽게 답하지 못했다.

"아마 육대세가에서 맹주가 나오기는 그리 쉽지 않을 것이라 이 진 모는 보오. 아니 그렇소?"

진필성의 말에 제갈묘는 거북한 침음성을 속으로 삼켜야 했다. 그 말이 사실이었기 때문이다.

"터무니없을 수도 있겠지만, 지금의 상황에서는 이 진 모가 맹주 자리에 가장 근접해 있는 것으로 아오."

그것 또한 사실이다.

중소문파는 제외하더라도 오파일방은 십중팔구 반드시 그리 움직일 것이다.

"검림의 제자는 겨우 백여 명에 불과하오. 나는 권력에는 티끌만큼도 욕심이 없는 사람이오. 허나 본림만으로 앞서 얘기한 귀림을 막기에는 중과부적이오. 그래서 본림은 무림맹이 필요하오."

"그래서 이 제갈 모에게 돌아오는 것은 무엇이오?"

"무림맹 군사."

진필성의 말에 제갈묘의 눈이 반짝였다.

"단지 지모만 빌려주는 군사가 아닌, 무림맹의 이인자로 만들어드리겠소."

제갈묘는 한결 편안해진 얼굴로 생각에 빠져들었다.

"이인자라……"

"뜸 들일 것 없소이다. 그 이인자 자리가 귀림이 사라지는 날 일인자, 그리고 천하제일무가가 될 수도 있다는 것을 제갈 가주께선 잘 아시리라 믿소."
 확실히 구미가 당기는 말이다.
 하지만 제갈묘는 여전히 신중한 얼굴이었다.
 "천하를 위한다는 분에게서 나올 말은 아닌 것 같소만?"
 제갈묘는 마지막으로 진필성의 의중을 한 번 더 떠보았다.
 "세상사가 다 그런 것 아니겠소? 어설픈 영웅주의보다 현실적인 평화가 더 낫다고 본인은 생각하오."
 "어설픈 영웅주의보다 현실적인 평화라······."
 제갈묘의 주름진 눈가가 서서히 펴지며 입가에 미소가 어렸다.
 나쁘지 않다.
 귀림이라는 집단이 실제로 있든, 없든.
 "앞으로 잘 부탁하오, 맹주."
 제갈묘는 포권을 취하며 고개를 살짝 숙였다.
 '오파일방과 육대세가 위에 우뚝 선다라······.'
 제갈묘는 흡족한 미소를 지으며 고개를 들었다.
 "림주님."
 그때 우검 호법이 다가왔다.
 "무슨 일인가?"
 "소림사 혜공대사와 종남파 곡 장문인이 림주님을 뵙기를 청합니다."
 우검 호법의 말에 진필성과 제갈묘의 눈이 마주쳤다. 둘은 서로에게 웃음을 보였다.
 그런 그들을 뒤로하고 돌아서는 우검 호법의 눈동자는 의미 모를 웃음을 담고 있었다. 그의 눈동자에서 황금빛이 반짝였다 금세 사라졌다.

* * *

두두두두두!
 한 떼의 인마들이 자욱한 먼지를 일으키며 달리고 있었다.
 흰색 털옷에, 백마!
 흰색은 다른 색과 달리 조금만 이물질이 묻어도 금방 표가 난다. 지금 한 떼의 백색 인마들이 그러했다.
 새하얀 털옷은 먼지와 흙탕물로 얼룩이 져 있었고, 그들이 타고 있는 새하얀 백마들은 땀과 먼지로 뒤덮여 있었다.
 그럼에도 불구하고 백마를 탄 하얀색 털옷의 인영들, 북해 빙궁 무인들의 손에 들린 채찍은 멈추지 않았다. 오히려 백마의 엉덩이를 더욱 내려치며 속도를 높였다.
 행렬의 중간쯤에는 새하얀 늑대개 두 마리가 뛰어가고 있었다.
 쉴 새 없이 달리던 늑대개 두 마리가 어느 순간 멈추더니 주위를 킁킁거리며 배회했다.
 그러자 멈출 줄 모르고 달리던 말들이 다리를 세우며 하얀 콧김과 함께 거칠게 숨을 몰아쉬었다. 그제야 북해빙궁의 무인들 역시 한숨을 돌릴 수 있었다.

"후."

설관악은 피곤한 듯 지친 숨결을 토해냈다.

"괜찮은가, 구 각주."

설관악은 고개를 돌려 한풍대주 뒤에 앉아 있는 한 초로인에게 말을 건넸다.

그는 북해빙궁 빙의각 각주 백초신의(白草神醫) 구엽이었다.

"아직은 견딜 만합니다, 궁주님."

"이리 고생을 시켜 미안하네."

설관악이 다른 수하들과 달리 이처럼 각별히 대하는 것은 구엽이 북해 최고의 의원이었지만 무공을 전혀 익히지 않은 범인인 까닭이었다.

무인도 견디기 힘든 강행군을, 그것도 젊은이도 아닌 환갑을 훌쩍 뛰어넘은 나이의 구엽으로서는 견디기 힘든 일일 것이 분명했다.

"아닙니다, 궁주님. 속하가 자청한 일이니 괘념치 마십시오."

"그리 말해 주니 본좌의 마음이 그나마 한결 편해지는군. 내 이 공은 잊지 않겠네."

"다 궁을 위한 일이 아니옵니까? 이 늙은이가 궁을 위해 아직 할 수 있는 일이 있다는 게 기꺼울 뿐입니다."

말은 그리 했지만 구엽은 지친 기색이 역력했다.

힘에 부쳐 부들부들 떨리는 손으로 품에서 손수건을 꺼내 땀을 닦는 구엽을 보며 설관악의 마음은 편치 않았다. 하지만 설린과 냉천휘가 처한 상황이 최악일 수도 있어 그의 동행을 마다하지 않았다.

아니 어쩌면 그가 먼저 나서지 않았다면 동행하라는 명을 자신이 내렸을지도 모른다.

그렇게 달콤한 휴식도 잠시.

컹 컹 컹 컹!

이리저리 선회하던 늑대개들이 목을 젖히며 행렬의 선두에 있는 북해빙궁주 설관악을 향해 짖어댔다.

말 위에서 저마다 휴식을 취하고 있던 북해빙궁 무인들의 눈빛이 변했다. 그들은 일제히 풀어헤쳐 놓은 옷을 갈무리하며 말고삐를 움켜쥐었다.

한동안 설관악을 향해 짖어대던 늑대개들은 다시 앞으로 달려 나가기 시작했다.

"가자!"

설관악은 잠시 손에서 놓았던 채찍을 들어 애마의 엉덩이를 내려쳤다.

푸히이이잉!

잠시 동안의 휴식이었지만, 그새 기운을 차렸는지 백마는 다시 기운찬 울음을 토해내며 땅을 박찼다.

이렇게 달린 것도 오늘로 꼬박 이 주째였다.

이 주 동안 잠자는 시간도, 먹는 시간도 모두 아껴가며 오로지 달리고 또 달렸다. 모두들 지친 기색이 역력했지만 눈빛만은 살아 있었다.

그렇게 다시 한 시진쯤 달렸을 때였다.

제법 잘 닦여진 길로 달리던 늑대개들이 갑자기 수풀 속으로 뛰어들었다. 길이 험준하지만 설관악을 위시한 한풍대와 설빙대는 망설이지 않고 늑대개를 쫓아 수풀로 뛰어 들어갔다.

길도 없는 수풀을 헤치고 다시 반 시진쯤 달리자 거센 물살이 흐르는 계곡이 나타났다.

늑대개들은 물길 앞에서 잠시 서성이더니 물길 속으로 뛰어들었다. 물길을 헤치고 상류를 향해 일각쯤 올라갔을 때 늑대개들이 계곡 가장자리에 뚫려 있는 동굴 앞에서 다시 짖기 시작했다.

녀석들이 아니었으면 찾기 힘들 정도로 눈에 띄지 않는 동굴이었다.

그 앞에서 서성이며 연신 울부짖는 늑대개, 천종백랑의 모습에 설관악은 동굴 안에 설린이 있음을 확신했다.

설관악은 서둘러 동굴 안으로 들어갔다. 계곡의 물은 동굴로까지 흐르고 있었다.

첨벙 첨벙.

말을 타고 동굴 안으로 들어선 순간이었다.

쐐애액!

한 줄기 검광이 설관악의 목을 노리고 날아왔다.

"갈!"

설관악은 양팔을 교차하며 쌍장을 내질렀다.

쌍장 중 일장은 날아오는 검광을 후려쳤고 뒤이은 일장은 자신을 공격해 들어온 검은 그림자의 가슴을 향해 후려쳤다.

카강!

흡사 두꺼운 철판을 친 것처럼 손목이 시큰거렸다.

분명 사람의 가슴을 쳤을 때 느껴지는 감각은 아니었다.

설관악은 또다시 옆에서 베어오는 두 개의 검을 보자 말 위로 훌쩍 뛰어오르며 다시 냉기가 담긴 장풍을 내뿜었다.

콰과광!

폭음이 동굴 안을 뒤흔들었고, 차가운 냉기가 한순간 동굴을 가득 채웠다.

"잠깐!"

설관악이 막 애마 앞으로 착지하는 순간, 동굴 안쪽 깊숙한 곳에서 억양이 높은 여인의 목소리가 다급히 흘러나왔다.

"흑풍대주님, 적이 아니에요."

여인의 말이 끝날 때쯤 설관악은 자신을 막아선 사내들을 확인할 수 있었다. 하나같이 검은 피풍의를 두른 사내들이었다.

그리고 그들 뒤에서 그토록 걱정을 했던 설린이 뛰어오는 모습이 눈에 들어왔다.

"쿨럭!"

그때 설관악은 자신을 막아선 자들 중 맨 앞에 서 있는 사내가 피를 토하며 한쪽 무릎을 꺾는 것을 볼 수 있었다.

"대주."

검은 피풍의를 입은 사내들은 바로 흑풍대였다. 한 흑풍대원이 설관악의 빙장에 내상을 입은 왕귀진을 재빨리 부축했다.

"아버지!"

"스승님!"

그런 왕귀진 뒤로 설린과 냉천휘가 달려왔다.

"궁주님을 뵈옵니다."

동굴 안쪽에서 서른 명의 설영대도 모습을 드러내며 일제히 허리를 숙였다.

"흑풍대주."

반가운 목소리로 뛰어오던 설린을 향해 설관악은 두 팔을 벌렸다. 하지만 설린이 자신의 빙장을 맞은 후 주저앉은 한 사내에게 다가가자 설관악은 얼굴을 찌푸렸다.

"괜찮으세요?"

"쿨럭. 괜, 괜찮습니다."

왕귀진은 설린과 철용의 부축을 받으며 자리에서 일어났다.

설관악의 빙장도 문제였지만 검림과의 싸움과 연이은 데쓰 스테이트로서의 체력 고갈, 그리고 마현의 기운을 느끼며 쉴 새 없이 이동한 까닭에 왕귀진의 기력은 많이 쇠약해져 있었다.

왕귀진을 보호하는 흑풍대원들 또한 모두가 안색이 그리 좋지 않았다.

"북해빙궁주를 뵈옵니다, 본교 대공자 직속부대인 흑풍대의 대주를 맡고 있는 왕귀진이라고 합니다. 좀 전의 무례를 용서하십시오."

금방 쓰러져도 이상하지 않을 만큼 몸이 망가진 왕귀진이었지만, 몸을 곧추세우며 자신을 소개했다.

설관악은 그런 왕귀진을 보며 고개를 끄덕이지 않을 수가 없었다.

"옥체는 괜찮으신 겁니까? 소궁주님, 그리고 냉 공자님."

구엽이 말에서 내려서자마자 노구를 이끌고 설린과 냉천휘 앞으로 달려갔다.

"구 각주님."

설린은 구엽을 보자마자 그의 손을 이끌고 동굴 안으로 뛰어 들어갔다.

"소, 소궁주님."

구엽은 영문도 모른 채 설린의 손에 이끌려 동굴 깊숙한 곳으로 덩달아 달려갔다.

동굴 깊숙한 곳에는 모닥불이 지펴져 있었고, 그 옆에 한 청년이 누워 있었다.

"상태 좀 봐주세요, 빨리요."

설린이 다급히 재촉하자 구엽은 누워있는 청년을 내려다보며 쪼그려 앉았다. 청년이 누구인지는 모르나 평소 냉정하기로 소문난 소궁주가 이토록 재촉하는 것으로 보아 중요한 인물임이 틀림없었다.

"흠!"

언뜻 보기에도 청년의 얼굴은 병색이 완연했다. 미간과 인중을 중심으로 한쪽은 검은색, 한쪽은 푸르스름한 색으로 뒤덮여 있었다. 소매 아래로 들어난 양손 역시 그러했다.

구엽은 청년의 기이한 병세에 침음성을 내뱉으며 맥을 짚었다. 그런 다음 상체를 풀어헤쳤다. 짐작했던 대로 청년의 상체는 검은색과 푸른색으로 양분되어 그 기운이 온몸으로 뻗어 있는 듯했다.

"구 각주, 무슨 방도를 취하든 무조건 살리세요."

빙화라는 별호답게 차갑게 명을 내렸지만, 설린의 눈동자는 애처롭게 파르르 떨리고 있었다.

냉천휘와 함께 뒤를 따라온 설관악은 그런 설린의 모습에 청년이 누구인지 짐작할 수 있었다.

"마교 대공자입니다."

냉천휘의 말에 설관악은 그저 고개를 끄덕이며 설린과 마현의 모습을 번갈아 쳐다보며 물었다.

"어찌된 것이냐?"

"상세한 것은 모르나 소궁주를 살리기 위해 무리를 한 것 같습니다. 그로 인해 모든 혈맥이 끊어지고 뒤틀린 듯합니다."

"흠……."

냉천휘의 설명에 설관악은 침중한 음성을 내뱉었다.

"주군의 몸은 어떻습니까? 어찌 방법은 없는 것입니까?"

회회혈마가 마현을 진맥하는 구엽이 의원임을 알아보고 급히 다가와 물었다.

"휴우."

구엽은 어두운 얼굴로 답답한 한숨을 내쉬었다.

"구 각주."

그러자 설린이 초조한 얼굴로 구엽을 불렀다.

"지금으로서는 어찌할 방법이 없습니다."

구엽은 풀어헤친 마현의 옷을 다시 여미며 자리에서 일어났다.

"진정 방법이 없는 건가요?"

"죄송합니다."

그 대답에 설린의 얼굴이 딱딱하게 굳었다. 순간, 그녀의 몸에서 차가운 냉기가 쏟아져 나왔다. 하지만 눈동자는 조금 전보다 더욱 흔들리고 있었다.

"비, 빙옥단."

그러던 설린의 눈동자가 딱 멈췄다.

북해빙궁의 절세영약인 빙옥단을 떠올린 것이다.

빙옥단을 외치며 자신을 쳐다보는 설린의 간절한 시선에 구엽은 더욱 어두워진 표정으로 고개를 좌우로 저었다.

"주, 주군!"

"주군!"

그러자 흑풍대와 회회혈마가 마현 곁을 에워싸며 울분과 슬픔에 찬 목소리로 마현을 불렀다.

그 목소리는 오히려 설린을 자극했다. 그렇지 않아도 몸이 쇠해질 대로 쇠해진 몸이었다.

오로지 정신력만으로 몸을 지탱하던 설린의 몸이 구엽의 어두운 얼굴을 보고는 한순간 휘청거렸다.

"서, 설 사저."

냉천휘가 급히 설린의 팔을 부축했다. 정신마저 놓을 정도로 심하게 몸을 떠는 딸의 모습에 설관악은 놀라지 않을 수가 없었다. 그것이 설관악의 마음을 움직였다.

"구 각주, 방법이 아예 없는 것인가?"

그래도 자신의 딸과 제자, 그리고 수하들을 살려준 이였다. 그 은혜 역시 가볍지 않았기에 설관악은 자신이 해줄 수 있는 것이라면 뭐든 해주리라 마음먹었다.

"천고의 영약이라면 모를까……. 무슨 연유인지 모르나 마교 대공자의 몸에 북해의 얼음장보다 차가운 냉기가 흐르고 있습니다. 거기에 본신의 마기까지 함께 머물고 있어, 두 기운이 서로 반발하며 몸을 차지하기 위해 싸우고 있습니다. 어느 한 기운이 수그러지지 않아 사실상 대부분의 혈맥이 터지고 꼬였습니다. 그런 몸을 치유하며 두 기운을 하나로 묶기 위해서는 천고의 영약이 아니라면 도저히 방법이 없습니다."

결국 설관악으로선 해줄 게 없는 셈이었다.

아니 한 가지 방법은 있었다. 하지만……

바들바들 떨던 설린이 구엽의 말에 냉천휘의 부축을 뿌리쳤다. 그리고 비틀거리며 구엽과 설관악 앞으로 걸어갔다.

"구 각주."

"예, 소궁주님."

"본궁에 만년설삼이 있지요?"

설린은 지금 제 몸조차 가누지 못하고 있었지만 눈동자만은 시퍼렇게 살아 있었다.

구엽이 설린의 눈을 피하며 설관악의 눈치를 살폈다.

"린아!"

그 모습에 설관악이 나직하게 설린을 호통 쳤다.

만년설삼은 북해빙궁에서도 현재 한 뿌리밖에 없다.

만년설삼은 그 자체로도 매우 진귀한 영약이지만, 북해빙궁에게 만년설삼은 없어서는 안 될 귀한 약재였다. 바로 빙옥단을 만들 때 반드시 들어가야 하기 때문이다.

만년설삼은 북해뿐 아니라 중원에서도 백 년에 한 번 발견

될까 말까 할 정도로 희귀한 영약이다.

설관악이 설린을 질책하는 이유도 그 때문이었다. 근 이백 년 동안 만년설삼은 발견되지 않았다. 그 때문에 북해빙궁은 빙공을 익힐 때 없어서는 안 될 빙옥단을 만들지 못하고 있었다.

그나마 남은 빙옥단도 북해를 떠나올 때 설관악이 품에 넣어온 두 알이 전부였다. 그런 마당에 어찌 만년설삼을 내놓을 수 있겠는가.

"구 각주, 말씀해 보세요. 만년설삼이면 마 공자를 구할 수 있나요?"

설린의 굳은 눈동자에서 냉기가 흘러나왔다.

"린아!"

결국 설관악의 언성이 높아졌다.

"지금 그게 북해빙궁의 소궁주로서 할 말이더냐?"

하지만 설린은 구엽에게서 눈을 떼지 않았다. 아니 오히려 그를 향해 한 걸음 더 다가갔다.

"구 각주, 지금 마 공자를 구할 수 있는지 묻고 있어요."

조금 전 바들바들 떨던 그녀의 여린 모습은 온데간데없었다. 원래 구엽과 설관악이 익히 알고 있던 차가운 눈빛으로 돌아와 있었다.

"설린아!"

결국 설관악은 노기를 참지 못하고 설린의 팔을 낚아채 자신 앞으로 당겼다.

 힘없이 끌려온 설린의 얼굴을 보는 순간 설관악의 얼굴은 굳어졌다.

 딸의 눈동자에서 흘러내리는 눈물을 보았기 때문이었다.

 눈에 가득 차 있던 눈물이 설린의 뺨을 타고 주르르 흘러내렸다.

 딸의 눈물을 보자 설관악은 아이를 낳다가 죽은 아내가 떠올랐다. 아내를 떠올리자 마음이 약해졌다. 하지만 설관악은 약해지는 마음을 다잡았다.

 "지금 네가 하고 있는 말이 무슨 뜻인지는 알고 말하는 게냐?"

 "알아요."

 설린은 재빨리 눈물을 닦으며 다시 냉정한 얼굴로 말했다. 그녀는 아버지의 눈을 피하지 않고 직시했다.

 "네 발언으로……."

 오히려 말문이 막힌 것은 설관악이었다.

 "네 발언으로……."

 설관악은 똑같은 말을 내뱉으며 망설였지만, 결국 힘주어 말했다.

 "소궁주 자리를 잃을 수도 있다."

 "주, 주군."

 "스, 스승님."

그 냉정하고 차가운 목소리에 구엽과 냉천휘가 놀라며 설관악을 불렀다.

설린은 고개를 돌려 마현을 잠시 쳐다보았다. 설관악의 말에 흔들리던 설린의 눈동자가 굳은 결의로 빛났다. 그녀는 다시 고개를 돌려 아버지를 바라봤다.

"소궁주 자리를 내어놓으면…… 그에게 만년설삼을 내어줄 수 있나요?"

"소궁주님!"

"사저!"

설관악과 설린의 귀에 그들의 목소리는 들리지 않았다. 설관악은 설린의 말에 입술을 깨물 수밖에 없었다.

'저 녀석이 무어기에, 네가 감정까지 버리며 집착했던 소궁주 자리까지 포기한단 말이냐?'

설관악은 그런 생각을 입 밖으로 내뱉지는 못했다. 단지 입 안에서 머금고 있다가 쓴맛을 느끼며 삼켜야 했다.

"아버지."

설린은 설관악의 대답을 딱딱한 목소리로 재촉했다.

"오냐, 주마. 하지만 넌 소궁주 자리를 내놓아야 할 것이다."

설관악은 매몰차게 몸을 돌렸다.

제10장
만년설삼

만년설삼

 어둑한 밤을 유일하게 밝혀주는 달빛 아래 청하진인이 서 있었다.
 요 며칠 담담한 표정으로 일관하던 그의 얼굴에 오늘은 왠지 깊은 수심이 담겨 있었다.
 뒷짐을 지고 하늘에 떠 있는 달을 올려다보는 청하진인은 깊은 한숨을 내쉬었다.
 모든 게 혼란스러웠다.
 갑작스러운 검림의 등장도, 화산파에서 일어났던 일도, 거기에서 파생된 모든 탐욕들도. 그리고 불쑥 떠오른 스승 현도상인의 유언까지도 요 한 달 일어난 모든 것들이 청하진인의 머릿속을 어지럽게 했고, 뒤헝클었다.

 그동안 도를 닦아오며 세상과 사람을 볼 수 있는 식견을 가졌다고 내심 자부하고 살았는데, 헛것이었나 보다. 아무것도 보이지 않았고, 아무것도 헤아릴 수 없었다.

 괜스레 선문답만 던져놓고 타계한 스승 현도상인이 얄미워졌다.

 '답답하구나, 답답해.'

 청하진인은 달에서 눈을 돌려 밤하늘에 뜬 별들을 쳐다보았다. 별들을 보자 지금쯤 본문에 있을 청명진인과 학성, 그리고 학방이 떠올랐다.

 '무량수불.'

 학성 때문에 시름하고 있을 사제 청명진인이, 이 일로 상심하고 괴로워할 사질 학성이, 그런 둘을 보며 역시나 착잡해할 제자 학방이, 모두 걱정되었다.

 달을 봐도, 별을 봐도 청하진인의 마음속에서는 그저 깊은 시름과 한숨만이 가득 차 있을 뿐이었다.

 청하진인이 한숨을 내쉬고 있을 그 시각.

 쾅 쾅 쾅 쾅 쾅!

 고즈넉한 무당파 경내에 철문이 강한 내력에 부딪히는 소리가 울려 퍼졌다.

 철문을 두드려대는 이는 지치지도 않는지 장장 반 시진이나 철문을 두드려대고 있었다.

하지만 사람이라면 지치기 마련.

결국 지친 이는 철문을 두드리는 것을 포기하고 바닥에 주저앉았다.

그렇게 철문을 두드린 이는 학성이었고, 그가 있는 곳은 화산파로 가기 전 수련했던 수련동이었다.

하지만 지금 이곳은 수련동이 아니라 학성을 잡아두는 일종의 감금동으로 변해 있었다. 수련동으로 들어가는 두꺼운 철문을 밖에서 꽉 닫아걸고 학성이 그 안에서 나올 수 없도록 만들어 버린 것이다.

지쳐서 주저앉은 학성 앞에는 서찰 한 장이 아무렇게나 나뒹굴고 있었다.

사랑하는 내 제자 보아라.

화산파에서 있었던 일은 이 스승에게도 참으로 안타깝고 가슴 아픈 일이구나. 더욱이 마교 대공자와 너의 인연을 알기에 이 스승의 마음 또한 심히 괴롭다.
하지만 너는 무당의 제자다.
그러니 힘이 들더라도 이겨내거라.

이 스승을 원망해도 좋다.
아니 원망하거라.
그래서 네 한이 달래어진다면 내 원망을 들은 들 어떠랴.

모든 짐은 이 스승이 질 터이니 너는 부디 무당의 미래가 되어다오.

청명 서.

안타까움과 슬픔이 배인 서찰을 다시 읽은 학성의 눈에서 굵은 눈물이 주르르 흘러내렸다.
"스승님."
며칠을 물 한 모금 마시지 않아서인지 눈물은 뺨을 타고 흐르다가 바싹 마르고 거칠어진 피부로 스며들었다.

　　　　　*　　*　　*

쾅 쾅 쾅 쾅 쾅!
철문을 뒤흔들며 터져 나오는 그 소리를 청명진인은 방에서 고스란히 듣고 있었다.
그는 며칠 동안 자신의 방에서, 탁자에 앉아 아무것도 하지 않고 있었다. 그저 탁자 위에 올려놓은 손을 꽉 움켜쥐고만 있을 뿐이었다.
눈을 감았다.
귀도 닫았다.
아무것도 보지 않았고, 아무것도 듣지 않았다.
학성이 수련동에 갇힌 이후 내내 식음을 전폐한다는 소리에, 그 역시 곡기를 끊었다. 그리고 잠자리에 눕지도 않았다.
 그렇게, 그렇게…… 의자에 앉아만 있을 뿐이었다.
 "청명 사숙님, 학방입니다."
 학방은 쟁반에 죽 한 그릇을 들고 안으로 들어왔다. 그리고는 조심스럽게 청명진인 앞에 내려놓았다.
 "그러다 사숙님의 몸이 먼저 축나시겠습니다."
 학방은 걱정스러운 목소리로 말하며 쟁반을 좀 더 청명진인 앞으로 밀었다.
 그때 영원히 닫혀 있을 것만 같던 청명진인의 입술이 떨어졌다.
 "학성은 무얼 좀 먹더냐?"
 "물 한 모금조차 마시지 않는 듯싶습니다."
 대답하는 학방의 목소리에는 걱정이 가득 배어 있었다.
 그제야 청명진인이 눈을 뜨며 김이 모락모락 피어오르는 죽을 내려다보았다.
 한참을 내려다보던 청명진인은 손을 뻗어 쟁반을 학방 앞으로 밀었다.
 "자식이 굶는데 어느 아비가 배를 채운다더냐? 도로 가져가거라."
 "사숙님."
 학방은 한 번 더 권하려 했지만 청명진인은 그대로 눈을 감아버렸다.

그 모습에 학방은 속으로 깊은 한숨을 내쉴 수밖에 없었다.
 이러다 학성과 함께 청명진인까지 기력을 잃고 쓰러지지 않을까 걱정이 생긴 것이다.
 쾅 쾅 쾅 쾅 쾅!
 무거운 침묵이 방 안에 깊게 가라앉았을 때 다시 철문을 두드리는 소리가 들려왔다. 그러자 미미하지만 청명진인의 안색이 어둡게 변했다.
 하루에도 몇 번씩, 한 번 시작하면 반 시진 가까이 그 소리는 어김없이 들려오고 있었다.
 하지만 문제는 횟수가 거듭될수록, 날이 갈수록 그 소리가 약해진다는 것이었다. 그만큼 학성의 몸이 망가져가고 있다는 뜻이기도 했다.
 청명진인은 가슴이 미어질 듯 아팠다. 그리고 너무도 걱정되어 당장 달려가고 싶었다.
 정말로 이삼 일만 더 곡기를 끊고 하루 종일 철문만 때려댄다면, 죽을 것이 분명했다.
 '마현이 네게 그리 중한 인연이라는 소리냐? 이 무당보다, 이 스승보다.'
 청명진인의 가슴 속에서는 피눈물이 흐르고 있었다.
 '스승님, 이 제자 어떻게 해야 합니까?'
 청명진인은 무거운 신음을 머금으며 이미 오래전 타계한 스승을 떠올렸다. 그리고 결왕이 전해준 현도 사숙의 유언도 떠올렸다. 고심을 거듭하던 청명진인은 결국 잠시 눈을 감았다 뜨며 벌떡 자리에서 일어났다.

학성을 죽일 수는 없었다.

"나는 좀 쉬어야겠구나."

그렇게 쉴 청명진인이 아니었다. 그럴 거면 애초에 침식마저 거부하지 않았을 것이다. 이상함에 학방은 따라 자리에서 일어나려다가 탁자 한 귀퉁이에 놓여 있는 열쇠 하나를 보았다.

학성이 갇혀 있는 수련동 열쇠였다.

"사, 사숙……."

"쉬어야 하니 나를 찾지 마라."

청명진인은 진무각주실에 붙어 있는 그의 침소로 들어가 버렸다.

학방은 한동안 탁자 위에 놓인 열쇠를 내려다보았다.

『어느 아비가 자식의 죽음을 원하겠는가? 어느 스승이 제자의 죽음을 원하겠는가? 인명은 재천인 것을…….』

열쇠를 보며 망설이던 학방의 귀에 청명진인의 전음이 들려왔다.

머뭇거리던 학방은 눈을 질끈 감으며 열쇠를 집어 들었다. 그리고는 서둘러 진무각을 빠져나갔다.

아무도 없는 방 안에선 죽에서 풍기는 구수한 향기만 남아 있을 뿐이었다.

쾅 쾅 쾅 쾅!

어두운 수련동 철문 안쪽.

검은빛이 맴도는 철문에 붉은 핏자국이 어지럽게 찍혀 있었다.

"스승님."

이제는 목소리마저 갈라져 쇳소리처럼 들렸다.

"……현이를 봐야겠습니다. 아무 생각 없이 그럴 아이가 아닙니다. 스승님, 스승님도 잘 아시지 않습니까? 스승님, 스승님……."

다시 혼신의 힘으로 철문을 치던 학성의 몸이 무너지며 쓰러졌다.

갈라진 쇳소리로 쉭쉭거리며 말을 하는 학성의 메마른 입술은 쩍쩍 갈라져 있었다.

끼익―, 철컹.

굳게 닫혀 있던 철문이 열리는 소리가 들렸다.

'이제는 환청이 들리는 것인가?'

곡식과 물을 끊은 지 오래라 정신이 혼미한 학성에겐 그 소리마저 몽롱하게 들렸다.

문이 열리지 않을 거라는 것을 누구보다 잘 아는 학성이었기에 철문이 열리는 소리를 그저 환청이라 여긴 것이었다.

하지만 학성은 힘겹게 고개를 들어 철문 쪽을 쳐다보았다.

환청이라도 좋았다.

환시(幻視)라도 좋았다.

철문이 열리는 것을 보고 싶었다.

끼이이익!

문이 열리고 수련동으로 통하는 입구에 누군가 횃불을 세워놓는 게 보였다.

불빛이 밝아서 수련동 안으로 들어오는 이의 얼굴은 보이지 않았다.

하지만 분명 누군가 들어오고 있었다. 불빛에 흔들리는 그림자를 본 것을 마지막으로 학성의 눈이 스르르 감겼다.

"학성아, 학성아!"

철문을 열고 들어온 이는 학방이었다.

하지만 정신을 잃고 고개가 젖혀지는 학성을 보자 학방은 횃불을 바닥에 내팽개치듯 내려놓고는 학성에게 다가왔다. 학방은 학성을 품에 안았다.

'불쌍한 것……'

피폐해질 대로 피폐해진 학성의 얼굴에 학방은 이루 말할 수 없는 측은함을 느꼈다.

"이놈아, 정신을 차려라. 정신을 차려야 마현이라는 놈을 찾아가든지 말든지 할 것 아니냐!"

학방은 격앙된 목소리로 학성의 몸을 흔들었다. 그 흔들림 때문이었을까?

아니면 마현이라는 이름 때문이었을까. 학성의 눈꺼풀이 파르르 떨리며 힘겹게 떠졌다.

"……사형?"

"그래, 나다!"

학방은 눈을 뜨는 학성을 보고 안도의 한숨을 내쉬며 품에서 물주머니를 꺼내 들었다.

학방은 지체하지 않고 물주머니 마개를 열어 학성의 입술에 물렸다.

"지, 지금 뭐라고 하셨죠?"

몹시 갈증에 시달릴 텐데도 물조차 충분히 마시지 않고 학성은 물주머니에서 입을 떼며 물었다.

조금 전 다 죽어가던 눈빛이 지금은 초롱초롱 빛나고 있었다.

'이 정도였나? 마 공자를 생각하는 마음이?'

그제야 이해가 되었다.

청명진인이 열쇠를 두고 방 안으로 들어간 것이.

정말 청명진인이 전음으로 넌지시 말해 주지 않았다면 분명 학성은 죽었을 것이다.

"마 공자를 찾아가자고 했다. 그러니 어서 물을 더 마셔라."

"저, 정말이십니까?"

학성은 학방의 말에 눈을 동그랗게 떴다.

학방은 그런 학성에게 물주머니를 입에 물려주며 고개를 끄덕였다.

꿀꺽 꿀꺽.

학성의 목젖이 꿈틀거렸다.

물주머니가 제법 가벼워지자 학성은 비틀거렸지만 스스로 몸을 가누었다.

"……스승님은?"

"사숙께선 허락하지 않으셨다."

"그런데 어찌?"

"내가 훔쳤다."

학방은 씁쓸한 눈빛으로 열쇠를 보여 주었다.

"월담을 해야 할 게다."

"고맙습니다, 사형. 이 은혜는 꼭 갚겠습니다."

학성은 학방이 들고 온 자신의 검을 허리에 차며 말했다.

"은혜는 무슨, 가자."

"예?"

학방의 말에 학성은 입을 살짝 벌렸다.

"뭘 그리 놀라냐?"

"하, 하지만……."

"너 혼자 보내기는 불안해서 그런다. 함께 가자구나. 그리고 혼자보다는 둘이 가는 게 나중에 덜 혼나지 않겠느냐?"

원래 학방은 학성과 함께 떠날 생각이 없었다. 하지만 학성의 저런 모습을 보니 마현이 과연 어떤 인물인지 알고 싶어졌다.

그리고 자신이 말했듯 이런 몰골을 하고 있는 학성을 혼자 내보내기엔 너무 불안했다.

게다가 학성은 무림에 대한 경험도 일천하지 않은가.

"지금 너의 몸으로는 혼자 걷는 것도 무리다. 업혀라."

학방은 학성을 업고 수련동 밖으로 몸을 날렸다.

사람을 등에 업은 큰 그림자가 무당파 담을 넘었다.

학방과 학성이었다.

그 둘이 담을 넘는 것을 어둠 속에서 지켜보는 눈이 있었으니, 바로 청명진인이었다.

'……정아.'

청명진인은 길을 떠나가는 발소리가 완전히 사라진 후에도 한참이나 움직이지 않았다.

그렇게 한 시진이나 서 있던 청명진인은 면벽동으로 발걸음을 옮겼다.

학성을 대신해 이제는 그가 갇히려는 것이다.

* * *

대전회의에서 허진의 일갈이 터져 나왔다.

"지금 뭐라고 그랬나?"

좀처럼 흔들리지 않던 허진의 눈동자에서 마기가 폭사되었다.

"마현이 무림맹에게 쫓기고 있다고?"

허진은 의자를 박차고 자리에서 일어나 방금 보고를 올리던 율기 앞으로 걸음을 내딛었다.

율기는 그 마기를 이기지 못하고 뒷걸음치며 얼굴을 일그러트렸다.

"부교주."

그런 허진을 사공소가 나직하게 불렀다.

그때서야 허진은 율기가 무공을 익히지 않았음을 깨달으며 마기를 거뒀다. 하지만 사람 좋아 보이던 평소의 온화한 모습은 온데간데없었다.

사공소의 말에 마기를 거뒀지만 그의 몸에서 흘러나오는 기세는 더욱 강해지고 있었다.

"군사."

율기를 부르는 허진의 목소리에는 도저히 항거할 수 없는 힘이 담겨 있었다.

"예, 부교주님."

"지금 그 말이 사실인가?"

"그, 그렇습니다."

율기는 허진의 기세에 눌려 말까지 더듬거렸다.

허진은 눈을 부릅뜨며 주먹을 말아 쥐었다. 사공소가 있음에도 불구하고 분노를 감추지 않는 그의 모습에, 대전회의장에 모인 마교 수뇌들 모두가 숨을 죽였다.

"감히! 정파 나부랭이들이!"

허진의 눈동자에서 마기가 무시무시하게 맴돌며 가득 찼다. 허진은 단상 위에 앉아 있는 사공소를 향해 몸을 돌렸다.

"교주님."

사공소는 허진이 무슨 말을 하려는지 잘 알고 있었다.

"위험할 수도 있다."

사공소 역시 평소 허진을 대하던 친근한 목소리가 아니었다.

"천하에 교주님을 제외하고 그 어느 누가 저를 위협할 수 있겠습니까?"

"크하하하하!"

허진의 목소리에 사공소는 크게 웃음을 터트렸다.

"부교주."

"하명하시옵소서."

"귀갑철마대(鬼鉀鐵馬隊)면 되겠나?"

"감사하옵니다."

사공소의 말에 허진은 허리를 숙였다.

"출교를 허락한다. 들끓어오르는 마인의 피가 얼마나 뜨거운지 보여줘라."

"교주님이 그리 말씀을 하시지 않으셔도 제가 그리했을 겁니다."

"그래, 언제 떠날 건가?"

"지금 떠나겠습니다."

허진의 대답에 사공소가 자리에서 일어났다.

"귀갑철마대주는 들으라."

"예, 교주님."

말석에 자리하고 있던 한 사내가 일어났다.

흡사 군부의 장수처럼 그는 온통 묵철로 만들어진 갑옷을 입고 있었다.

"출병을 준비하라."

"명!"

"그리고 율 군사."

"하명하시옵소서."

"대공자에 관한 자료를 모두 부교주에게 넘기며, 차후 긴밀한 연락책을 강구해두라."

"예, 교주님."

그리 명하고 사공소는 허진을 향해 고개를 끄덕였다.

출교를 허락한다는 또 다른 표현이었다.

허진은 사공소를 향해 허리를 숙인 후 몸을 돌려 대전을 벗어났다.

'현이에게 손을 댄 자, 누구라도 죽인다!'

대전회의장에서 내내 억눌렀던 마기가 허진의 눈동자에서 다시금 폭사되었다.

* * *

두두두두두!

흑백으로 이루어진 두 무리의 인마가 질풍처럼 달렸다.

바로 북해빙궁과 흑풍대였다.

뜨거운 모래바람이 불어대는 사막을 갓 지나자 듬성듬성 키 작은 나무들이 서 있는 초원이 보였다. 하지만 그곳은 어디서든 볼 수 있는 보통의 초원과 달리 듬성듬성 하얀 눈이 깔려 있었다.

북해의 영역에 가까이 다가섰다는 뜻이었다.

뒤쪽에서 말을 몰던 설관악은 마현을 등에 업은 채 말을 몰고 있는 흑풍대주 왕귀진을 쳐다보았다.

그는 엉덩이를 말안장에서 떼고 있었다. 말의 흔들림을 무릎으로 흡수하여 충격을 덜 받게 하려는 것이다.

하지만 그것도 하루 이틀이지, 장장 열흘을 그렇게 달려온 것이다.

마현을 업고 있는 왕귀진은 지금 시체처럼 창백한 모습이었다. 하지만 누가 다가가서 말려도 소용없었다.

그런 행동은 비단 왕귀진뿐만 보이는 게 아니었다.

그런 그를 에워싸고 말을 타고 달리는 흑풍대원들 역시 그와 별반 차이가 없었다. 그들은 왕귀진에게 마현을 넘기라는 소리를 하지 않았다.

단지 왕귀진을 호위하며 묵묵히 달릴 뿐이었다. 그들의 눈빛에서 마현과 왕귀진에 대한 굳건한 신뢰가 엿보였다. 그것은 그들에게 자부심과 긍지처럼 보였다.

설관악은 그런 그들의 모습을 보며 마현을 부러워했다. 한편으론 과연 내가 저리되었을 때 수하들이 저럴 수 있을까, 의문이 들었다.

물론 함께 동행한 이들 역시 모두가 충성스러운 수하들이었지만 아마 저 정도까지는 아닐 것이라 짐작했다.

희대의 영웅은 가장 위험할 때 그 진면목이 나온다고 그랬다.

설관악은 지금 마현을 보며 그 말을 떠올렸다.

'믿음과 목숨을 줄 수 있는 수하들이라……'

설관악은 저도 모르게 고개를 끄덕였다. 그의 시선은 자연스럽게 설린에게로 향했다.

설린은 이곳으로 달려오며 오로지 마현의 등만 보고 달렸다. 다른 것은 눈에 들어오지 않는 듯한 모습이었다.

설관악은 깊은 시름이 담긴 눈으로 마현과 설린을 번갈아 쳐다보았다.

"주군."

설영대주의 말에 설관악은 고개를 들어 얼음으로 뒤덮인 전방을 바라보았다.

멀리, 뼛속까지 얼려버릴 듯한 차가운 바람에 휘날리는 북해의 깃발이 보였다.

"다 왔다, 가자!"

그렇게 일각이 조금 안 되는 시간을 더 달리자 한 무리의 북해빙궁 무인들이 마중 나와 있는 게 보였다.

이미 전서구를 통해 소식을 접한 그들은 아무리 길이 거칠어도 거의 흔들림이 없는 팔두마차를 대동하고 있었다.

흑풍대는 그 팔두마차 앞에서 말을 멈춰 세웠다.

"대주."

철용은 왕귀진에게 다가가 그의 등에 업혀 있는 마현을 받아들었다. 그리곤 곧장 마차 문을 열고 들어가 마현을 조심스럽게 눕혔다.

털썩!

마차 안에서 마현을 눕히는 철용의 귀에 묵직한 그 무엇이 바닥으로 떨어지는 소리가 들렸다.

보지 않아도 왕귀진이 기력이 다해 말 위에서 떨어진 것임을 알 수 있었다. 그의 눈에 걱정이 묻어났지만 이내 냉정하게 털어버렸다.

그때 백초신의 구엽이 한 중년사내와 함께 마차 안으로 들어왔다. 그의 몸에서도 진한 약초냄새가 나는 것으로 보아 의원인 듯했다.

"가지고 왔느냐?"

"스승님 명대로 만들어 오긴 했지만 도대체 이분이 누구시기에……."

이백 년 만에 겨우 찾아 빙옥단을 만들려던 만년설삼을, 그것도 며칠에 걸쳐 찌고 말려 냉기를 줄여 가져오라니, 그로선 당연히 의문이 들 법도 했다.

"쓸데없는 관심은 끊어라. 그리고 나가서 쓰러진 이를 살펴라. 몸이 많이 축났을 것이다."

구엽의 나직한 호통에 중년의 제자는 몸을 움찔하더니 어깨를 바싹 움츠린 채 마차에서 나갔다.

구엽은 일단 마현의 옷을 몽땅 벗겼다. 그 후 제자에게서 받아든 목함을 열었다.

청아한 향이 순식간에 마차 안을 가득 채웠다.

철용은 향을 맡는 것만으로 피로가 풀리는 느낌을 받았다. 과연 천고의 영약인 모양이었다.

몇 번 찌고 말리기를 반복해서인지 만년설삼 특유의 우윳빛이 누렇게 변색되어 있었다. 또한 원래 탱탱했던 외형은 쭈글쭈글 말라 있었다.

구엽은 마현의 목을 조금 젖혀 입을 벌리게 한 후 만년설삼을 입에 넣었다.

말라서 씹히지도 않을 것 같은 만년설삼은 신기하게도 마현의 입 안에서 스르륵 녹았다.

구엽은 익숙한 손길로 마현의 목젖을 비롯해 주요 혈도 몇군데를 꾹꾹 눌렀다. 그러자 액체처럼 녹은 만년설삼이 자연스럽게 마현의 목 안으로 사라졌다.

 만년설삼이 모두 목 안으로 넘어가자 구엽은 재빨리 품에서 침구통을 꺼냈다.

 침구통 안에 담긴 침은 모두가 황금으로 만들어져 있었다.

 구엽은 소매를 걷어 팔을 자유롭게 만든 후 실오라기 하나 걸치지 않은 마현의 몸에 침을 꽂기 시작했다.

 흡사 금나수라도 펼치는 것처럼, 침을 놓는 구엽의 손놀림은 매우 빨랐고 한 치의 망설임도 없었다.

 그렇게 한참의 시간이 흘렀다.

 침구통에 가득 찼던 침도 모두 떨어졌다. 그 침들은 고슴도치가 연상될 정도로 마현의 몸에 빽빽하게 꽂혀 있었다.

 "후우……."

 구엽은 그제야 얼굴에서 흐르는 땀을 소매로 닦으며 허리를 폈다.

 "주군은, 주군은 사실 수 있는 겁니까?"

 철용이 그런 구엽을 보며 다급히 물었다.

 "내가 할 만큼은 다 했소이다. 나머지는 하늘의 뜻이오."

 구엽은 주위에 널브러진 목함과 침구통을 챙기며 자리에서 일어났다.

 "나갑시다. 여기 있어봐야 환자에게 방해만 될 뿐 도움이 되지는 않을 테니까."

 구엽의 말에 철용은 최대한 조심스럽게 마차에서 나왔다.

그가 나오고 구엽이 뒤따라 나오며 마차의 문을 닫았다.

"어, 어떻게 되었나요?"

설린이었다.

조금 전 철용의 질문과 별반 다름없었지만, 소궁주의 질문인지라 싫은 내색 없이 다시 대답해 주었다.

모든 것이 하늘에 달렸다는 구엽의 말에 설린은 그렁그렁한 눈으로 어쩔 줄 몰라 하는 모습이었다.

"아가씨."

북해빙궁에서 나올 때 함께 온 한한파파가 설린을 조용히, 그리고 포근하게 안아주었다.

"파파."

울음기가 섞인 목소리에 한한파파의 마음도 좋지 않았다.

안고 있는 설린의 몸이 가늘게 떨리는 것으로 보아 분명 숨죽여 울고 있는 듯했다. 한한파파는 그런 설린의 등을 말없이 쓰다듬어 주었다.

이 순간만은 유모가 아닌 어머니의 마음으로.

어찌되었든 꺼져가던 생명의 불꽃이 연장되었음을 안 흑풍대원들은 안도의 한숨을 내쉬었다. 그리고 그들은 구엽의 제자에게서 치료를 받고 있는 왕귀진에게로 모여들었다.

"어떻소?"

왕귀진이 쓰려졌을 때도 냉정하게 고개를 돌렸던 철용이 가장 먼저 달려가 물었다.

"혈맥이 조금 꼬인 상태에서 너무 무리를 해 잠시 기절한 것이오. 한동안 편히 요양하면 괜찮아질 것이오."

구엽의 제자는 왕귀진의 몸에 박혀 있던 침을 뽑은 후 자리에서 일어났다.

철용은 다른 흑풍대원의 손길을 뿌리치며 왕귀진을 말없이 등에 업었다.

'고지식한 놈.'

상사이지만 그 전에 왕귀진은 자신의 친구였다.

밑바닥부터 함께 동고동락해 온 형제나 다름없는 존재였다.

* * *

어둠이 짙게 깔린 북해.

북해의 밤바람은 살마저 베어 버릴 정도로 차가웠다.

하지만 궁주실의 창문이란 창문은 모조리 활짝 열려 있었다. 차가운 바람이 설관악의 몸을 매섭게 할퀴었지만 여전히 그는 답답해했다.

답답한 마음을 북해의 밤바람이 조금이라도 식혀줄까 싶어 창문을 활짝 열었지만 아무 소용없었다.

그도 그럴 것이, 그 답답함이 몸이 아닌 마음의 답답함이었느니 당연한 일이었다.

쪼르르르.

설관악은 작은 술병을 들어 술잔을 채웠다.
향이 퍼지기도 전에 바람에 실려 사라졌다.
휘이잉— 폭!
거센 바람에 촛불마저 꺼졌다.
어둑해진 방 안이었지만 설관악은 창문을 닫지도 않았고, 촛불을 다시 켜지도 않았다.
그저 어두운 방 안에서 술잔을 들 뿐이었다.
탁자 위에 차려진 안주는 이미 차가운 정도가 아니라 마치 얼음처럼 꽁꽁 얼어 있었다.
"휴우……."
설관악은 술잔을 내려놓으며 위장을 콕콕 찌르는 듯한 주향 찌꺼기를 코로 내뱉었다.
쪼르르르.
설관악은 다시 술잔에 술을 따랐다.
자태가 단아한 한 여인의 모습이 흔들리며 술잔에 떠올랐다.
일찌감치 자신을 두고 저세상으로 떠난 부인, 한난령이었다.
"한 매……."
문득 설관악은 사무치도록 그녀가 보고 싶어졌다.
"린이는 나보다는 당신을 닮았나 보오."
설관악은 술잔을 내려다보며 홀로 중얼거렸다.

"그렇게 웃지 마시오. 무정한 사람."

설관악은 손을 뻗어 술잔이 아닌 술병을 들어 한 모금 마셨다.

"나를 닮아 마음이 차가운 줄 알았는데……, 오늘 알고 보니 그 차가움이, 차가움이 아니더이다."

설관악은 요 며칠 설린의 모습을 떠올리며 씁쓸히 웃음을 지었다.

"열정이었소, 당신을 꼭 닮은 열정."

설관악은 부부의 연을 맺기 전의 한난령을 떠올렸다.

그녀는 북해의 여인답지 않게 뜨거운 성정을 가진 여자였다. 여인답지 않게 정열적이었고, 그게 무엇이든 마음에 들면 앞뒤 가리지 않고 서슴없이 손을 내밀었던 그런 따듯한 여자였다.

그런 여인답게 둘의 사랑도 지극했고 뜨거웠다.

"선인들의 말에 여자아이는 자라면서 엄마를 닮는다는데, 그 말이 하나 틀린 것이 없더이다."

'호호호호.'

그의 귀에 한난령의 밝은 웃음소리가 들리는 듯했다.

"부인, 그리 웃지 마시오."

설관악은 눈을 흘기며 술병을 다시 잡고는 술을 벌컥벌컥 마셨다.

"다 컸소, 우리 린이가……. 이제는 다 컸더이다."

어느새 술병은 비어 있었다.

찡그리듯 눈을 감은 그의 눈 끝에 작은 물방울이 맺혔다.

"궁주님?"

그때 궁주실 문이 열리고 한한파파가 안으로 들어왔다.

설관악은 서둘러 눈가에 맺힌 눈물을 손가락으로 찍어냈다.

"휴……."

한한파파는 가벼운 한숨을 내쉬며 총총걸음으로 방 안을 돌아다니며 활짝 열린 창문을 모두 닫았다.

"감기 드십니다."

"답답해서 그러니 도로 여시오."

"안 됩니다. 죽어서 난령이에게 시달림을 받고 싶지 않습니다."

한난령의 이름을 듣자 설관악은 입을 꾹 닫았다.

한한파파는 창문을 모두 닫은 후에 탁자로 다가와 양초에 불을 붙였다. 그러자 어두컴컴했던 방 안이 다시 밝아졌다.

"앉으시오."

설관악의 말에 한한파파는 그의 맞은편에 앉았다.

"린이는 어쩌고 있소?"

마현을 태운 마차는 북해빙궁의 한복판이랄 수 있는 대연무장 중앙에 있었다. 그리고 설린은 그 마차 주위를 벗어나지 않았다.

밤새도록 마차 옆을 지킬 것 같은 설린의 모습이 떠오르자 설관악은 미간을 찌푸렸다.

"겨우 달래서 아가씨 방으로 모셨어요. 한참을 울다가 방금 잠들었습니다."

"그렇소?"

설관악은 씁쓸한 미소를 지으며 술병을 들었다. 하지만 술병은 이미 비어 있었다. 설관악은 바닥을 둘러보더니 다른 술병을 들어 마개를 땄다.

"한 잔 하시겠소?"

"제가 한 잔 따라드리겠습니다."

한한파파는 설관악에게서 술병을 받아들었다.

설관악은 술이 든 술잔을 그대로 둔 채 탁자 위 한쪽에 밀어놨던 찻잔 하나를 들었다. 그리고는 어색한 웃음을 지어 보였다.

한한파파는 왜 그 술잔을 마시지 못하는지 알고 있었기에 담담히 웃으며 찻잔에 술을 따랐다.

"난령이는 좋겠어요. 여전히 사랑을 주시는 궁주님이 계시니까요."

한한파파의 말에 설관악은 쓴웃음을 지었다.

"다 부질없는 일이오. 부질없는……."

설관악은 의미 모를 소리를 중얼거리며 술을 입 안으로 털어 넣었다.

             *   *   *

 북해빙궁 대연무장에 거대한 팔두마차가 찬바람을 맞으며 덩그러니 세워져 있었다. 그리고 그 주위로 서른 명의 흑풍대가 경계를 서고 있었다.
 몇 사람이 누워 뒹굴어도 넉넉할 정도로 넓은 마차 안에는 마현이 죽은 듯 누워 있었다.
 그의 벗은 몸은 사람이라고 믿어지지 않을 만큼, 검고 파란 색으로 뒤덮여 있었다.
 그의 몸 중심 부위에서는 두 색깔이 충돌하고 있었는데, 그 경계가 미묘하게 조금씩 엎치락뒤치락하며 변하고 있었다.
 그런 마현의 몸에 수백 개의 침이 빽빽하게 꽂혀 있으니 기괴하기 이를 데 없었다.

 자정을 지날 무렵, 마현의 몸에서 경련이 일어났다.
 바들바들 떨리는 몸이 갑자기 활처럼 휘어졌다.
 팅!
 단전에 위치한 기해혈에 꽂혔던 침이 뽑히며 암기처럼 날아가 마차 지붕 위에 꽂혔다.
 얼마나 강하게 날아가 꽂혔는지, 꽂힌 흔적만 있을 뿐 침은 보이지도 않을 정도였다.
 그것이 시작이었다.

팅 팅 팅 팅 팅!

마현의 임맥을 따라 꽂혀 있던 침들이 차례대로 뽑히며 튕겨지더니 마차 지붕에 꽂혔다.

임맥의 모든 침들이 뽑히자 다음은 기경팔맥의 다른 혈맥들의 침이 뽑혔다.

그 다음은 세맥들에 꽂힌 침들이 차례로 뽑혔다.

수백의 침이 뽑혔지만 마차 바닥에 떨어진 것은 단 하나도 없었다.

만일 누군가가 좀 더 세세히 마차 안을 살핀다면 좁쌀보다 작은 미세한 구멍들 수백 개가 나있다는 것을 확인할 수 있을 것이다.

그렇게 모든 침들이 뽑히자 마현의 몸에서는 나직한 공명음이 흘러나오기 시작했다.

잠시 후 마현의 몸은 천천히 허공으로 떠올랐다.

침이 꽂혀 있던 자리에서는 유형의 기운들이 흘러나왔다. 검은 피부 쪽에서는 새카만 흑무가, 새파란 피부 쪽에서는 새파란 청무가 흘러나와 그의 몸을 누에고치처럼 에워싸기 시작했다.

그럼에도 두 색은 섞이지 않았다.

그때 마현의 눈이 번쩍 떠졌다.

하얀 눈자위가 없는 온통 검은색이었다.

그 검은 눈에서 묵빛 강기가 뿜어져 나왔다.

동시에 입도 벌어졌다.

입에서도 묵빛 강기가 뿜어져 나왔다.

그 묵빛 강기는 사방으로 흩어지는가 싶더니 마현과 그를 둘러싼 두 색의 운무를 에워쌌다.

그 정체모를 묵빛 강기는 흑무와 청무를 빠른 속도로 집어삼켜나갔다.

묵빛 강기는 결국 흑무와 청무 모두를 집어삼킨 후 마현의 몸으로 스며들었다.

두 색으로 갈라져 있던 마현의 몸은 어느새 정상으로 되돌아와 있었다. 그리고 안개처럼 짙게 드리워진 검은 빛도 완전히 스며들어 보이지 않았다.

어느 순간 감겨져 있던 마현의 눈이 다시 떠졌다.

몸으로 스며들었던 검은빛이 마현의 눈을 통해 다시 폭사되었다.

그때였다.

밖에서 마차를 경계하던 흑풍대원들의 몸이 점혈이라도 당한 것처럼 굳어졌다.

몸을 부들부들 떨던 흑풍대원들의 가슴이 앞으로 튕기듯 내밀어졌다. 그리고 두 눈에서 흰자위가 사라지며 검게 변했다.

번쩍!

이윽고 흑풍대원들의 눈에서도 마현과 같은 검은빛이 폭사되었다.

"크으으으!"

 고통에 찬 신음인지, 아니면 희열에 찬 신음인지 모를 음성들이 흑풍대원들의 입에서 흘러나왔다.
 쿵!
 가슴이 다시 한 번 튕기듯 앞으로 내밀어졌다.
 푸학!
 그 어떤 무형의 힘에 흑풍대원들의 옷자락 앞섶이 터지며 가루가 되었다.
 문신으로 가득한 맨살 중앙에 박혀 있는 마정석에서도 눈과 같은 검은빛이 뿜어져 나오고 있었다.
 그르륵, 푸학!
 마정석에서 검은빛이 뿜어져 나오자 흑풍대원들의 주위로 스켈레톤들이 땅을 헤집으며 모습을 드러내기 시작했다. 스켈레톤들 역시 괴로운 듯 몸을 제대로 펴지 못하고 잔뜩 웅크린 채 바르르 떨고 있었다.
 콰과광!
 그때 마현이 타고 있던 마차가 폭발하듯 산산이 부서졌다. 그리고 사방으로 비산하는 나뭇조각들은 가루가 되어 사라졌다.
 마차가 서 있던 자리에는 마현이 홀로 허공에 떠 있었다.
 우우우웅!
 마현의 몸을 뒤덮고 있던 검은빛이 하나의 선으로 길게 늘어났다. 그것은 곧 두 개가 되고, 다시 세 개로 늘어났다.

그렇게 늘어나던 선은 일곱 개가 되어서야 멈췄다. 그리고 일곱 개의 선은 저마다 고리가 되어 다시 마현의 몸속으로 스며들었다.

번쩍!

마현의 몸이 허공으로 한 번 튕겨지며 검은 마기가 파장을 일으키며 사방으로 퍼져나갔다.

"으아아아아!"

"우어어어!"

마기로 이루어진 원형의 파장이 흑풍대원들의 몸을 꿰뚫고 지나가자 그들의 입에서 일제히 마기가 담긴 목소리가 터져나왔다.

—꺄아아아아!

—끼아아아아!

흑풍대원들을 꿰뚫은 마기의 파장은 스켈레톤들 역시 덮쳤다.

그러자 스켈레톤들이 괴로운 듯 온몸을 비틀어댔다. 그리고 스켈레톤들의 새하얀 뼈가 서서히 검은색으로 변했다. 어둠과 구분이 안 될 정도로 새카만 색이었다.

단지 색깔만 변한 것은 아니었다.

조금이지만 스켈레톤들의 몸집이 커졌다.

—키키키키!

―캬캬캬캬!

 귀음을 터트리는 스켈레톤들의 동공에서는 전에는 볼 수 없었던 흉흉한 마기가 분출되었다.

 그렇게 대연무장이 귀기와 마기로 뒤덮이자 마현의 몸이 서서히 땅으로 내려왔다.

 몸이 완전히 바닥에 내려앉자 마현의 눈에서 폭사되던 검은 빛이 사라졌다.

 마현은 길고 달콤했던 잠에서 깨어나는 듯한 상쾌함을 느꼈다.

 "후후후후……."

 마현의 입술이 살짝 벌어지고 흘러나오는 웃음에는 진득한 마기가 담겨 있었다.

 한동안 하늘을 바라보며 웃던 마현이 입꼬리를 말아 올리며 자리에서 일어났다.

 마현은 느끼고 있었다.

 이유는 모르지만 자신이 과거의 힘을 온전히 되찾았음을.

 하지만 마현에게 이유야 상관없었다. 중요한 것은 과거의 힘을 모두 찾았다는 사실이었다.

 "수고했다, 흑사신."

 마기가 담긴 마현의 목소리에 그를 중심으로 한 네 곳에서 검은 연기가 솟아났다. 그 연기는 저마다 하나씩 유형화되며 실체를 갖춰갔다.

바로 흑사신들이었다.

"흑사신."

마현은 자신들의 달라진 몸을 느끼며 무아지경에 빠져드는 흑사신들을 불렀다.

"너희의 운명을 쥔 나, 카칸이 너희에게 새로운 권능을 부여하노라. 너희는 이제 군단장의 이름으로 어둠의 종족인 듀라한과 좀비를 다스리게 될 것이다!"

〈7권에서 계속〉
작가 블로그
http://pjs2517.tistory.com

김정률 판타지 소설

하프 블러드(Half Blood)의
블러디 스톰 레온,
블러디 나이트로 돌아왔다!

트루베니아 연대기

판타지의 신화를 창조해가는
최고의 작가 김정률!
『소드 엠페러』그 신화의 시작.

『다크메이지』,『하프블러드』,
『데이몬』에 이은 또 하나의 대작!

dream books
드림북스

시니어 판타지 장편 소설

FANTASY STORY & ADVENTURE

불량스크롤 잔혹사

『크레이지 프리스트』, 『위저드 킬러』의 작가!
스타일리스트 시니어의 이색적인 판타지 기획작.

마법스크롤로 과거로 돌아가 버린 스카이의 처절한 생존기!

'젠장! 그 참혹한 전쟁을 나 보고 또 겪으라고?'
한 남자와 대륙의 미래를 비틀어 놓은 마법스크롤 잔혹사!

dream books
드림북스

황제의 검

皇帝 劍

임무성 신무협 장편 소설

ORIENTAL FANTASY STORY & ADVENTURE

THE SWORD OF EMPEROR

3부

장르문학의 전성기를 열었던 『황제의 검』
작가 임무성이 방대한 세계관을 담아 다시 쓰는 신무협의 신화!

세상을 피로 잠기게 할 대혈겁의 시대.
용족, 마족, 요정족의 침공으로부터 강호 무림을 지켜라!

불사신마공을 완성한 천황 파천과
불사지체들의 한판 승부가 시작된다!

dream books
드림북스